身心障礙收容人與
綠島獨居監禁案
調查報告

王幼玲
高涌誠
楊芳婉
許國琳
呂紹弘
著

雙重的牢獄

監察院 出版

留下監所身心障礙收容人處境的歷史紀錄

綠島就像一艘在監所人權史上搖晃的船，曾經是世界上監獄密度最高的島嶼，綠洲山莊是白色恐怖時代，對政治犯進行統一管理、感化教育與思想改造的地方，現在改為人權博物館，標示著過去人權迫害的歷史紀錄。而台灣綠島監獄屬於法務部矯正署，現在收容於全國監所被視為難以管理的收容人，這個監獄令人喪膽的是採取「寂寞沙漠」的管理模式，長時間的使用戒具，獨自監禁在牢房，折磨人失去鬥志，甚至失去活下去的意志。

以上是我們調查報告的結論。

台灣監所人權在高壓專制的管理制度下，有許多值得關注的議題，特別是身心障礙者的收容人，尤其是精神障礙，在監所裡的處境更加艱困，他們常常被認為是在「假瘋」，發作的時候更容易遭受不當的對待，而綠島監獄的情形更加嚴重。

接獲人權團體的陳情，指綠島監獄單獨監禁收容人及精神障礙者，造成他們身心傷害，違反國際人權公約。我們對綠島監獄進行無預告的履勘後發現陳訴屬實。綠島監獄現有收容人96人，單獨監禁舍房計61間，雜居舍房計11間，合計獨居人數為37人。

統計綠島監獄近5年對收容人執行單獨監禁情形，有收容人獨居監禁日數長達14年14日者，精神障礙者被單獨監禁5年6個月。綠島監獄無法留住編制內受過正規訓練的戒護管理人員，大量使用見習1星期便上崗的約僱人員，缺乏專業的訓練；法務部矯正署曾經想廢止使用綠島監獄，卻因為島上居民擔心影響生計反對而作罷，而綠島監獄的管理問題依舊存在。

我們到過18個矯正機關進行履勘訪查，並訪談99位身心障礙者收容人，其中精神障礙者有39人。發現全國51個監所，至108年3月身心障礙者收容人共計有3037名。醫師診斷為罹患精神病者107年8月底有2842位。我們發現監所精神醫療資源有限，多僅有藥物治療，對病情治療、復歸社會無積極功能。

這次調查只是監所人權的初步探查，反映身心障礙收容人在監所面臨的困境，而109年1月，立法院通過修正「監獄行刑法」、「羈押法」，修正內容包括將不得歧視身心障礙收容人、給予合理調整、和緩處遇、提供輔助措施、單獨監禁不得超過15日…等，新法將在今年7月15日正式施行。出版這次的調查報告，希望成為新法實施之後，可以用來對照新舊差別的歷史文件。三位調查委員，及兩位協查人員，感激監所裡人格及生活尊嚴遭受侵害的身心障礙收容人，他們遭遇的痛苦經驗，留下了紀錄，成為監所侵犯人權的記事簿，也成為修法改進的殷鑑。

下次監察委員再去的時候，紀錄應該已經改寫。

王幼玲
高涌誠
楊芳婉

目次

第一部
身心障礙收容人處遇案

監所對於有認知障礙的收容人出現違背紀律行為，往往無法提供適切的診斷、醫療與支持，而逕以一般違紀的懲罰方式處理，且其戒護與醫療的需求常遭受監所方的質疑。「認知障礙」包括精神障礙、智力障礙、學習障礙、注意力欠缺過動障礙、自閉症、失智症等，矯正機關是否能協助認知障礙者在服刑期間得到教育與協助，以達到及保持最大程度之自立，充分發揮及維持體能、智能、社會及職業能力，以達成《身心障礙者權利公約》第26條（適應訓練與復健）之目標？此外，針對感官障礙和肢體障礙的收容人，監所是否有依照《身心障礙者權利公約》提供無障礙物理環境、資訊可及性、服務與設施之可及性，以及合理調整（reasonable accommodation）？究竟監所有無對身心障礙者提供上述服務？若無，將可能構成對身心障礙者的歧視，也形同對身心障礙者的雙重處罰，甚至有可能構成「殘忍、不人道或有辱人格之待遇或處罰」，以上諸多面向，實有深入調查之必要。

前言

為了身心障礙者（下稱「身障者」）能有和一般人一樣的平等機會以及防止各種權利受到侵犯，聯合國在2006年立法宣示《聯合國身心障礙者權利公約》，或稱《國際身心障礙者權利公約（CRPD）》。中華民國亦在2014年通過《身心障礙者權利公約施行法》，同年8月在臺灣正式施行，彰顯政府單位逐步重視身障者的基本人權；公約當中明文規範所有關於身障者的一切權利，乃舉世公認必須遵守之原則也。

監所為社會的縮影，日常生活有特殊需求之身障者，一旦觸法受刑，即成為監所矯正對象。因其身體或心智上的限制，在監所內會面臨許多生活適應之障礙，甚或受到不公平之待遇。是以，矯正機關應考量其特殊需求，提供較妥善適當的保護及矯正處遇措施，使其能順利適應監所生活，確保其獲得最大程度之自立及各項處遇上的權益。

為符合《身心障礙者權利公約施行法》之意旨，對於身心障礙者新收入監所執行時，即進行新收調查及健康檢查，依個別化處遇原則，合理調整配業配房，並在衛生醫療、教化輔導、戒護安全、作業訓練及後續轉介安置等面向，規劃適合之處遇措施及環境設施，避免侵害身心障礙者權利，保護身心障礙者不受他人侵害，俾能積極促進各項身心障礙者權利之實現，協助其適應在監所的生活，並發展生活技能，以利日後轉銜復歸社會，達到預防再犯之目的，爰立案調查。

近年來身心障礙收容人人數激增，因此矯正機關對於身心障礙收容人之處遇與適應的情形，包括配業與作業內容對收容人的謀生技能效應、對教化內容之認同程度與影響如何、戒護是否成為收容人在所生活適應性因素、收容人接受醫療治療的成效等各個面向之處遇，如何積極落實執行，均為法務部的重要課題與使命。

實地履勘：

臺北監獄、臺北看守所、誠正中學、桃園女子監獄、彰化少年輔育院、臺中監獄、臺中看守所、雲林第二監獄、嘉義監獄、嘉義看守所、臺南監獄、臺南看守所、高雄監獄、高雄第二監獄、高雄戒治所、明陽中學、臺東監獄、綠島監獄。

諮詢專家：

三軍總醫院北投分院醫療部江主任國棟

中央警察大學犯罪防治學系賴副教授擁連

國立臺灣大學學生心理輔導中心洪心理師詩婷

致策國際法律事務所黃律師致豪

致策國際法律事務所彭臨床心理師湘鈞

國立臺灣大學法律學院李教授茂生

國立臺灣大學社會工作學系吳教授慧菁

國立臺灣大學心理學系趙助理教授儀珊

國立臺北大學犯罪學研究所周教授愫嫻

臺北市立聯合醫院松德院區林醫師彥鋒

衛生福利部八里療養院張院長介信

衛生福利部桃園療養院吳主任坤鴻

國立東華大學諮商與臨床心理學系陳教授若璋

法務部矯正署臺中看守所教誨志工釋惟仁師父

第一篇

身心障礙收容人現狀調查

第一章
智能及身心障礙收容人現狀調查案例

根據107年7月24日法務部的統計資料，全國51個監所共有2,674位身心障礙收容人，其中心智障礙1,130人，神經、肌肉、骨骼之移動相關構造及其功能障礙1,042人，107年8月診斷為精神病有2,842人。目前監所設備老舊，超收嚴重，缺乏無障礙環境及設施，對於肢體及感官障礙者，限制活動範圍在療養房或病舍，且未能提供聽障者溝通協助，對於認知障礙者缺乏協助資源；由於精神醫療團隊人力缺乏，非但無法協助精神病收容人復健，監所的環境反讓其身心狀態惡化，而管理人員無法分辨其病情變化，常被視為違抗規範遭到違紀處分，甚至單獨監禁、使用戒具，嚴重違反CRPD第14條、第15條及禁止酷刑及其他殘忍、不人道或有辱人格之待遇或處罰公約等相關規定。

（一）法律的相關規定

1、《身心障礙者權利公約（CRPD）》相關規定：

（1）第3條明列身心障礙者人權保障之八大基本原則：a.尊重生而具有之尊嚴、包括自由做出自己選擇之個人自主及個人自立；b.不歧視；c.充分有效參與及融合社會；d.尊重差異，接受身心障礙者是多樣及多元社會之一份子；e.機會均等；f.無障礙／可及性；g.男女平等；h.尊重身心障礙兒童具有逐漸發展之能力，並尊重身心障礙兒童保持其身分認同之權利[1]。

（2）第14條第2項規定：「締約國應確保，於任何過程中被剝奪自由之身心障礙者，在與其他人平等基礎上，有權獲得國際人權法規定之保障，並應享有符合本公約宗旨及原則之待遇，包括提供合理之對待。」

（3）第15條第2項規定：「締約國應採取所有有效之立法、行政、司法或其他措施，在與其他人平等基礎上，防止身心障礙者遭受酷刑或殘忍、不人道或有辱人格之待遇或處罰。」

（4）第25條規定：「締約國確認，身心障礙者有權享有可達到之最高健康標準，不因身心障礙而受到歧視。締約國應採取所有適當措施，確保身心障礙者獲得考慮到性別敏感度之健康服務，包括與健康有關之復健服務。」

2、《身心障礙者權益保障法》第5條規定：「本法所稱身心障礙者，指下列各款身體系統構造或功能，有損傷或不全導致顯著偏離或喪失，影響其活動與參與社會生活，經醫

1 孫迺翊，〈概念定義、一般原則與無障礙／可及性之保障〉，收錄於孫迺翊、廖福特主編，《身心障礙者權利公約》（台灣新世紀文教基金會，2017年），頁26。

事、社會工作、特殊教育與職業輔導評量等相關專業人員組成之專業團隊鑑定及評估，領有身心障礙證明者：一、神經系統構造及精神、心智功能。二、眼、耳及相關構造與感官功能及疼痛。三、涉及聲音與言語構造及其功能。四、循環、造血、免疫與呼吸系統構造及其功能。五、消化、新陳代謝與內分泌系統相關構造及其功能。六、泌尿與生殖系統相關構造及其功能。七、神經、肌肉、骨骼之移動相關構造及其功能。八、皮膚與相關構造及其功能。」

3、 按《曼德拉規則》第1條、第36條規定：「任何時候都應確保囚犯、工作人員、服務提供者及探訪者之安全」、「維持紀律和秩序時不應實施超過確保安全看守、監獄安全運轉和有秩序之集體生活所需的限制」，矯正機關有實施戒護管理、維護內部安全秩序及保障相關人員安全之權責，惟應遵循比例原則之規定。矯正機關實施戒護管理等行政措施，例如使用警械、施用戒具、獨居監禁、實施懲罰等，均屬依法行政，倘符合比例原則，應不致構成凌虐或酷刑。

（二）精障者未受人道待遇

〈【精障哀歌1】病監直擊！1秒爆炸　護理師1人顧80人〉[2]。

2 107年11月29日《蘋果日報》：〈【精障哀歌1】病監直擊！1秒爆炸　護理師1人顧80人〉：「中監精神病療養專區　收全臺監所急症病發人犯。根據矯正署統計，至今年8月底，全臺矯正機構罹患精神疾病的收容人共2842人，其中男性2446人、女性396人，人數有逐年增加的趨勢，其中急症發作或嚴重的男女受刑人會分別移監至臺中監獄和臺北監獄桃園分監的精神病療養專區治療。臺中監獄精神病療養專區，收容來自全國各監獄精神急症發作的男性收容人，可收容人數129人，目前收容85人，其中有70人是急症發作從他監轉入，患者以思覺失調症占54%最多。臺中監獄前衛生科長黃俊雄表示，急症發作的收容人在各監所是少數，卻是管理上的大

〈是監獄也是病院，當精神犯免死後得到的是「好一點的藥」〉[3]。

負擔，……。狹隘是監獄不變特色。我們走進舍房，近2坪的空間擠住4個人，為了配合美化法務部一人一床的數字，狹窄的空間還得放進一張不成比例的上下雙人床，另2名收容人挨著門邊打地鋪，彷彿用『狹隘』提醒著—這裡是監獄。撞牆吞異物　唱歌、種菜、強迫吃藥3年終穩定。……黃俊雄表示，能離開舍房唱歌、拔草，都算病症穩定，有自傷傷人的不穩定收容人，『連房舍都不能出來，必須安置在四周全是保護棉的舍房任憑吼罵滾打，甚至還得用束帶控制』。多年在精神療養專區的管理科員高章群形容專區的日常：『隨時發病，隨時對抗。前一秒ok，後一秒鐘不ok。我們認為平常，他不認為，可能一句話就刺激他，無法預防。尤其是人格違常，你講東他扯西，還會被他們告……。』而護理師張瓊心則是1人要關照70、80位收容人，1天4次用藥，除了管理員協助之外，她親自給藥，盯著受刑人把藥吃下肚，詳實記錄收容人服藥依順性、情緒變化，讓團隊能夠掌握治療計畫。她表示，這也是收容人在監獄比在外穩定的最主要原因。……對於病監護理師1個人要照顧70、80名病患，矯正署坦承，病監的護理師因人力不足，負擔較重，也盼行政院能鬆綁員額並編列預算增加護理師人力。」

3 「《監所行刑法》第1條，清楚的定義徒刑、拘役之執行，是為了『使受刑人改悔向上，適於社會生活』……。『教化』不是醫療名詞，國內醫界對於這樣的詞，沒有可用的衡量標準……。醫師提供法院資訊時，只能依其專業判斷受刑人『有無治療潛力』，而基於醫師倫理考量，『不會有醫師跟你講無治療可能』……。臺灣一般監所裡，沒有常駐的精神科醫師，通常是和外部醫院簽約，讓精神科醫師定期進監所看門診，目前只有臺中監獄、臺北監獄（桃園分監）這2個監所有專門治療精神疾病的『精神醫療專區』，而且配額有限：臺中監所容額上限350人、桃園分監38人，並不是每個精神病收容人都能進到這些專區，而是依照一定的移送順序，優先收容比較嚴重的病犯（如患有精神分裂、躁鬱、妄幻想型精神病等）……。臺北大學犯罪學系周教授在《我國矯正政策與管理機制之研究》（2011）就指出，國內教化經費羞澀，作為公務員的教誨師不僅人數『異常稀少』，每天又都忙於處理犯人假釋等的文書作業，根本沒有餘裕從事教誨工作，在這種情形下，教誨工作幾乎都交予外部的志工（監所最普遍、覆蓋率最高的『教化活動』是宗教教誨）……。宜蘭監獄監所管理員也表示，每個監所情況不同，以他服務的宜蘭監獄來說，一個教誨師通常要輔導500到600個受刑人，大部分的時間還要處理提報假釋、辦理懇親等行政業務，『真正做輔導的時間很有限啊，尤其收容人又是精神疾患，他沒有相關的專業背景，他也不會想自找麻煩』。『我們要有一個認知，監獄不做治療，監獄也不是醫院，（裡面）資源其實非常稀少。』……玄奘大學心理系陳助理教授目前在臺北看守所服務，和教誨人員情況很像，在人力有限的情況下，監所內的心理治療也常要借用外部人力。陳建安每週到專門關押重刑犯的忠、孝二舍進行2個小時的個別晤談，他與另1個外聘心理師，

（三）監所身心障礙收容人的現況及統計[4]

1、 各矯正機關身心障礙收容人相關統計：

截至107年10月16日止，全國計有2,675名身心障礙收容人，其中第1類有1,130名最多，第7類有1,042名次之。各矯正機關中，臺中監獄收容354名最多，臺北監獄175名、高雄第二監獄166名、臺南監獄152名、高雄監獄140名、彰化監獄129名、臺北看守所124名、雲林第二監獄120

卻要輔導80到90位受刑人，而這還不是每個監所都有的「福利」（監所內的心理治療，主要是針對毒癮犯、性侵犯、酒駕與家暴這類的受刑人做「集體治療」，並無特殊規定要給精神病收容人做個別輔導）……。長期在監所服務的翁臨床心理師指出，長遠來看，精神疾患如果能接受2到3年的治療，也許可以恢復部分的能力，因為從醫療經驗來看，約有1/3的精神疾患是可以治療的，1/3是可以控制的。曾在臺中某監所精神科門診服務的李醫師指出，精神患者有在治療，其實狀態會差非常多……。李醫師不諱言的指出，監所和醫院最大的不同，是在『約束或隔離的方便』……。所謂的『好』，對他們來說只是『好管理』，在那裡睡覺、不要亂講話、不要亂動，不是比較好管理嗎？鎮定的作用比較強，讓他們不要那麼容易躁動……。宜蘭監獄監所管理員指出，部分精神疾患者在團體裡，沒有辦法和別人有好的互動，很容易就被列到『嚴重影響團體生活』或是『顯對他人有不良影響』而被關獨居，如果情緒過度激動的受刑人，會再被送到鎮靜室。鎮靜室也是獄中俗稱的『泡棉房』，四邊包括天花板和地板都貼泡棉，再貼一層隔水帆布……。『宜蘭這邊可能有全臺灣獨居最久的人吧，24年。當年是因為精神疾患犯罪，進來之後我們沒有給予精神醫療方面的積極協助，只用最簡單的方式，把他獨居起來、不讓他和其他人接觸，他的精神狀況不會比剛進來的時候好，而且會更差。』……這次訪談6名曾在監所服務過的教化人員，都不約而同的指出，這些病犯待在這裡，其實又是監所又是病院，除了戒護、鐵窗之外，應該需要一套完整的醫治療程介入，包括精神科醫師、心理師、社工師、護理師、職能治療師的照護團隊，不只給犯人藥吃，也評估他的身心狀況、就業準備、與家人社會的連結，協助當事人復歸社會……。劉姓收容人（已出獄）認為，臺灣目前監所的教化工作，缺乏一個國家型的目標計畫，人們希望受刑人經由矯正機構能改變自己，變成社會一個穩定的力量，不要再犯罪。『那他的處遇計畫是什麼？我們該怎麼協助他能夠回歸社會？』……中央警官大學沈教授表示，去看守所看曾姓收容人的時候發現病況又更差了：『整個環境沒有提供他一個好的教育的過程，所以他認知或能力會慢慢地一直被剝奪，退化下去。』……」

4 法務部108年3月20日法矯字第10802002390號函。

名，計有9所矯正機關收容身心障礙者人數超過100名。

表1　各矯正機關身心障礙收容人相關統計表

（統計至109年4月30日）

編號	機關名稱	人數	第1類	第2類	第3類	第4類	第5類	第6類	第7類	第8類
1	宜蘭監獄	132	41	7	2	5	4	1	60	3
2	基隆監獄	17	8	3	0	0	0	0	6	0
3	臺北監獄	190	101	14	4	11	5	2	59	1
4	桃園監獄	49	8	3	3	3	7	2	20	0
5	八德外役監獄	1	0	0	0	1	0	0	0	0
6	新竹監獄	75	24	8	2	2	1	1	37	1
7	臺中監獄	380	149	28	8	13	11	43	136	2
8	彰化監獄	115	39	7	2	2	7	4	42	0
9	雲林監獄	38	14	1	0	0	0	2	21	0
10	雲林二監	120	48	9	3	5	3	1	59	0
11	嘉義監獄	112	29	14	2	4	3	0	60	0
12	臺南第二監獄	34	14	2	3	2	0	0	13	0
13	臺南監獄	50	6	5	3	2	0	2	31	1
14	高雄監獄	187	58	21	4	2	0	4	76	0
15	高雄第二監獄	109	52	8	5	6	3	2	36	2
16	屏東監獄	99	31	10	2	2	3	2	51	4
17	花蓮監獄	108	54	2	4	3	4	0	43	0
18	臺東監獄	21	5	1	1	1	0	0	10	1
19	桃園女子監獄	70	43	5	2	1	0	1	21	1
20	臺中女子監獄	37	22	1	0	0	0	1	12	1
21	高雄女子監獄	33	15	3	1	2	1	0	11	1
22	明德外役監獄	5	1	0	0	3	0	0	1	0
23	自強外役監	6	1	0	0	1	0	1	3	0

編號	機關名稱	人數	第1類	第2類	第3類	第4類	第5類	第6類	第7類	第8類
24	綠島監獄	1	0	0	0	0	0	0	1	0
25	金門監獄	9	7	0	0	0	0	0	2	0
26	澎湖監獄	34	10	3	1	1	0	0	19	0
27	誠正中學	3	3	0	0	0	0	0	0	0
28	明陽中學	4	4	0	0	0	0	0	0	0
29	基隆看守所	12	6	0	0	0	0	0	5	0
30	臺北看守所	101	42	7	2	2	0	0	41	0
31	新竹看守所	7	0	1	0	0	0	0	4	0
32	苗栗看守所	42	26	2	0	0	1	2	12	0
33	台中看守所	23	14	1	0	0	0	1	8	0
34	南投看守所	18	8	1	0	1	0	1	7	0
35	彰化看守所	12	10	2	0	0	0	0	2	0
36	嘉義看守所	46	20	2	0	2	2	1	16	2
37	臺南看守所	63	24	10	3	3	1	0	25	0
38	屏東看守所	3	1	0	0	0	0	0	1	0
39	花蓮看守所	7	4	0	0	0	0	0	3	0
40	臺北女子看守所	5	4	0	0	0	0	0	1	0
41	新店戒治所	20	13	0	1	0	0	0	5	0
42	臺中戒治所	12	6	0	0	0	0	1	6	0
43	高雄戒治所	40	21	1	0	2	0	0	17	0
44	臺東戒治所	21	3	1	1	2	0	0	14	0
45	岩灣技能訓練所	28	8	2	1	0	0	0	16	0
46	東成技訓所	28	6	0	0	1	1	0	20	0
47	泰源技能訓練所	49	26	4	3	0	1	1	18	1
48	臺北少年觀護所	1	1	0	0	0	0	0	0	0
49	臺南少年觀護所	0	0	0	0	0	0	0	0	0

編號	機關名稱	人數	第1類	第2類	第3類	第4類	第5類	第6類	第7類	第8類
50	桃園少年輔育院	3	3	0	0	0	0	0	0	0
51	彰化少年輔育院	12	10	0	0	0	0	0	1	0
總計		2592	1043	189	63	85	58	76	1052	21
備註	《身心障礙者權益保障法》第5條規定：本法所稱身心障礙者，指下列各款身體系統構造或功能，有損傷或不全導致顯著偏離或喪失，影響其活動與參與社會生活，經醫事、社會工作、特殊教育與職業輔導評量等相關專業人員組成之專業團隊鑑定及評估，領有身心障礙證明者： 一、神經系統構造及精神、心智功能。 二、眼、耳及相關構造與感官功能及疼痛。 三、涉及聲音與言語構造及其功能。 四、循環、造血、免疫與呼吸系統構造及其功能。 五、消化、新陳代謝與內分泌系統相關構造及其功能。 六、泌尿與生殖系統相關構造及其功能。 七、神經、肌肉、骨骼之移動相關構造及其功能。 八、皮膚與相關構造及其功能。									

資料來源：法務部

2、 105年至107年各矯正機關對身心障礙者施以獨居監禁之情形：

另查據法務部108年3月20日更新之數據，全國身心障礙收容人數計3,037名，5個月左右期間內增加362名，依然係臺中監獄344名最多。收容超過100名身心障礙收容人之矯正機關，包括：高雄戒治所214名、花蓮看守所211名、臺北監獄181名、高雄第二監獄168名、彰化監獄153名、雲林第二監獄136名、臺北看守所118名、高雄監獄114名、花蓮監獄102名。

表2　105年至107年各矯正機關對身心障礙者施以獨居監禁之情形一覽表

單位：人

機關名稱	身心障礙收容人數	身心障礙收容人獨居人數	機關名稱	身心障礙收容人數	身心障礙收容人獨居人數
臺北監獄	181	6	新竹看守所	33	0
桃園監獄	50	1	苗栗看守所	43	2
桃園女子監獄	63	3	臺中看守所	32	1
新竹監獄	69	2	彰化看守所	10	0
臺中監獄	344	4	南投看守所	17	0
臺中女子監獄	37	2	嘉義看守所	44	1
彰化監獄	153	2	臺南看守所	57	1
雲林監獄	39	4	屏東看守所	25	0
雲林第二監獄	136	8	基隆看守所	5	0
嘉義監獄	97	1	花蓮看守所	211	0
臺南監獄	97	5	新店戒治所	14	2
明德外役監獄	4	0	臺中戒治所	10	0
高雄監獄	114	6	高雄戒治所	214	1
高雄第二監獄	168	4	臺東戒治所	77	1
高雄女子監獄	34	1	岩灣技能訓練所	31	4
屏東監獄	41	2	東成技能訓練所	31	2
基隆監獄	14	1	泰源技能訓練所	45	4
宜蘭監獄	84	0	誠正中學	11	3
花蓮監獄	102	0	明陽中學	9	1
自強外役監獄	0	0	桃園少年輔育院	5	1
臺東監獄	30	4	彰化少年輔育院	11	0
澎湖監獄	36	2	臺北少年觀護所	30	0
綠島監獄	1	1	臺南少年觀護所	0	0
金門監獄	6	3	八德外役監獄	3	0
臺北看守所	118	2	臺南第二監獄	29	0
臺北女子看守所	22	0	合計	3,037	88

資料來源：監察院依據法務部108年3月20日法矯字第10802002390號函函覆資料製表。

3、 105年至107年身心障礙收容人違規受懲罰情形：

表列持身心障礙證明之收容人違規受懲罰情形中，各矯正機關共計有285名身心障礙收容人違規受減輕、中止或不予懲罰、761名違規受一般懲罰，比例約為1：2.67。除彰化監獄、臺南監獄、臺南看守所、雲林監獄、高雄監獄之「減輕、中止或不予懲罰之次數」比例較高，其餘矯正機關違規受懲罰次數中，「受一般懲罰之次數」較多，與CRPD規定給予合理調整，依照障礙者的狀況調整相關懲罰之意旨未盡相符。

表3　105年至107年身心障礙收容人違規受懲罰情形一覽表

單位：人

法務部矯正署所屬矯正機關持身心障礙證明之收容人違規受懲罰情形一覽表					
機關名稱	身心障礙收容人				違規態樣統計
	收容人數	違規受懲罰次數	受一般懲罰之次數	減輕、中止或不予懲罰之次數	
合計	3,037	1,046	761	285	
臺北監獄	181	137	131	6	1.鬥毆打架類31次 2.擾亂秩序類79次 3.私藏違禁品類4次 4.賭博財物類2次 5.違抗管教類13次 6.紋身猥褻類2次
桃園監獄	50	47	39	8	1.鬥毆打架類11次 2.擾亂秩序類29次 3.違抗管教類5次 4.私藏違禁品類2次
桃園女子監獄	63	4	4	0	1.鬥毆打架類1次 2.擾亂秩序類3次
新竹監獄	69	14	7	7	1.鬥毆打架類8次 2.擾亂秩序類5次 3.賭博財物類1次
臺中監獄	344	150	116	35	1.鬥毆打架類83次 2.擾亂秩序類46次 3.紋身猥褻類9次 4.違抗管教8次 5.私藏違禁物品類3次 6.賭博財物類1次
臺中女子監獄	37	4	2	2	1.鬥毆打架類2次 2.擾亂秩序類2次
彰化監獄	153	82	47	35	1.鬥毆打架類19次 2.擾亂秩序類49次 3.紋身猥褻類2次 4.違抗管教類7次 5.私藏違禁品類4次 6.賭博財物類1次

法務部矯正署所屬矯正機關持身心障礙證明之收容人違規受懲罰情形一覽表					
機關名稱	身心障礙收容人				違規態樣統計
	收容人數	違規受懲罰次數	受一般懲罰之次數	減輕、中止或不予懲罰之次數	
雲林監獄	39	28	0	28	1. 鬥毆打架類5次 2. 擾亂秩序類23次
雲林第二監獄	136	54	40	14	1. 鬥毆打架類7次 2. 擾亂秩序類45次 3. 私藏違禁物品類1次 4. 其他類1次
嘉義監獄	97	73	61	12	1. 鬥毆打架類20次 2. 擾亂秩序31次 3. 私藏違禁品類7次 4. 違抗管教類15次
臺南監獄	97	37	16	21	1. 鬥毆打架類1次 2. 擾亂秩序類25次 3. 私藏違禁物品類9次 4. 其他類2次
明德外役監獄	4	0	0	0	
高雄監獄	114	32	8	24	1. 鬥毆打架類17次 2. 擾亂秩序類13次 3. 違抗管教類1次 4. 脫離戒護視線、意圖脫逃類1次
高雄第二監獄	168	17	12	5	1. 鬥毆打架類6次 2. 擾亂秩序類5次 3. 私藏違禁品類2次 4. 違抗管教類3次 5. 紋身猥褻類1次
高雄女子監獄	34	4	1	3	擾亂秩序類4次
屏東監獄	41	8	5	3	1. 鬥毆打架類1次 2. 擾亂秩序類5次 3. 私藏違禁品類1次 4. 違抗管教類1次
基隆監獄	14	2	2	0	1. 鬥毆打架類1次 2. 擾亂秩序類1次

法務部矯正署所屬矯正機關持身心障礙證明之 收容人違規受懲罰情形一覽表					
機關名稱	身心障礙收容人				違規態樣統計
	收容人數	違規受懲罰 次 數	受一般懲罰之次數	減輕、中止或不予懲罰之次數	
宜蘭監獄	84	19	19	0	1.鬥毆打架類3次 2.擾亂秩序類14次 3.私藏違禁品類2次
花蓮監獄	102	41	35	6	1.鬥毆打架類15次 2.擾亂秩序類20次 3.違抗管教類1次 4.紋身猥褻類1次
自強外役監獄	0	0	0	0	
臺東監獄	30	5	3	2	擾亂秩序類5次
澎湖監獄	36	18	15	3	1.鬥毆打架類2次 2.擾亂秩序類10次 3.違抗管教類2次 4.私藏違禁品類4次
綠島監獄	1	3	2	1	擾亂秩序類3次
金門監獄	6	1	1	0	鬥毆打架類1次
臺北看守所	118	43	43	0	1.鬥毆打架類18次 2.擾亂秩序類24次 3.違抗管教類1次
臺北女子看守所	22	2	0	2	鬥毆打架類2次
新竹看守所	33	6	6	0	1.鬥毆打架類2次 2.擾亂秩序類4次
苗栗看守所	43	4	3	1	1.賭博財物類1次 2.擾亂秩序類3次
臺中看守所	32	5	1	4	1.鬥毆打架類1次 2.擾亂秩序類4次
嘉義看守所	44	24	18	6	1.鬥毆打架類1次 2.擾亂秩序類21次 3.私藏違禁品類2次
臺南看守所	57	28	0	28	1.鬥毆打架類12次 2.擾亂秩序類9次 3.私藏違禁品類2次 4.違抗管教類5次

法務部矯正署所屬矯正機關持身心障礙證明之 收容人違規受懲罰情形一覽表					
機關名稱	身心障礙收容人				違規態樣統計
	收容人數	違規受懲罰 次 數	受一般懲罰之次數	減輕、中止或不予懲罰之次數	
嘉義看守所	44	24	18	6	1.鬥毆打架類1次 2.擾亂秩序類21次 3.私藏違禁品類2次
臺南看守所	57	28	0	28	1.鬥毆打架類12次 2.擾亂秩序類9次 3.私藏違禁品類2次 4.違抗管教類5次
屏東看守所	25	0	0	0	
基隆看守所	5	1	0	1	鬥毆打架類1次
花蓮看守所	211	9	9	0	1.鬥毆打架類3次 2.擾亂秩序類5次 3.違抗管教類1次
新店戒治所	14	2	0	2	1.鬥毆打架類1次 2.擾亂秩序類1次
臺中戒治所	10	0	0	0	
高雄戒治所	214	19	19	0	1.鬥毆打架類6次 2.擾亂秩序類13次
臺東戒治所	77	5	5	0	擾亂秩序類5次
岩灣技能訓練所	31	8	7	1	1.違抗管教類2次 2.擾亂秩序類4次 3.私藏違禁品類1次 4.紋身猥褻類1次
東成技能訓練所	31	9	6	3	1.鬥毆打架類3次 2.擾亂秩序類5次 3.私藏違禁品類1次
泰源技能訓練所	45	28	22	6	1.鬥毆打架類8次 2.擾亂秩序類17次 3.私藏違禁品類2次 4.違抗管教類1次
誠正中學	11	3	3	0	鬥毆打架類3次
明陽中學	9	10	10	0	1.鬥毆打架類7次 2.擾亂秩序類2次 3.私藏違禁品類1次

法務部矯正署所屬矯正機關持身心障礙證明之收容人違規受懲罰情形一覽表					
機關名稱	身心障礙收容人				違規態樣統計
	收容人數	違規受懲罰次數	受一般懲罰之次數	減輕、中止或不予懲罰之次數	
桃園少年輔育院	5	5	5	0	1.鬥毆打架類1次 2.擾亂秩序類2次 3.脫離戒護視線、意圖脫逃類1次 4.紋身猥褻類1次
彰化少年輔育院	11	20	12	8	1.鬥毆打架類7次 2.擾亂秩序類9次 3.違抗管教類3次 4.私藏違禁品類1次
臺北少年觀護所	30	10	10	0	1.鬥毆打架類6次 2.擾亂秩序類4次
臺南少年觀護所	0	0	0	0	
八德外役監獄	3	0	0	0	
臺南第二監獄	29	23	15	8	1.鬥毆打架類13次 2.擾亂秩序類5次 3.違抗管教類5次

註：本表調查範圍係107年12月31日在監持身心障礙證明之收容人於105年至107年之違規懲罰紀錄。

資料來源：法務部108年3月20日法矯字第10802002390號函。4、

105年至107年各矯正機關辦理和緩處遇情形：

依據《監獄行刑法施行細則》第26條規定收容人得予和緩處遇之要件，查105年至107年各矯正機關辦理和緩處遇調查表，入監時攜帶身心障礙證明人數，該3年中分別為813人、2,175人、3,403人，受到和緩處遇人數3年則分別為138人、191人、265人，比率16.97%、8.78%、7.79%，呈逐年下降趨勢，領有身心障礙證明且機關辦理和緩處遇人數僅占入監時攜帶身心障礙證明人數之7.79%。

表4　105年至107年各矯正機關辦理和緩處遇調查表

序號	機關	和緩處遇人數	入監時攜帶身心障礙證明人數	入監後，已達身心障礙要件（但無證明），收容人主動申請身心障礙證明（件數）	入監後已達身心障礙要件（但無證明），機關主動幫收容人申請身心障礙證明（件數）	領有身心障礙證明且機關辦理和緩處遇人數	在監領有身心障礙證明，符合不堪作業人數
105年							
1	臺南少觀所	0	0	0	0	0	0
2	臺北少觀所	0	7	0	0	0	0
3	誠正中學	0	5	0	0	0	0
4	明陽中學	1	2	0	0	-	0
5	金門監獄	1	1	0	0	1	0
6	綠島監獄	3	0	0	0	0	0
7	桃園監獄	0	22	0	0	0	1
8	臺中女監	31	14	0	0	4	0
9	高雄第二監獄	46	50	0	0	3	13
10	臺中看守所	10	7	0	0	3	1
11	臺南看守所	6	10	0	0	0	0
12	桃園少輔院	0	2	0	0	0	0
13	彰化少輔院	0	8	0	0	0	0
14	八德外監	2	0	0	0	0	0
15	明德外監	0	0	0	0	0	0
16	自強外監	0	2	0	0	0	0
17	基隆看守所	0	1	0	0	0	1
18	新店戒治所	0	4	0	0	0	0
19	臺北女子看守所	18	61	0	0	0	0
20	臺中戒治所	0	6	0	0	0	0

序號	機關	和緩處遇人數	入監時攜帶身心障礙證明人數	入監後，已達身心障礙要件（但無證明），收容人主動申請身心障礙證明（件數）	入監後已達身心障礙要件（但無證明），機關主動幫收容人申請身心障礙證明（件數）	領有身心障礙證明且機關辦理和緩處遇人數	在監領有身心障礙證明，符合不堪作業人數
21	高雄戒治所	4	0	0	0	0	0
22	臺東戒治所	1	2	0	0	0	0
23	泰源技訓所	26	5	0	0	5	7
24	岩灣技訓所	11	4	0	0	2	0
25	東成技訓所	8	7	0	0	3	0
26	基隆監獄	27	23	0	0	12	0
27	桃園女監	21	11	0	1	0	0
28	雲林監獄	44	29	0	0	6	0
29	嘉義監獄	11	66	0	0	1	4
30	臺南監獄	112	16	0	0	3	10
31	臺南第二監獄	7	15	0	0	1	0
32	高雄女監	11	16	0	0	0	0
33	高雄監獄	111	9	0	0	5	2
34	屏東監獄	48	11	0	0	3	0
35	花蓮監獄	23	48	0	0	4	5
36	花蓮監獄	31	26	0	0	11	0
37	新竹看守所	0	8	0	0	0	0
38	彰化看守所	0	2	0	0	0	0
39	南投看守所	0	20	0	0	0	6
40	花蓮看守所	0	73	0	0	0	0
41	新竹監獄	46	12	0	0	6	2
42	臺中監獄	121	54	0	2	7	15

序號	機關	和緩處遇人數	入監時攜帶身心障礙證明人數	入監後，已達身心障礙要件（但無證明），收容人主動申請身心障礙證明（件數）	入監後已達身心障礙要件（但無證明），機關主動幫收容人申請身心障礙證明（件數）	領有身心障礙證明且機關辦理和緩處遇人數	在監領有身心障礙證明，符合不堪作業人數
43	彰化監獄	61	55	0	0	3	0
44	雲林二監	63	22	0	1	8	0
45	臺東監獄	1	5	0	0	1	0
46	宜蘭監獄	62	5	0	0	0	2
47	臺北看守所	28	27	0	0	1	0
48	苗栗看守所	0	17	0	0	0	1
49	嘉義看守所	8	6	0	0	0	1
50	屏東看守所	0	0	0	0	0	0
51	臺北監獄	149	17	60	0	45	2
	合計	1,153	813	60	4	138	73
106年							
1	臺南少觀所	0	0	0	0	0	0
2	臺北少觀所	0	14	0	0	0	0
3	誠正中學	0	5	0	0	0	0
4	明陽中學	2	1	0	0	-	0
5	金門監獄	1	7	0	0	1	0
6	綠島監獄	3	1	0	0	1	1
7	桃園監獄	0	184	0	0	0	7
8	臺中女監	31	52	0	0	5	1
9	高雄第二監獄	54	245	0	0	13	46
10	臺中看守所	22	75	0	0	3	6
11	臺南看守所	3	86	0	0	0	3
12	桃園少輔院	0	5	0	0	0	0
13	彰化少輔院	0	14	0	0	0	0
14	八德外監	2	1	1	0	0	0

序號	機關	和緩處遇人數	入監時攜帶身心障礙證明人數	入監後，已達身心障礙要件（但無證明），收容人主動申請身心障礙證明（件數）	入監後已達身心障礙要件（但無證明），機關主動幫收容人申請身心障礙證明（件數）	領有身心障礙證明且機關辦理和緩處遇人數	在監領有身心障礙證明，符合不堪作業人數
15	明德外監	0	1	0	0	0	0
16	自強外監	0	5	0	0	0	0
17	基隆看守所	4	6	0	0	0	3
18	新店戒治所	0	5	0	0	0	0
19	臺北女子看守所	11	63	0	0	0	0
20	臺中戒治所	0	2	0	0	0	0
21	高雄戒治所	1	7	0	0	1	0
22	臺東戒治所	1	7	0	0	0	0
23	泰源技訓所	31	6	0	0	6	7
24	岩灣技訓所	15	8	0	0	1	2
25	東成技訓所	12	16	0	0	1	0
26	基隆監獄	29	30	0	0	6	0
27	桃園女監	25	45	0	2	2	0
28	雲林監獄	48	41	1	0	6	0
29	嘉義監獄	28	10	1	0	5	3
30	臺南監獄	121	23	0	0	3	7
31	臺南第二監獄	3	20	0	0	0	0
32	高雄女監	26	54	0	0	2	0
33	高雄監獄	95	25	0	1	15	1
34	屏東監獄	58	32	0	0	6	1
35	花蓮監獄	34	60	0	0	11	7
36	花蓮監獄	29	30	0	0	11	0
37	新竹看守所	0	32	0	0	0	0
38	彰化看守所	1	17	0	0	0	0

序號	機關	和緩處遇人數	入監時攜帶身心障礙證明人數	入監後，已達身心障礙要件（但無證明），收容人主動申請身心障礙證明（件數）	入監後已達身心障礙要件（但無證明），機關主動幫收容人申請身心障礙證明（件數）	領有身心障礙證明且機關辦理和緩處遇人數	在監領有身心障礙證明，符合不堪作業人數
39	南投看守所	0	64	0	0	0	18
40	花蓮看守所	0	89	0	0	0	0
41	新竹監獄	49	17	0	0	6	3
42	臺中監獄	176	174	0	2	7	21
43	彰化監獄	41	63	0	0	3	2
44	雲林二監	70	98	0	0	13	4
45	臺東監獄	2	20	0	0	2	0
46	宜蘭監獄	66	14	0	0	2	0
47	臺北看守所	63	243	0	0	1	0
48	苗栗看守所	4	84	0	0	0	1
49	嘉義看守所	11	48	0	0	0	1
50	屏東看守所	1	0	0	0	0	0
51	臺北監獄	150	26	67	0	58	6
	合計	1,323	2,175	70	5	191	151
107年							
1	臺南少觀所	0	0	0	0	0	0
2	臺北少觀所	0	11	0	0	0	0
3	誠正中學	0	11	0	0	0	0
4	明陽中學	1	4	0	0	-	0
5	金門監獄	1	10	0	0	1	0
6	綠島監獄	4	1	0	0	1	1
7	桃園監獄	1	206	0	0	1	10
8	臺中女監	28	48	0	1	3	1
9	高雄第二監獄	111	347	0	0	23	56
10	臺中看守所	9	149	0	0	5	9
11	臺南看守所	42	152	0	0	1	5

序號	機關	和緩處遇人數	入監時攜帶身心障礙證明人數	入監後，已達身心障礙要件（但無證明），收容人主動申請身心障礙證明（件數）	入監後已達身心障礙要件（但無證明），機關主動幫收容人申請身心障礙證明（件數）	領有身心障礙證明且機關辦理和緩處遇人數	在監領有身心障礙證明，符合不堪作業人數
12	桃園少輔院	0	7	0	1	0	0
13	彰化少輔院	0	11	0	0	0	0
14	八德外監	0	3	0	0	0	0
15	明德外監	0	4	0	0	0	0
16	自強外監	0	1	0	0	0	0
17	基隆看守所	4	12	0	0	0	2
18	新店戒治所	1	20	0	0	0	0
19	臺北女子看守所	10	77	0	0	4	0
20	臺中戒治所	0	10	0	0	0	0
21	高雄戒治所	13	30	0	0	13	0
22	臺東戒治所	2	22	1	0	1	0
23	泰源技訓所	34	11	0	0	11	6
24	岩灣技訓所	24	10	1	0	0	1
25	東成技訓所	12	32	0	0	3	2
26	基隆監獄	12	23	0	0	2	1
27	桃園女監	45	80	0	0	5	0
20	臺中戒治所	0	10	0	0	0	0
21	高雄戒治所	13	30	0	0	13	0
22	臺東戒治所	2	22	1	0	1	0
23	泰源技訓所	34	11	0	0	11	6
24	岩灣技訓所	24	10	1	0	0	1
25	東成技訓所	12	32	0	0	3	2
26	基隆監獄	12	23	0	0	2	1
27	桃園女監	45	80	0	0	5	0
28	雲林監獄	45	45	3	0	7	0
29	嘉義監獄	9	20	0	0	1	4
30	臺南監獄	140	17	0	0	4	8
31	臺南第二監獄	7	29	0	2	0	2

序號	機關	和緩處遇人數	入監時攜帶身心障礙證明人數	入監後，已達身心障礙要件（但無證明），收容人主動申請身心障礙證明（件數）	入監後已達身心障礙要件（但無證明），機關主動幫收容人申請身心障礙證明（件數）	領有身心障礙證明且機關辦理和緩處遇人數	在監領有身心障礙證明，符合不堪作業人數
32	高雄女監	30	70	0	0	5	1
33	高雄監獄	58	28	0	1	13	1
34	屏東監獄	64	49	0	0	15	6
35	花蓮監獄	36	101	0	1	12	9
36	花蓮監獄	36	101	0	1	12	9
37	新竹看守所	0	33	0	0	0	0
38	彰化看守所	0	86	0	0	0	0
39	南投看守所	0	57	0	0	0	15
40	花蓮看守所	0	106	0	0	0	0
41	新竹監獄	67	29	0	3	6	1
42	臺中監獄	260	289	0	6	11	31
43	彰化監獄	49	86	2	0	3	0
44	雲林二監	74	166	0	0	13	2
45	臺東監獄	7	58	0	0	7	8
46	宜蘭監獄	45	35	0	0	4	3
47	臺北看守所	57	448	0	0	8	0
48	苗栗看守所	5	91	0	0	0	3
49	嘉義看守所	8	104	0	0	0	1
50	屏東看守所	1	0	0	0	0	0
51	臺北監獄	124	63	94	0	70	8
	合計	1,476	3,403	101	16	265	206

資料來源：法務部108年3月20日法矯字第10802002390號函附件12；法務部107年7月1日約詢書面說明資料附件6。

5、 105年至107年矯正機關身心障礙者未下工場作業人數及原因：

查據105年至107年矯正機關身心障礙者未下工場作業人數及原因彙總表，領有身心障礙證明在舍房作業人數，107年高雄第二監獄有167名，次為彰化看守所73名、臺北看守所41名、臺東監獄36名、新竹看守所33名、臺北女子看守所32名。領有身心障礙證明，未達不堪作業且無參與舍房作業，因其他理由未下工場作業人數，則以桃園監獄111名最多，次為臺中看守所97名、臺中女子監獄48名、花蓮看守所35名、臺中監獄30名。

領有身心障礙證明且下工場作業人數、領有身心障礙證明，不堪作業人數、領有身心障礙證明在舍房作業人數占領有身心障礙證明人數之比率，於105年分別為70.21%、8.29%、15.07%；106年分別為66.08%、6.78%、13.70%；107年分別為68.28%、5.90%、14.53%。

表5　105年至107年矯正機關身心障礙者未下工場作業人數及原因彙總表

序號	機關名稱	領有身心障礙證明人數	領有身心障礙證明且下工場作業人數	領有身心障礙證明，不堪作業人數	領有身心障礙證明在舍房作業人數	領有身心障礙證明，未達不堪作業且無參與舍房作業，因其他理由未下工場作業人數	
						人數	原因
105年							
1	臺北監獄	77	69	2	6	0	
2	桃園監獄	22	13	1	0	8	違規、新收、被告、療養
3	桃園女子監獄	12	11	0	1	0	
4	新竹監獄	12	10	2	0	0	
5	臺中監獄	56	36	15	2	3	違規、新收、療養
6	臺中女子監獄	14	0	0	0	14	新收
7	彰化監獄	55	55	0	0	0	
8	雲林監獄	29	28	0	1	0	
9	雲林第二監獄	23	19	0	5	0	
10	嘉義監獄	66	33	4	26	3	療養
11	臺南監獄	16	0	10	6	0	
12	臺南第二監獄	15	15	0	0	0	
13	高雄監獄	9	4	2	0	3	療養
14	高雄第二監獄	50	16	13	21	0	
15	高雄女子監獄	16	16	0	0	0	
16	屏東監獄	11	6	0	3	2	療養、違規
17	臺東監獄	5	5	0	0	0	
18	花蓮監獄	48	42	5	1	0	
19	宜蘭監獄	5	3	2	0	0	
20	基隆監獄	23	23	0	0	0	
21	澎湖監獄	26	25	0	1	0	
22	綠島監獄	0	0	0	0	0	

序號	機關名稱	領有身心障礙證明人數	領有身心障礙證明且下工場作業人數	領有身心障礙證明，不堪作業人數	領有身心障礙證明在舍房作業人數	領有身心障礙證明，未達不堪作業且無參與舍房作業，因其他理由未下工場作業人數	
						人數	原因
23	金門監獄	1	1	0	0	0	
24	八德外役監獄	0	0	0	0	0	
25	明德外役監獄	0	0	0	0	0	
26	自強外役監獄	2	2	0	0	0	
27	臺北看守所	27	22	0	5	0	
28	臺北女子看守所	61	26	0	35	0	
29	新竹看守所	8	0	0	8	0	
30	苗栗看守所	17	15	1	1	0	
31	臺中看守所	7	2	1	1	3	療養
32	南投看守所	20	7	6	3	4	被告、新收、戒護安全、療養
33	彰化看守所	2	0	0	2	0	
34	嘉義看守所	6	5	1	0	0	
35	臺南看守所	10	10	0	0	0	
36	屏東看守所	0	0	0	0	0	
37	花蓮看守所	73	70	0	0	3	被告、勒戒
38	基隆看守所	1	0	1	0	0	
39	泰源技能訓練所	5	0	5	0	0	
40	東成技能訓練所	7	6	0	1	0	
41	岩灣技能訓練所	4	4	0	0	0	
42	新店戒治所	4	0	0	0	4	輔導課程
43	臺中戒治所	6	0	0	0	6	輔導課程
44	高雄戒治所	0	0	0	0	0	輔導課程
45	臺東戒治所	5	2	0	0	0	
合計		856	601	71	129	53	

序號	機關名稱	領有身心障礙證明人數	領有身心障礙證明且下工場作業人數	領有身心障礙證明，不堪作業人數	領有身心障礙證明在舍房作業人數	領有身心障礙證明，未達不堪作業且無參與舍房作業，因其他理由未下工場作業人數	
						人數	原因
106年							
1	臺北監獄	93	84	6	3	0	
2	桃園監獄	184	78	7	3	96	違規、新收、被告、療養、外醫住院、收容
3	桃園女子監獄	47	45	0	2	0	
4	新竹監獄	17	14	3	0	0	
5	臺中監獄	176	138	21	4	13	
6	臺中女子監獄	52	0	1	0	51	新收
7	彰化監獄	63	61	2	0	0	
8	雲林監獄	42	42	0	0	0	
9	雲林第二監獄	98	86	4	8	0	
10	嘉義監獄	11	0	3	0	8	空大上課、療養
11	臺南監獄	23	0	7	16	0	
12	臺南第二監獄	20	20	0	0	0	
13	高雄監獄	26	17	1	3	5	病舍、療養
14	高雄第二監獄	245	61	46	138	0	
15	高雄女子監獄	54	54	0	0	0	
16	屏東監獄	32	24	1	3	4	療養、違規
17	臺東監獄	20	14	0	6	0	
18	花蓮監獄	60	50	7	3	0	
19	宜蘭監獄	14	14	0	0	0	
20	基隆監獄	30	30	0	0	0	
21	澎湖監獄	30	29	0	1	0	
22	綠島監獄	1	0	1	0	0	新收
23	金門監獄	7	7	0	0	0	

序號	機關名稱	領有身心障礙證明人數	領有身心障礙證明且下工場作業人數	領有身心障礙證明，不堪作業人數	領有身心障礙證明在舍房作業人數	領有身心障礙證明，未達不堪作業且無參與舍房作業，因其他理由未下工場作業人數	
						人數	原因
24	八德外役監獄	2	2	0	0	0	
25	明德外役監獄	1	1	0	0	0	
26	自強外役監獄	5	5	0	0	0	
27	臺北看守所	243	228	0	15	0	
28	臺北女子看守所	63	31	0	32	0	
29	新竹看守所	32	0	0	32	0	
30	苗栗看守所	84	82	1	1	0	
31	臺中看守所	75	10	6	10	49	療養
32	南投看守所	64	30	18	3	13	被告、新收、戒護安全、療養
33	彰化看守所	17	2	0	15	0	
34	嘉義看守所	48	31	1	0	16	寄押、被告、療養、刑期過短、違規
35	臺南看守所	86	80	3	3	0	
36	屏東看守所	0	0	0	0		
37	花蓮看守所	89	63	0	0	26	被告、勒戒、寄禁
38	基隆看守所	6	1	3	0	2	被告、借提
39	泰源技能訓練所	6	0	6	0	0	
40	東成技能訓練所	16	16	0	0	0	
41	岩灣技能訓練所	8	6	2	0	0	
42	新店戒治所	5	0	0	0	5	輔導課程
43	臺中戒治所	2	0	0	0	2	輔導課程
44	高雄戒治所	7	0	0	0	7	輔導課程
45	臺東戒治所	7	5	0	2	0	
合計		2,211	1,461	150	303	297	

序號	機關名稱	領有身心障礙證明人數	領有身心障礙證明且下工場作業人數	領有身心障礙證明，不堪作業人數	領有身心障礙證明在舍房作業人數	領有身心障礙證明，未達不堪作業且無參與舍房作業，因其他理由未下工場作業人數	
						人數	原因
107年							
1	臺北監獄	157	135	8	14	0	
2	桃園監獄	206	85	10	0	111	違規、新收、被告、療養、和緩處遇、外醫住院、收容少年、觀察勒戒
3	桃園女子監獄	80	79	0	1	0	
4	新竹監獄	32	20	1	2	9	精神疾病、肢能障礙
5	臺中監獄	295	222	31	12	30	
6	臺中女子監獄	49	0	1	0	48	新收
7	彰化監獄	88	88	0	0	0	
8	雲林監獄	48	47	0	1	0	
9	雲林第二監獄	166	152	2	12	0	
10	嘉義監獄	20	9	4	7	0	療養
11	臺南監獄	17	0	8	9	0	
12	臺南第二監獄	31	28	2	0	1	新收
13	高雄監獄	29	24	1	2	2	並設、療養
14	高雄第二監獄	347	124	56	167	0	
15	高雄女子監獄	70	68	1	1	0	
16	屏東監獄	49	29	6	4	10	療養、違規
17	臺東監獄	58	14	8	36	0	
18	花蓮監獄	102	88	9	5	0	
19	宜蘭監獄	35	32	3	0	0	
20	基隆監獄	23	21	1	1	0	

序號	機關名稱	領有身心障礙證明人數	領有身心障礙證明且下工場作業人數	領有身心障礙證明，不堪作業人數	領有身心障礙證明在舍房作業人數	領有身心障礙證明，未達不堪作業且無參與舍房作業，因其他理由未下工場作業人數	
						人數	原因
21	澎湖監獄	36	34	0	2	0	
22	綠島監獄	1	0	1	0	0	
23	金門監獄	10	7	0	3	0	
24	八德外役監獄	3	3	0	0	0	
25	明德外役監獄	4	4	0	0	0	
26	自強外役監獄	1	1	0	0	0	
27	臺北看守所	448	407	0	41	0	
28	臺北女子看守所	7	45	0	32	0	
29	新竹看守所	33	0	0	33	0	
30	苗栗看守所	91	85	3	3	0	
31	臺中看守所	149	33	9	10	97	療養
32	南投看守所	57	23	15	4	15	被告、新收、戒護安全、療養
33	彰化看守所	86	13	0	73	0	
34	嘉義看守所	104	81	1	2	20	被告、刑期太短
35	臺南看守所	152	142	5	5	0	
36	屏東看守所	0	0	0	0	0	
37	花蓮看守所	106	71	0	0	35	被告、少年、勒戒、寄禁
38	基隆看守所	12	1	2	0	9	被告、少年、借提、療養
39	泰源技能訓練所	11	5	6	0	0	
40	東成技能訓練所	32	28	2	2	0	
41	岩灣技能訓練所	11	10	1	0	0	
42	新店戒治所	20	0	0	0	20	輔導課程
43	臺中戒治所	10	0	0	0	10	輔導課程

序號	機關名稱	領有身心障礙證明人數	領有身心障礙證明且下工場作業人數	領有身心障礙證明，不堪作業人數	領有身心障礙證明在舍房作業人數	領有身心障礙證明，未達不堪作業且無參與舍房作業，因其他理由未下工場作業人數	
						人數	原因
44	高雄戒治所	30	0	0	0	30	輔導課程
45	臺東戒治所	23	22	0	1	0	
合計		3,339	2,280	197	485	447	

資料來源：法務部107年7月1日約詢書面說明資料附件8。

（四）監所對新收身心障礙者之標準作業程序

1、 身心障礙者之調查、分類、處理機制係依《受刑人調查分類辦法》第3條規定：「對受刑人之分類，應依其身心狀態定其戒護管理方法，性向技能定其作業科別，知識程度定其教育班次，並按個別情形為左列之區分：一、第一類：生理或心理欠健全者。二、第二類：智力特別低下者。三、第三類：道德觀念特別薄弱者。四、第四類：不屬於前三類之情形者。（第1項）關於受刑人平時在監之起居活動，應參酌前項分類為適當之管理。此項分類祇為監獄人員執行處遇之標準，不得公開。（第2項）」辦理，合先敘明。

2、 另依《監獄行刑法施行細則》第26條規定：「依本法第20條第3項得為和緩處遇者，以下列受刑人為限：一、患有疾病經醫師證明須長期療養者。二、心神喪失、精神耗弱或智能低下者。三、衰老、身心障礙、行動不便或不能自理生活者。四、懷胎或分娩未滿2月者。五、依調查分類之結果認為有和緩處遇之必要者。（第1項）前項和緩處遇之受刑人應報請法務部備查。（第2項）」對於心神喪失、精神耗弱或智能低下者，矯正署各監獄經審查後提報和緩處遇，予以寬鬆之處遇。

3、目前矯正機關於收容人入矯正機關之新收調查時，即針對收容人之身心狀況、家庭背景、犯罪過程等進行全面性瞭解，若發覺有聽覺障礙、言語溝通障礙或其他身心障礙等情事，即詢問病史或看診，以瞭解情形；並依監獄行刑法及其施行細則暨相關矯正法規規定等，對於身心障礙收容人訂定妥適之處遇，並保障其權益。

4、策進作為：為落實個別化處遇之精神，矯正署於《監獄行刑法草案》第11條第3項明定：「監獄應於受刑人入監後3個月內，依第1項之調查資料，訂定其個別處遇計畫，並適時修正。」未來矯正署將就各類收容人研訂「個別處遇計畫」，精進處遇內容。

5、法務部[5]對監所環境擁擠不良及醫療資源不足之策進作為：

（1）我國於102年實施二代健保後，矯正機關內之醫療水平已有所提升，收容人於矯正機關即與一般民眾接受相同健保服務，由合作之健保醫院提供門診，依一般民眾相同的標準對收容人提供健康照護。收容人如有醫療需求時，由矯正機關依醫囑協助其接受醫療。尚應無醫療資源不足造成喪失基本權利等情。

（2）另為解決矯正機關超收問題，矯正署業積極推動矯正機關新擴及遷建計畫，除臺北監獄及宜蘭監獄外，目前尚有八德外役監獄、雲林第二監獄以及彰化看守所等新擴

5 法務部108年7月1日約詢書面說明資料。

及遷建計畫刻辦理中，各計畫期程分別將於109年至112年間陸續完成，期能有效紓緩超額收容問題，提供收容人合宜之生活環境。

6、 目前矯正機關心理師、社工師（員）、教誨師及醫事人員等專業人力情形：

（1） 矯正署現有衛生科科長、醫師、護理師、藥師及醫事檢驗師等醫事人員編制員額為196名，現有員額186名，編現比約為95%。現有醫師2名分置於臺中戒治所、臺南看守所。其他醫事人員與收容人數之比例，以107年12月底總收容人數63,317人計算為1：340，依專業人員分列與收容人比例，護理人員比為1：851，藥師比為1：1,156，醫事檢驗師比為1：4,085。

（2） 以矯正機關近3年（105年至107年）毒品、酒駕、性侵、家暴及少年平均收容人數計41,882人，目前矯正機關僅有43名臨床心理師與38名社會工作師（員），人力比高達970至1,100，專業人力顯有不足。矯正署爰持續爭取補充專業人力經費，於108年度獲編66名心理、社會專業處遇人員經費並辦理進用。

（3） 醫事人員部分，於二代健保施行後，矯正機關已結合社區醫療醫源，醫事人員之資源，直接由承作之合作健保醫療院所提供收容人所需之醫療處遇，於醫療品質上與一般民眾並無差別。矯正署將視矯正機關之醫事人力配置，如有醫事人力不足之機關人員，視情況裁改，以補足醫事人力之需求。

（4） 另為因應超額收容導致人力不足之需求，行政院於106年同意核增矯正署所屬矯正機關預算員額400名，其中教化人力20名。另為應矯正機關辦理心理及社工處遇業務所需，行政院108年2月25日院授人組字第1070059517號函同意核增矯正署所屬矯正機關聘用人員預算員額19名。

我國戒護管理人力與收容人數之戒護比與世界先進國家之比較如下：

表6　我國戒護人力與世界各國比較比較表

我國戒護人力與世界各國比較	
國家（地區）	戒護人力比 （戒護人員：收容人比率）
西澳	1：1.8（2014年）
香港	1：1.9（2015年）
英國	1：3.0（2016年）
日本	1：5.4（2015年）
新加坡	1：5.8（2017年）
臺灣	1：10.8（2019年）

資料來源：法務部108年7月1日約詢書面說明資料。

7、我國收容人醫療經費情形及策進作為：

符合《全民健康保險法》第10條第1項第4款第3目之收容人，其保險費依照同法第30條第1項第4款規定，係由中央矯正主管機關應補助，應自行負擔部分門診、急診或住院費用則係由收容人自行支應。現行健保費用係每半年1次於1月底及7月底前依衛生福利部中央健康保險署之來函核實撥付款項，於108年度已執行（撥付）12億4,758萬8仟元，尚無經費不足等情。

8、矯正署提升監所人員對身心障礙者認知相關教育訓練之規劃及策進作為：

（1）矯正署每年定期調訓矯正機關醫事人員，安排訓練課程，除提升其衛生醫療法令與實務知能外，課程亦包含身心障礙者權益保護法及身心障礙福利服務之講解，俾利矯正機關醫事人員瞭解身心障礙者之權益，矯正署亦將持續辦理相關課程，使矯正機關醫事人員更加瞭解身心障礙者之需求，展現矯正機關人權關懷之面向。

（2）為提供精神疾病收容人管理之相關專業知能，學習精神病患特殊行為之處理技術，以減少戒護事故的發生，矯正署例行辦理矯正機關精神疾病收容人戒護管理人員專業訓練。107年度業於12月17日辦理，由各矯正機關指派從事精神疾病收容人戒護管理人員參加，參訓人員共計66名。課程為精神病常見症狀、精神症狀監測與處理，已包含思覺失調症及其他精神疾病之認識課程，由臺北榮民總醫院桃園醫師講解精神病常見症狀、精神症狀監測與處理，臺北榮民總醫院桃園分院臨床心理師講解自殺防治及危機處理，並進行實務討論。另108年度之精神疾病收容人戒護管理人員專業訓練已於5月31日辦理。

（五）違規精神障礙收容人的獨居處遇

1、目前全國監所內精神病收容人的人數，以及目前監所針對精神病收容人的處遇措施：

（1）全國監所內精神病收容人的人數至107年10月31日為2,811人。

（2）矯正機關內經醫師診斷為精神病之收容人數及診斷之病名：107年8月底精神疾病收容人數，男2,446人，女396人，共計2,842人。其中以診斷「F30-F39情緒障礙」人數最多為1,094人，其次為診斷「F20-F29思覺失調症、分裂型障礙和妄想型障礙」人數737人，再次為診斷「F40-F49焦慮症、解離症、壓力相關障礙症」人數498人。

表7　各矯正機關列冊精神疾病收容人統計表

（統計至109年5月31日）

編號	機關名稱	人數
1	基隆監獄	15
2	宜蘭監獄	44
3	臺北監獄	349
4	新竹監獄	54
5	臺中監獄	285
6	雲林監獄	43
7	嘉義監獄	110
8	臺南監獄	75
9	高雄監獄	231
10	屏東監獄	121
11	澎湖監獄	109
12	花蓮監獄	52
13	臺東監獄	12
14	綠島監獄	21
15	金門監獄	6
16	明德外監	0
17	桃園監獄	62
18	自強外監	1
19	泰源技訓所	82
20	東成技訓所	60
21	岩灣技訓所	29
22	雲林二監	152
23	高雄二監	72
26	彰化監獄	81
27	高雄女監	122
28	臺中女監	94
29	桃園女監	96
30	基隆看守所	7
31	臺北看守所	166
32	新竹看守所	1
33	臺中看守所	36
34	彰化看守所	10
35	嘉義看守所	32
36	臺南看守所	21
37	屏東看守所	1

編號	機關名稱	人數
38	花蓮看守所	49
39	南投看守所	11
40	苗栗看守所	31
41	臺北女看守所	7
42	臺北少觀所	29
43	臺南少觀所	0
44	桃園少輔院	13
45	彰化少輔院	19
46	誠正中學	9
47	明陽中學	1
48	臺中戒治所	19
49	高雄戒治所	22
50	臺東戒治所	17
51	新店戒治所	29
	總計	2923

2、 監獄在新收時，全面篩檢收容人精神狀態：矯正機關對於新入監收容人於新收調查時即進行心理健康篩檢，對於長刑期或高風險個案（如罹患精神疾病、長期罹病、家逢變故、違規考核等）則至少每半年或認有必要時隨時施測，並依結果提供情緒支持、輔導或醫療轉介服務，經篩選為疑似精神病者（領有身心障礙手冊或證明、重大傷病卡、精神科醫師診斷書等），即由矯正機關造冊列管，並安排精神科醫師評估、診治，依醫囑服藥控制病情，並視病情追蹤看診或戒送外醫。

3、 矯正機關對於精神疾病收容人之處遇：

（1）對於病情輕微且穩定精神疾病收容人，通常與一般收容人同處一處，以提升其生活適應能力，有助於其病情改善。若屬於急重症者，經醫師評估後，得依病監移送規定移至臺北監獄桃園分監及臺中監獄醫療專區收治。

（2）自二代健保實施後，健保合作醫院醫護人力（包括醫師、護理師、藥師等）全面進駐矯正機關，提供更專業完整的醫療服務，矯正機關亦可考量收容人醫療需求，持續請收容人健保醫療承作院所提供適當量能之醫療服務，以提供收容人更完善之醫療與健康照護處遇。目前各矯正機關提供精神疾病收容人精神科醫療服務每週診次至少1次，平均每次看診人數約45名以下，尚屬合理看診數量範圍。由於健保費用係以公務預算支應，對於無力繳納醫療費用者，亦可透過健保醫療提供妥適醫療服務。

4、 精神疾病療養專區現況：

（1）精神疾病收容人執行機關檢具個案相關病歷紀錄送請專區精神科醫師審核、評估，並將評估結果陳報該署核定後，移送病監收治。臺北監獄桃園分監收治容額為38名，現收治24名；臺中監獄收治容額為129名，現收治85名。

（2）醫療專區對於精神疾病個案均造冊、列管，定期門診治療，依醫囑規律性服藥控制。並配有專管之醫事人員，每日區內巡訪，實地瞭解病徵及服藥情形，隨同醫師看診，提供病情訊息，以供醫師診斷、用藥之參考。如遇病人有攻擊、暴力、自殺（殘）行為或特殊怪異行為時，採醫療優先處理原則，儘速安排醫師看診、處置。另定期實施衛教宣導及教化輔導，引入社會資源，積極辦理各類文康、懇親、家庭日等相關活動。

（3）對於列管個案建立適切之移返機制，定期由精神科醫師就其病情審查、評估，並將評估結果詳為記錄，以作為後續移返原監或賡續治療之參據。若經評估認已治癒、病情減輕、穩定，或有智能低下、人格違常無須繼續治療必要者，機關即檢具個案評估報告書及診斷證明書，經報請該署核准後，由原機關提回接續執行。

（4）臺中監獄106年新收治個案40名、移返原監10名，107年新收治個案32名、移返原監5名；桃園分監106年新收治個案26名、移返原監22名，107年新收治個案16名、移返原監12名。

5、精神病患違規之處理：矯正機關對於精神疾病收容人違背紀律之行為，並非均施以懲罰，亦有衡酌其違規原因，改採醫療照護、加強輔導、調整舍房，或收容於鎮靜室等管教措施。

6、監所將精神病收容人關入獨居房未能立即先經醫事人員等專業之評估：

（1）按《行政執行法》第36條第1項：「行政機關為阻止犯罪、危害之發生或避免急迫危險，而有即時處置之必要時，得為即時強制。」現各矯正機關尚無醫師之專業編制，係由承作收容人醫療健保業務之醫院，指派醫師入矯正機關執行診療，實務上多數矯正機關例假日及夜間未有醫師或醫事人員執行緊急情況之診療或評估；又收容人有脫逃、自殺、暴行或其他擾亂秩序行為之虞需隔離保護、惡性重大顯有影響其他收容人之虞、疑似罹患傳染疾病、收容人身分類別上之限制等，須儘先獨居監禁或收容於鎮靜室之情，多為緊急狀態，機關應為即時之處置，俾達保護、隔離及預防危害之效，恐未能立即先經醫事人員等專業之評估。然為保障收容人身心健康，目前矯正機關於收容人實施獨居監禁或收容於鎮靜室，均有會請衛生科人員評估，並觀察注意有無不適合獨居或收容於鎮靜室之機制，對於罹病之收容人，亦安排看診、追蹤，並依醫囑服藥。

（2）矯正署為避免獨居監禁影響收容人身心健康，業以106年8月2日法矯署安字第10604006580號函提示所屬機關應注意辦理之事項，有關醫療照護部分，略以：可運用「簡式健康量表（BSRS-5）」進行心理健康篩檢，視情形提供情緒支持、輔導或醫療等適當處置，倘機關編制有臨床心理師者，得轉介個案由其協助。對於罹患疾病之獨居收容人，各機關應評估其病情，除依醫囑予以服藥控制外，並視個案病情安排看診、追蹤，若在機關內不能為適當之醫治時，應安排戒送外醫治療或陳報移送病監收治，如醫事人員認為收容人不宜繼續獨居者，應即配轉為群居。

（3）矯正署安全督導組科長詹麗雯表示：收容人如罹患精神疾病，是不能移送綠島的，各機關符合個要件者本署會加以審查，如移送綠島監獄後罹患或發現精神疾病，可報請矯正署移送一般監獄執行。目前移送臺中監獄，有男性收容人精神病監，收治後如果評定病況穩定，也不會移回原監，就近移送至彰化等監獄執行。很多收容人沒有病識感，不知道要看診，經過新收健康檢查，衛生科醫師做評斷，我們屬於嚴密戒護管理方式，從收容人行為表現或人際互動，或對於管教的服從性考量；歷年評估醫療資源顯然不足，本署前端將審查收容人有無精神疾病，日後定位將綜整所有資料做研判。

7、另本案履勘綠島監獄亦發現有陳姓精神障礙收容人遭單獨監禁5年6月25天；雲林第二監獄罹患思覺失調症之沈姓收容人未下工場作業。

8、各矯正機關工作人員有關精神病與精神病收容人處遇的在職訓練：矯正署自103年起委託臺北、高雄及臺中女子監獄，採年度分區方式辦理「矯正機關精神疾病收容人戒護管理人員專業訓練」，希藉與精神醫療網合作及經驗交流，加強第一線管教同仁對精神疾病認識、預防、處理等專業知識，提升精神疾病敏感度及警覺性，並進一步區辨潛在者警訊，並請各矯正機關積極辦理精神疾病衛教宣導，以充實精神疾病相關專業知能。

（六）聽覺障礙者缺乏溝通與協助

1、 法務部的作法：法務部業於98年5月13日修正羈押法相關條文，明定被告與其辯護人接見時，除法律另有規定外，看守所管理人員僅得監看而不與聞。另為維護看守所秩序及安全，除法律另有規定外，看守所得對被告與其辯護人往來文書及其他相關資料以開拆而不閱覽之方式檢查有無夾藏違禁物品，以保障收容人與辯護人自由溝通之權利。

2、 所述「辯護人至看守所要與聽障者溝通，卻遭看守所人員禁止使用筆書交談」之情形，查現行法令或函示並無聽障收容人與辯護人或親友接見時不得用筆書交談之規定，復按《身心障礙者權利公約》之宗旨，機關應基於身心障礙者之具體需要，進行必要及適當之修改及調整，以確保其等機會均等且無障礙。基此，機關自應依聽障收容人之個別需求，調整其接見方式並提供必要之協助，以排除其所遇之溝通障礙。

3、 所述禁止聽障者筆談之情形，可能為個別機關對執勤人員教育訓練之不足，或係因提帶人員未確實與現場監看人員交接接見收容人有身心障礙之情形，致生聽障者筆書交談被制止之情形。為避免再發生前揭情形，矯正署將囑矯正機關加強執勤人員之教育訓練，並落實個別收容人動、靜態情形之交接，以維護聽障收容人自由溝通之權利。

（七）行動不便障礙收容人缺乏無障礙設施

1、 矯正署表示：我國矯正機關建築多老舊，且興建年代已逾40、50年，既有空間設計及規劃實與現今理念未盡相符，此外，因收容人別複雜，既有收容空間有限，況超額收容問題亦尚未解決，目前實難以依不同特殊收容人之障礙別，另行規劃完整適於個別障礙收容人之設施與空間。

2、 考量身心障礙收容人之收容需求及生活照顧，目前各機關均尚能依收容情形規劃並設置基礎無障礙設施以及提供相關輔具供用；而對於行動不便者以及障礙者，亦多收容於病舍或低樓層區域之舍房，以便利其行動。

（八）障礙者在監所難獲基本人權

1、 現行精神病收容人之照顧未能妥適

（1） 據臺灣人權促進會會長翁國彥陳訴，監所及看守所對精神病收容人缺乏認知，相關作為易導致其病情惡化：

a. 監所及看守所人員缺乏對身心障礙者之認知與教育訓練，甚至辯護人至看守所要與聽障者溝通，卻遭看守所人員禁止使用筆書交談。管理人員常視身心障礙者為問題製造者，未能體恤其問題所在。

b. 監所環境的擁擠不良，特別是醫療資源的不足，而監所內的精神衛生問題，已使心智障礙者在監禁環境內喪失基本權利。

c. 看守所將精神病收容人關入獨居房應有規範，避免使其病情惡化。

d. 是否收監應考量身心障礙者之障礙情況。

e. Z原本只是人格疾患，卻因為看守所將他長期監禁在高壓的獨居房內，病情急速惡化到接近思覺失調症的程度。

f. 實際上看守所對於被告的病情可謂毫無同理心，也對精神疾病的認識非常薄弱。對於Z不斷出現違規行為、與室友產生衝突，完全未察覺可能是精神病情逐漸在惡化中（當然也有可能是明知而有意忽略），只會不斷將Z視為違反紀律的trouble maker，最後再將他丟到對精神狀態威脅最大的獨居房內。對正在接受審判的被告而言，若處於羈押狀態，已經讓他們比一般被告受到更多阻隔，接觸與閱覽卷證、與律師討論、研究案情都受到限制；而一旦他們原有的心智障礙無法獲得良好治療或控制，反而讓病情惡化，更會直接影響他們獲得有效而公平司法保護的機會，包括實質參與審判、正確理解案情與檢察官指控、有效為自己辯護等權利。

（2）矯正機關並非醫院，惟應會以最有限的人力、物力進行努力，精神病收容人需穩定的回診治療，才會好轉。

（3）監所人員對病犯人權的認識，可能認為病犯裝病，部分研究認為反社會人格占50%至 90%，就算進行分類，也可能是不精確的。理想上得建構病房模式的狀態，病人同時有監所人員與醫療人員照顧，可考慮重新規劃病犯生活行程，常規設置醫療人員在內，加長心理師輔導時間，與病犯，以及團隊無時無刻的溝通。行為表現如何連結到疾病，須長時間瞭解。有關教育訓練，若只是以上課方式進行，僅會造成監所人員負擔。

（4）重罪病患在監所裡都在等待結束生命，精神病患者需要藥物治療、深度心理諮商、職能治療，走回一般生活跟大家相處，目前矯正機構只能提供醫師及心理師等最基本的服務，患者倘併有自殺問題，將長期遭受監視，精神障礙的環境在我國建構不足，國家對此部分尚未重視，在矯正體系、審判體系，就會被擴大，矯正署監獄工作人員不知如何處理，警察亦不知如何處理。

（5）有關認知障礙患者，如智能障礙、自閉症等教化，是目前較為缺乏的，從特殊教育學校畢業後，沒有任何資源可以協助他。

（6）監獄之環境會讓身心狀態惡化，應平常就不斷評估，惟經費可能無法負擔，還有自閉症、學習障礙、失智症等症狀。

（7）可參考《曼德拉公約（規則）》，提及懲罰部分，監所不得因為精神疾病為理由懲罰收容人，精神疾病跟違規間的連結，需要監所人員判斷。

2、 運用科技協助並參照國外制度進行個案管理：

（1）美國有20%以上收容人為精神病患，大多數國家監獄有15%至30%精神病收容人。專業人力、心理衛生專業人員應強化。監所精神門診來診人數很多，醫師需要長時間診療，倘有嚴重精神病，應建立病識感，很難有很多時間可以評估，應增加醫療人力。監所內一般戒護人員亦很重要，要靠戒護人員平時的觀察才會轉介，或在健檢時才能察覺。

（2）過去20年來，性侵害犯收容人，人犯結構是最低的。與美國比較，我國在性侵害矯正具有效益，各地設有侵害防治中心，搭配電子腳鐐，倘有再犯之虞，再到培德醫院進行強制治療；性侵害案件與10年前比起來已有控制。毒品犯係目前大宗，有關其刑前觀察、勒戒及治療，目前都在新店戒治所進行。回應黃律師所提，現階段可做的，得引進專業資源，並對新收收容人做全面性的篩檢，我國的精神病患收容人目前僅統計有5%至10%，可能有許多黑數。

3、 監所對精神障礙收容人投入的資源：

（1）收容人有犯罪紀錄，又無良好的家庭資源，需要社福系統協助。社福系統資源、人力不足，風險高，係目前投注較少的；然而，亦很難請目前的社福資源幫忙，故需要投注更多資源。

（2）本院107年12月7日舉辦身心障礙者研討會會議相關論述：

a.〈身心障礙者如何獲得平等且有效之司法保護（CRPD第13條）〉[6]。

6 「3.2、監察院可以為障礙者做些什麼？

障礙者人權主流化應該是個主要政策，障礙者獲得司法保護權利是其中一項子政策，請求監察院可以使用上開公約標準去導正及管考政府是否符合公約標準。

3.2.1、行政、立法、司法部門可以怎麼做：

3.2.1.1、教育訓練與實地演練

司法院、法務部、內政部、衛福部等所屬人員，結合身心障礙者及其代表組織，視不同障別、不同環境、不同階段所面臨的需求，如果同意的話，由已經發生過的案件當事人現身說法，來逐一實地演練，找出現行制度與實務上的障礙何在，特別是下列各種情況：

各機關、辦公室等硬體設施，例如建築物出入動線、廁所、休息室、拘留室、監獄、看守所等，是否符合無障礙需求，或是如何依個別障礙者需求提供程序調整，有無訂定標準作業程序。

如何依不同障別需求、搭配案件的不同階段，而提供所需資訊、服務與協助，特別是在例如現有法律規定不足的情況，如何使同樣需要協助的障礙者獲得依CRPD應有的權利。由於公約特別要求要對在（公營或民營）機構、監所內的障礙者提供司法保護的權利，而這些障礙者往往可能受到酷刑、殘忍或不人道處遇或對待，因此，實在有必要就此部分實施高密度的定期或不定期監督。

如何在確認障礙之後，為了排除既有障礙、避免再度出現障礙，主管機關在法律修正以前，適合直接以CRPD為依據，制定、修正標準作業程序、行政規則、函釋、各項工作需知等，以利適用及教育訓練。

4、結論：

4.1、請求總統親自處理障礙者的人權議題，把人權價值講清楚並堅定捍衛。

4.2、請求監察院妥善監督政府落實CRPD。

4.3、請求中央與地方政府將障礙者人權予以主流化，讓障礙者及其代表組織共同參與CRPD的落實與監測。

障礙者人權主流化應該是個主要政策，障礙者獲得司法保護權利是其中一項子政策，請求監察院可以使用上開公約標準去導正及管考政府是否符合公約標準。」

資料來源：臺灣臺北地方法院法官郭銘禮：〈身心障礙者如何獲得平等且有效之司法保護（CRPD第13條）〉，《監察院107年身心障礙者研討會會議手冊》（107年12月7日），頁90-95。

b. 〈淺論身心障礙者如何獲得司法保護之內外在障礙限制（CRPD第13條）〉[7]。

c. 〈身心障礙者如何獲得融合且有品質之教育權（CRPD第24條）〉[8]。

d. 〈身心障礙者如何獲得平等且有效之司法保護（CRPD第13條）〉[9]

---

7 「三、實體上障礙（Physical barriers）—無障礙設施與訴訟上相應通用設計輔助用具、輔助人員的提供：

（一）無障礙設施的提供

※依據《身心障礙者權益保障法》第57條、建築技術規則第10章（無障礙建築物，167條以下）及《建築物無障礙設施設計規範》，就無障礙設施之設置、規格標準訂有規定，故現行法院或檢察署或其他廣義司法體系機關，亦應於符合合理調整及通用設計的規範下，建立相對應之無障礙設施。

參、結論—宜促成CRPD應與我國法律制度之雙邊平衡，於符合身心障礙者之權利保護同時，亦不致公私益之失衡：

而相關機關亦應在符合CRPD合理調整、適齡與程序調整暨通用設計之基礎，並符合本國《憲法》暨相關法令規範的大原則下，於預算、人力的困境之下，盡最大努力嘗試使身心障礙者之司法保護，獲得更大保障，方為CRPD施行法之立法本旨。」

資料來源：監察委員楊芳婉：〈淺論身心障礙者如何獲得司法保護之內外在障礙限制（CRPD第13條）〉，《監察院107年身心障礙者研討會會議手冊》（107年12月7日）〉，頁96-103。

8 「CRPD將『合理調整』與『基於身心障礙之歧視』加以連結，課以國家保護義務，回應身心障礙者於具體個案中之合理調整請求權。」

資料來源：國立中正大學法律學系教授兼臺灣法律資訊中心主任施慧玲：〈身心障礙者如何獲得融合且有品質之教育權（CRPD第24條）〉，《監察院107年身心障礙者研討會會議手冊》（107年12月7日），頁135。

9 「我國監所環境的擁擠、惡劣與不良，長期遭人詬病，特別是醫療資源的貧乏不足，迭有爆發大規模皮膚病傳染的疫情；而監所內的精神衛生問題，更是其中最黑暗的一環，也就影響心智障礙者在監禁環境內的ICCPR與CRPD等基本權利，能否真正落實。

我個人幾年前實際承辦震驚社會、喧騰一時的臺南『湯姆熊割喉殺人案』，協助這位具有精神障礙的被告進行辯護，直到法院判處無期徒刑定讞為止。該位被告Z在犯案後遭到羈押前，就已經有相當長的精神病史與就診紀錄，但也因為精神疾病的關係，讓他無法配合監所內的生活作息，不斷被管理人員認定違規、故意找麻煩，最後在一審審理中段，被看守所關到獨居房內。不幸的是，他的個性與精神疾病，也因為長期關在獨居房

e. 臺灣人權促進會會長翁國彥：〈身心障礙者如何獲得平等且有效之司法保護（CRPD第13條）〉[10]。

內的關係，很快地急速惡化，到一審宣判後、上訴二審時，已經到了無法與外界溝通的程度，更無法實質參與二審的審判。後來二審法院囑託精神醫療機構對Z進行精神鑑定，更直接指出Z原本只是人格疾患，卻因為看守所將他長期監禁在高壓的獨居房內，病情急速惡化到接近思覺失調症的程度。好在二審法院相對重視被告在監所內的精神衛生問題，正式發文提醒看守所必須注意被告病情、不要再持續關押在獨居房內，才讓Z的精神狀況稍稍回穩。

在此一案件中，因為法院發文調閱Z在看守所內的生活作息紀錄，我們才能一窺目前監所是如何對待一位涉及重大刑事案件的精神病收容人。實際上看守所對於被告的病情可謂毫無同理心，也對精神疾病的認識非常薄弱。對於Z不斷出現違規行為、與室友產生衝突，完全未察覺可能是精神病情逐漸在惡化中（當然也有可能是明知而有意忽略），只會不斷將Z視為違反紀律的trouble maker，最後再將他丟到對精神狀態威脅最大的獨居房內。對正在接受審判的被告而言，若處於羈押狀態，已經讓他們比一般被告受到更多阻隔，接觸與閱覽卷證、與律師討論、研究案情都受到限制；而一旦他們原有的心智障礙無法獲得良好治療或控制，反而讓病情惡化，更會直接影響他們獲得有效而公平司法保護的機會，包括實質參與審判、正確理解案情與檢察官指控、有效為自己辯護等權利。就此，郭法官指出國家應針對獄政人員實施訓練並提升意識，讓他們有能力落實障礙者受到CRPD保護的權利，當然是正確的處理方向之一。

從最後這個案件中，我也想要特別提出需要大家思考的一個問題：要讓身心障礙者獲得平等有效的司法保護，我們需要的究竟是『蘿蔔』（透過教育訓練與獎勵，鼓勵公務人員落實CRPD第13條的精神）？還是『棒子』（針對執行公權力違反CRPD的機關、人員進行監督、糾正甚至懲處）？心智障礙者在司法程序中遭到歧視、霸凌、汙名化與當作代罪羔羊，相關案例早已血淚斑斑、成篇累牘，反映的只是人的惡性與惰性：法院若不落實證據禁止、排除檢警以不法方式取得的證據，只會容許檢警繼續抱持投機、僥倖心理，大膽嘗試違法蒐證；同樣地，若徒有獎勵，卻不去揪出執行公務時嚴重違反CRPD、侵犯身心障礙者權益、惡意進行歧視的公務人員，就一定還是會有身心障礙者無法在程序中獲得平等有效的司法保護。」

資料來源：臺灣人權促進會會長翁國彥：〈身心障礙者如何獲得平等且有效之司法保護（CRPD第13條）〉，《監察院107年身心障礙者研討會會議手冊》（107年12月7日），頁1-5。

10 具有精神障礙的被告進行辯護，直到法院判處無期徒刑定讞為止。該位被告Z在犯案後遭到羈押前，就已經有相當長的精神病史與就診紀錄，但也因為精神疾病的關係，讓他無法配合監所內的生活作息，不斷被管理人員認定違規、故意找麻煩，最後在一審審理中段，被看守所關到獨居房內。而一旦他們原有的心智障礙無法獲得良好治療或控制，反而讓病情惡化，

（九）檢討及策進作為

1、 精神鑑定於刑事方面之用途，主要為鑑定刑事案件被告犯行當時之精神狀態（有無責任能力），其中可能探討至被告之精神病史，可能得協助瞭解被告病情。惟精神病鑑定資料為法院判決使用之專業資料，實際仍須由精神科醫師判讀與治療為宜。

2、 經電詢司法院，目前鑑定資料尚無建立資訊系統，僅有書面資料，難以數位化方式介接至獄政系統。如司法院願提供精神病收容人鑑定報告，且提供此報告符合個人資料保護法相關規定。矯正機關可於監內看診時，提供醫師參考。

3、 為維護矯正機關之安全及秩序，並達成監獄行刑矯治處遇之目的，同時兼顧身心障礙收容人平等不受歧視、無障礙、有效參與、機會均等等權利，法務部研修《監獄行刑法修正草案》及《羈押法修正草案》（下稱修正草案）第一章總則參照《身心障礙者權利公約》第2條、第9條規定，制定機關應保障身心障礙收容人無障礙權益，並採取適當措施為合理調整之規定。所稱「無障礙」屬整體之規劃，「合理調整」指根據收容個別需求，於不造成機關過度或不當負擔之情況下進行必要及適當之修改與調整，包括設備設施、處遇、管理內容或程序、流程調整。

更會直接影響他們獲得有效而公平司法保護的機會，包括實質參與審判、正確理解案情與檢察官指控、有效為自己辯護等權利。就此，郭法官指出國家應針對獄政人員實施訓練並提升意識，讓他們有能力落實障礙者受到CRPD保護的權利，當然是正確的處理方向之一。

資料來源：臺灣人權促進會會長翁國彥：〈身心障礙者如何獲得平等且有效之司法保護（CRPD第13條）〉，《監察院107年身心障礙者研討會會議手冊》（107年12月7日），頁1-5。

4、除身心障礙收容人之無障礙權益及合理調整外，本次修正草案亦就收容人人身自由等權利之限制、禁止事項訂定更周延完善之程序，以下分述：

（1）有關施用戒具部分，明訂施用戒具不得作為懲罰之方法、戒具種類、施用時限及陳報程序、安排醫事人員評估身心狀況等規範。

（2）有關獨居監禁部分，考量獨居監禁實際執行上可能有伴隨單獨監禁之現象，爰於修正草案明定監獄不得對收容人施以逾15日之單獨監禁、15日以內之單獨監禁仍應由醫事人員持續評估收容人身心健康狀況，醫事人員認為不適宜繼續單獨監禁者，應停止之，並規定相關備查程序。

（3）有關違規懲罰部分，明訂無法律規定不得施以懲罰、同一事件不得重複懲罰，並酌修懲罰之種類，刪除停止接見、停止戶外活動等懲罰項目。

（十）精神障礙者處境堪憂

1、 我國矯正機關之建築均屬老舊，空間配置亦不符現代行刑觀念，復因目前我國矯正機關仍超額收容，使收容空間大大壓縮，致監所環境更形擁擠不良，亟待主管機關重視。

2、 認知障礙，是一種腦部的疾病，通常患者的記憶、理解、語言、學習、計算和判斷能力都會受影響，部分且會有情緒、行為及感覺等方面的變化，嚴重者甚至喪失自理生活能力。矯正機關管教人員因對認知障礙症未具專業知能，僅能於收容人出現異常或脫序行為時（如溝通困難、情緒抑鬱、焦慮不安、性格的改變、妄想、幻覺等精神問題或咒罵他人、擾亂秩序、隨地便溺、暴力等脫序行為時）適時轉介；然而，面對收容人這些脫序行為，由於難辨真偽，僅能依所規處理，往往令管教人員倍感壓力，手足無措。爰此，法務部允應重視現行監所人員缺乏對身心障礙者之認知與教育訓練，以提升戒護管理知能；另醫療資源不足，亦應謀求解決。

3、 監所將精神病收容人關入獨居房應有規範，避免使其病情惡化。監獄行刑法及羈押法修正草案明定監獄不得對收容人施以逾15日之單獨監禁，應儘速促使完成立法程序。

4、 根據法《監獄行刑法施行細則》第26條規定，查105年至107年各矯正機關辦理和緩處遇調查表，入監時攜帶身心障礙證明人數3年分別為813人、2,175人、3,403人，受到和緩處遇人數3年則分別為138人、191人、265人，比率16.97%、8.78%、7.79%，呈逐年下降趨勢。法務部允應積極評估身心障礙收容人辦理和緩處遇之現況，以符CRPD意旨。

（十一）小結

綜上，自107年7月24日法務部的統計資料，全國51個監所共有2,674位身心障礙收容人，其中心智障礙1,130人，神經、肌肉、骨骼之移動相關構造及其功能障礙1,042人，107年8月診斷為精神病有2,842人。目前監所設備老舊，超收嚴重，缺乏無障礙環境及設施，對於肢體及感官障礙者，限制活動範圍在療養房或病舍，且未能提供聽障者溝通協助，對於認知障礙者缺乏協助資源；由於精神醫療團隊人力缺乏，非但無法協助精神病收容人復健，監所的環境反讓其身心狀態惡化，而管理人員無法分辨其病情變化，常被視為違抗規範遭到違紀處分，甚至單獨監禁、使用戒具，嚴重違反CRPD第14條、第15條及禁止酷刑及其他殘忍、不人道或有辱人格之待遇或處罰公約等相關規定。

第二章
精神障礙收容人的適當鑑定評估

疑似精神障礙者在司法偵辦審理期間，未必事先接受過精神鑑定；在監所收容後亦缺乏專職心理師精神鑑測評估並分類，無法立即分辨收容人的精神症狀，急性期才轉送矯正署臺中監獄附設培德醫院，造成管理人員戒護及照顧的壓力。且監所精神醫療資源有限，大多僅有藥物治療，對病情治療、復歸社會無積極功能。學者建議參採國外做法，設專責醫院，法務部和衛福部允應積極面對，妥善評估；對於不能自理生活確實符合拒絕收監之身心障礙者，亦應督導所屬各檢察機關依法落實執行，以減輕監所負擔。

（一）立法開啟瞭解和安置之門

1、《中華民國刑法》

（1）第18條規定：

未滿十四歲人之行為，不罰。

十四歲以上未滿十八歲人之行為，得減輕其刑。滿八十歲人之行為，得減輕其刑。

（2）第19條規定：

行為時因精神障礙或其他心智缺陷，致不能辨識其行為違法或欠缺依其辨識而行為之能力者，不罰。

行為時因前項之原因，致其辨識行為違法或依其辨識而行為之能力，顯著減低者，得減輕其刑。

2、《監獄行刑法》第11條第1項規定：「受刑人入監時，應行健康檢查；有下列情形之一者，應拒絕收監：1、心神喪失或現罹疾病，因執行而有喪生之虞……。4、衰老、身心障礙，不能自理生活。」同條第2項規定：「前項被拒絕收監者，應由檢察官斟酌情形，送交醫院、監護人或其他適當處所。」同法第56條規定：「受刑人心神喪失時，移送於精神病院，或其他監護處所。」同法第58條第1項規定：「受刑人現罹疾病，在監內不能為適當之醫治者，得斟酌情形，報請監督機關許可保外醫治或移送病監或醫院。」

3、《監獄行刑法施行細則》

（1）第10條規定：「受刑人入監時之收監程序如左：……。3、實施健康檢查……。」

（2）第11條第1項規定：「受刑人入監時，如無指揮執行書，應拒絕收監。」

（3）第12條第1項規定：「監獄監禁之受刑人，以該管法院檢察署檢察官指揮執行者為限。其他地區檢察署檢察官移送者，應經法務部核准或法令另有規定，始得收監執行。」

（4）第15條規定：「本法第11條第1項第1款所稱心神喪失，指精神發生障礙，對於外界事務全然缺乏知覺、理解及判斷作用，無自由決定意思之能力者而言。」

（5）第26條規定：「依本法第20條第3項得為和緩處遇者，以下列受刑人為限：1、患有疾病經醫師證明須長期療養者。2、心神喪失、精神耗弱或智能低下者。3、衰老、身心障礙、行動不便或不能自理生活者。4、懷胎或分娩未滿二月者。5、依調查分類之結果認為有和緩處遇之必要者。……。」

（6）第27條規定：「前條受刑人之和緩處遇，依左列方法為之：一、教化……。二、作業……。三、監禁……。四、接見及通信……。五、給養……。六、編級……。」

4、《受刑人調查分類辦法》第3條規定：

「對受刑人之分類，應依其身心狀態定其戒護管理方法，性向技能定其作業科別，知識程度定其教育班次，並按個別情形為左列之區分：

一、第一類：生理或心理欠健全者。

二、第二類：智力特別低下者。

三、第三類：道德觀念特別薄弱者。

四、第四類：不屬於前三類之情形者。

關於受刑人平時在監之起居活動，應參酌前項分類為適當之管理。……。」

5、聯合國囚犯待遇最低限度標準規則（《曼德拉規則》）

（1）第87條規定：「刑期完畢以前，宜採取必要步驟，確保囚犯逐漸恢復正常社會生活。按具體情形，可在同一監獄或另一適當監所內制定出獄前的辦法，亦可在某種監督下實行假釋，來達到此目的；但監督不可委之於警察，而應與社會援助有效結合。」

（2）第89條第1項規定：「要實現以上原則，需要對囚犯施以個性化待遇，並因此需要制定富有彈性的囚犯分組制度。所以，宜把各組囚犯分配到適於實行各組不同待遇的不同監獄中去。」

（二）是病人抑或犯人—有關「是否適於收監的評估」議題

1、 諮詢學者建言

（1）關於行為問題之精神鑑定，在歐盟國家，為了安全及健康問題，在入監時有評估機制，原就有診斷的人，如果是強制性之評估，也要詢問收容人心理狀態是否瞭解，歐洲有些國家會嚴格執行。矯正署也有初評，但無法詳盡，因牽涉到人力不足問題。

（2）精神疾病範圍很廣，基本上依《刑法》第19條判決，此類病患原就不應該送監獄；很有可能是判決當時，患者不願意送鑑定或沒有辯護人為之說明，收容後卻在監所內發病。有關認知障礙（包括精神障礙、智力障礙、學習障礙、注意力欠缺過動障礙、自閉症、失智症等）之症狀，應有相對適當之鑑測篩選評估（表格式問卷）機制、診療方式。比較高檔的監所每週安排2個半天的身心科，請監所附近的醫師到監所。矯正署目前只有1個醫師。

（3）《刑法》第87、19條之情形，以第19條判決的不多，法院表示這是根據行為當時的狀態。他們就是硬要把病人抓進去關，明明就是精神病收容人，結果卻不能刑後監護。很多精神病患在刑事審判過程，變成精神病收容人；這樣的情形，收容人到底是精神病患抑或精神病收容人？

a. 培德病監有一小部分精神病床，規劃有129床，目前收容數為85床。

b. 日本在2003年通過《醫療處遇及監護法》。早在1970年代，即主張病人權益，反對精神醫療，回歸社區，去機構化。逮捕嫌犯之後，檢察官進行起訴前須經精神鑑定，判斷是否符合要件。

c. 如果確定是《刑法》第19條規定之情形，無論是減刑或是其他情形，仍需要啟動《監護法》第87條之程序，再進入審理小組。關於符合《監護法》，日本有3個標準：一是現在的精神狀況，二是可治療性，三是再犯危險性。

（4）對於為何不先將個案治療好後再入監執行，醫院可能會表示沒有戒護人力，會認為矯正署是較為安全的收治單位。

（5）基層檢察官遭遇的問題是，要做精神鑑定很難，偵查中欲進行鑑定須簽到高檢署，會有經費的問題。法院只要有做精神鑑定，基於社會輿論考量，假設法院依《刑法》第19條規定判決，檢方則會予以尊重。

（6）解決方式可朝建立刑事精神障礙之處遇機構方向進行。有關刑事精神衛生處遇、精神衛生法庭等，人人都想做但沒有人想接這業務。監護宣告、輔助宣告、受刑能力等，在國外是分別處理的，有專庭、社區個案管理師進行合作，司法人員亦須進行受訓。精神障礙及物質濫用之分流，建議不要分到重刑，目前證明是有成效的，目前我國較少將眼光放在此部分。

2、 詢問法務部之說明

（1） 有關矯正機關辦理拒絕收監之相關規定、實際辦理情形、執行之困境及策進作為。

按《監獄行刑法》第11條規定，受刑人於健康檢查後，經監獄評估認有符合《監獄行刑法》第11條第1項所列「一、心神喪失或現罹疾病，因執行而有喪生之虞。二、懷胎5月以上或分娩未滿2月。三、罹急性傳染病。四、衰老、身心障礙，不能自理生活」情形時，即由矯正機關辦理拒絕收監。此部分係屬矯正機關審酌辦理，矯正機關認有辦理拒絕收監之必要時，即通知指揮執行之檢察官，續由檢察官辦理後續送交醫院、送交監護人、適當處所等作業。近3年拒絕收監人數列如下表：

表8 近3年拒絕收監人數統計一覽表

年度	依第11條第1項第1款規定辦理拒絕收監人數	依第11條第1項第2款規定辦理拒絕收監人數	依第11條第1項第3款規定辦理拒絕收監人數	依第11條第1項第4款規定辦理拒絕收監人數	總人數
105年	208	13	1	58	280
106年	227	13	4	60	304
107年	188	12	0	53	253

資料來源：法務部108年7月1日約詢書面說明資料。

近3年拒絕收監人數中，106年最高，計有304名收容人遭拒絕收監，次為105年之280名、107年之253名。

（2） 現行矯正機關辦理拒絕收監之實際辦理情形為何、執行之困境及策進作為。

a. 拒絕收監係按《監獄行刑法》第11條規定，於健康檢查後，收容人經監獄評估認有符合《監獄行刑法》第11條第1項所列各款情形之一時，即辦理拒絕收監，經監獄拒絕收監者另由檢察官斟酌情形送交醫院、監護人或其他適當處所，爰無監獄辦理拒絕收監後，仍須進行收監之情形，亦無無法拒絕仍須收監之人數統計。

b. 收容人之健康檢查係依《監獄行刑法》、《監獄行刑法施行細則》及《全民健康保險保險對象收容於矯正機關者就醫管理辦法》之規定辦理，由醫師進行收容人之健康檢查，倘於監內不能為適當檢查時，由矯正機關依醫囑安排至醫院進行，執行尚無窒礙難行之處，矯正署所屬各矯正機關將持續依照相關規定，辦理收容人拒絕收監事宜。

（三）精障收容人的哀歌—本院赴各監所履勘發現之困境

1、 患有思覺失調症之收容人如無服藥意願，無法強迫其服藥，倘有拒絕就醫情形，更易導致病情惡化。

2、 患有AIDS（後天免疫缺乏症候群）、精神疾病、……等之收容人，亟需要陪伴與心理輔導。

3、 監所精神科之性侵犯之輔導功能，包括個別心理治療及團體心理治療作為亦極待加強。

4、 監所精神科用藥與收容人入監服刑前用藥不同，產生反應變慢、嗜睡等不適應情形。

（四）永遠的難題─對新收監的收容人篩檢專業不足

1、目前針對新收犯，並不會進行心理測驗，惟會留意是否領有身心障礙證明，監所將進行妥善的安排；或經過一段時間，發現收容人行為異常，疑似有精神疾病，再進行後續處理。精神病收容人病並不會有刑罰感，有必要將之安排外醫至精神科看診。有關精神病專監，臺北監獄桃園分監專收女性精神病患，臺中監獄培德院區收容各監獄送來之重症病犯。一般監獄收容精神病收容人係屬常態性，屬服用藥物可以控制之病犯。

2、現在監所對認知障礙的各種患者並未分類，極少數會依不同障礙別而購買相對應的心理測驗工具，較多為魏氏成人智力量表、自陳式之量表，如：BDI、BAI等。極少對收容人進行適配之測驗，原因為缺乏心理師施測（各監所最多2名專職心理師，多以行政業務為主）；心理測驗須花費時間、人力，以目前的狀況幾乎不可能對身心障礙收容人進行鑑測篩選評估。

3、無專職心理師，僅有教誨師，相關測驗業務由衛生科負責，少數由科員負責，無法應付目前超過一千人以上之收容者，因此，極少進行鑑測評估。所有的心理測驗非由心理師處理，而是由調查科處理，通常只做興趣量表及瑞文氏測驗，用以篩選能在工場工作之收容人。

（五）翻轉人生的治療─精神醫療需要多元資源

1、矯正機關會進行新收健康檢查，後續安排門診治療，長刑期、高風險、自述精神疾病、領有身心障礙證明者，篩選後就醫將造冊列管，有關就醫、用藥、突發狀況，都有醫師進行看診，配合服藥或送外醫。102年矯正機關配合二代健保實施，矯正機關與醫院進行合作，精神科醫師都是醫院的精神科醫師，考量收容人需求，特殊的診別、科別，將會與健保署進行協調開設，儘量控制在1診次30至40位，配合醫師時間、專業，對病人進行診斷、諮商。矯正機關並非醫院，惟將會以最有限的人力、物力進行努力，精神病收容人須穩定的回診治療，才會好轉。某犯人未進行穩定治療，且未定時服藥導致病情惡化，目前在矯正機關除安排醫師看診外，另已對渠輔導18次，在監獄作息正常，病況好轉，精神病雖無痊癒之說法，惟目前經穩定回診及規律服藥已穩定許多。

2、 心理師完全與測驗無緣，長官多要求其去處理性侵及家暴收容人，身心障礙收容人在監所完全是被忽略的。精神病收容人最後根本未學到一技之長，因為在監所沒有提供任何訓練。收容人有認知上的障礙，建議法務部可建構簡單型測驗，瞭解收容人是否有認知或智能不足的障礙；監所人員認為測驗工具的使用上有其困難。

3、 有關個案評估及矯治輔導資源之銜接

（1）監所會依所需服務招募心理師，評估病犯犯罪行為，心理師受邀進行協助（類似徵才訊息），惟並無法參與個案評估。

（2）透過心理師公會或心理師直接接到，通常是專案執行，較為偏向監所需要的東西，非個案需要的東西。

（3）精神障礙病犯矯治、治療，目前缺乏連貫性的協助，造成資源斷裂。

（4）如果妄想症狀還在，除了服藥之外，大概沒有其他更好的處遇方式；到病舍通常是急性發作，是否轉監、轉舍也難決定，因為還有其他症狀的病人，很少收容人能轉到培德監獄；急性發作後監所人員才會找到有合約的醫院，醫師會診斷、開藥給他服藥，如果干擾到其他收容人才轉到病舍。

（5）躁鬱症、邊緣性人格違常、反社會人格亦難倚靠藥物加以控制，因為主要是收容人人格問題。宜蘭監獄資源已經算滿多的，還能配置到2位專職心理師。建議可以有一些宗教團體、音樂治療、舞蹈治療等資源配合，才符合實際需要。

（6）專業人員能用的手段極少，因精神病收容人數量太多了，1個診可能有上百位病人。後續處理也要看委外單位是否有資源可以帶進來，將標案做得完整一點（包括提供心理測驗等），後續也需要做協調與溝通。有關認知障礙，在監所中收容人可能發病或隱藏的人沒有被發現，可能有學習障礙、注意力缺陷、過動症、自閉症等收容人，「發展性疾病」在診斷上需要花一點時間才能做得完整。有些病人可能會重複某些行為—甚至出現暴力等，這些事實上是個契機，假如在監所的人能夠觀察到行為模式固定，而且不太像一般正常人的反應，可以將觀察記錄下來，之後送到醫護所做相應評估。

4、精神病患也很少到培德醫院進行治療。目前矯正機構只能提供醫師及心理師等最基本的服務，有關刑事精神衛生處遇、精神衛生法庭等，人人都想做但沒有人想接這業務。

（六）國外的經驗—幫助收容人復歸社會

1、依世界衛生組織（World Health Organization）所發表監獄健康報告書可知，監獄及公共衛生改革者咸認為，獄政醫療與公共衛生連結還不夠密切，因此主張應該把監獄健康照護交由國家一般健康照護體系來負責。此外，我國分別於102年及106年進行過2次兩公約國際審查，2次審查之結論性意見（60點及66點）均提及將收容人醫療責任移交至衛生福利部，改善矯正機關衛生服務。爰如有設立專門醫院之政策方向，為加強醫療量能，建議由衛福部主責辦理，於醫療機構中擴大設置戒護病房，無須將矯正機關之醫療獨立於社區醫療系統。

2、以國外為例，有專責處遇處所，專門做治療，而非做處罰。沒有經過治療及進行矯正較為困難，鑑定後到審判前，我國並未有專責處理單位，而是分散在所有監獄裡面，如此一來將造成很大難題。以目前監所情形而言，無論是重刑犯抑或輕刑犯中都包括有精神病收容人，公共危險罪、竊盜犯、傷害罪收容人亦可能有精神疾病，其服刑期間亦可能因適應、受欺負等問題發病，這些都需要精神醫療來處理。現在有相關標案或委外辦理，有專業人員到監所服務。醫療機構到監所做處遇的話，是一個機會。

3、監所內的處遇情形，WHO有嚴格的要求，醫療是基本人權，監所內收容人應有與所外人員享有相同之醫療處置；如果不是坐牢，應轉到司法醫院或教養院等處所，這是基本人權。聯合國表示，戒治所是違反人權的，會造成更不理想的情形。

4、身心科只看門診效果有限。日本有喜連川社會復歸促進中心，是個資深的、長期與社區精神醫療配合的社會復歸中心，其過去的資源一半用在收容人身上，一半用在一般民眾，社區就不會反對。日本有4個社會復歸中心，許多人前往山口縣參觀美禰復歸社會促進中心，為一民營監獄，規劃有社會復歸中心，法務部亦曾派人參訪過。

5、 德國的精神醫療、人道處遇，也都可作為借鏡。矯正署人力困難部分除醫師外，監所裡面社工、心理師不足，醫療處遇模式也有差異，無法提供完整輔導。至於精神科的用藥，也曾擔心病人藏藥，這之前曾到矯正署報告過。德國當局規定，對於犯人，醫院目前之保護室不得關超過8小時，換句話說，不得監禁超過睡眠時間。

6、 有關社區強制治療部分，衛生福利部已開始推動實施，國外的模式不可能完全照搬到某個國家，因為牽涉到經費、人力問題。美國的ACT模式，搬到英國也不一定能用，但衛福部目前終於打算成立類似小組。在新北市也有緊急介入的狀況，礙於《精神衛生法》規定，被強制狀況較少發生，社區強制治療人數非常少。

7、 有關困難治療之個案，美國研究有1.2%是反社會人格者，這樣的患者無同理心，唯一能做的是後天引導。教育非常重要，應及早治療（學齡前就要治療），提供正向教育。當前監所制度是一大規模人體試驗（社會學實驗）場所，應善加利用，正向引導。

8、 挪威與美國監獄之處遇經費兩相比較即有落差：美國的戒毒所一天要3,000元美金，規格才與挪威的監獄相似。負面東西可能引發負面能量，美國食用毒品或賣淫等輕罪，起訴後將先做治療，再犯罪機率降低40%，可知有做與沒做有很大的差別。此類罪犯進行團體治療後，將大大減少監所負擔。監所內的處遇情形，WHO有嚴格的要求，醫療是基本人權。

（七）需要專責的處理單位

1、有關設立身心障礙收容人專責醫院（病監）

（1）衛生福利部抗拒的原因是因為沒有戒護人力。以日本為例，係以保全公司配合，如朝此方向規劃，應有辦法進行。我國《監獄行刑法》第1條指出，應該要讓收容人回歸社會。精神疾病者，相對於美國（30%），我國精神病患比率並不高（5%至10%）。監所管理員雖有進行相關訓練，倘有精神病患收容人，亦僅能進行隔離。

（2）國外制度重要的精神，應該是有專責處理單位、分流、環境設施人性化等特徵。建議本案可增加專業人員；假設專業人員無法增加，在委外方案可增加一些項目（治療等）。輕、重症亦應分流，在某一時間集中；最好是有專責單位處理，但涉及刑期、移監等問題，亦有其落實之困難度。回歸社區後有無更好的社會防護網，假設沒辦法改變，應該有外控的力量可以將收容人框住，不要讓他再犯。醫療只是一個協助過程，治療結束終究是要回到社區。

（3）有了專責醫院（病監），監所的壓力也會小很多。臺灣的精神科醫療其實做得非常好，建議有好的措施鼓勵醫院進行此項工作。

（4）「病監的事情講了很多年，從我剛回國就開始講，北、中、南都要做，最後只有一個培德分監。一定要有專業的人做評估。有精神疾病患者，法務部與衛生福利部應一起合作。今天談的議題，衛生福利部本應一起合作。許多更生人表示，外界的要求跟監所內的要求（就業）是不一樣的。」

（5）身心障礙收容人應轉為醫院系統，由醫院進行處置。

（6）在精神科治療上有不同的專業，醫師、護理師、心理師、職能治療師等每天進行開會，對住院中之個案進行病況的討論，例如由社工師（家庭）、心理師（心理輔導）、醫師（藥物治療）等進行不同面向的治療。每位主治醫師團隊都應有這5種專業的人員組成，由成人精神科負責，決定個案是否立即進行治療，或後續再進行治療（例如有法定傳染病者）。

（7）監所病舍並非專為精神病收容人設置，精神病收容人很嚴重才會轉進去，也有可能是裝病，急性期要有保護性的環境。

2、 有關重刑犯及高危險精神病收容人精神鑑定

（1）有關重刑犯鑑定、處遇、審判等會令人有些憂心，目前的法務體系，希望對收容人有矯治可能。矯治就是改變，與精神醫療有點像。要改變一個人是非常困難的事情，社會復歸就是用一個結構讓他不要再犯。一個病人只要住院，一定會瞭解住院原因，經過評估、診斷、治療後，希望之後不要再發生這樣的事情；這是有難度的，剛開始很難預估是否會再犯；治療係一連續性過程，可能用居家治療或其他方式防止再犯。收容人除非死刑定讞，否則終將回歸社會，精神病收容人、認知障礙，將影響他的矯治。

（2）自閉症等認知障礙，雖然做了教育與訓練，仍很難吸收、內化而有所改變。一個犯案的人，重刑犯是我們

最關注的，因為他危險性高；有時候他的犯案行為太詭異、超乎常人行為，故該做精神鑑定，假如有精神疾病，希望能夠分流。

（3）《刑法》第87、19條之情形，以第19條判決的不多，法院表示這是行為當時的狀態。他們就是硬要把病人抓進去關，明明就是精神病收容人，結果卻不能刑後監護。很多精神病患在刑事審判過程，變成精神病收容人。

a. 培德病監有一小部分精神病床，規劃有129床，目前收容數為85床。

b. 日本在2003年通過《醫療處遇及監護法》，在1970年代，即主張病人權益，反對精神醫療，回歸社區，去機構化。逮捕嫌犯之後，檢察官進行起訴前須經精神鑑定，判斷是否符合要件。

c. 如果確定是《刑法》第19條規定之情形，無論是減刑或是其他情形，仍需要啟動《監護法》第87條之程序，再進入審理小組。關於符合《監護法》，日本有3個標準：一是現在的精神狀況，二是可治療性，三是再犯危險性。

d. 進入到監護處分審查小組前大約有60%是強制住院，另有16%左右是強制社區治療，另外有17%左右是不付處遇治療；不付處遇的理由，包括智能障礙等。因不符合3個要件可治療性的人很多，還有反社會人格，都會排除，所以比例算是滿高的。有關資源的問題，我國矯正預算，每年每個人的醫療經費，本人預估是16萬，矯正署預估是19萬；日本採行此制度後，每年每人預算是570萬臺幣。

e. 日本經費涵蓋強制住院、強制社區治療，至2013年止，監護處分強制住院處所有30多所，每處所大約5床至66床。

f. 強制住院治療每個社區幾乎都有處所。

g. 《刑法》第19條第1項、第2項規定沒有配套，以致社會產生誤解。

（八）專責病監評估中……

1、 法務部對設立身心障礙收容人專責醫院（病監），或將玉里療養院改制為身心障礙收容人專責醫院之看法：

（1）收容人納保後，集中醫療資源之需求已明顯降低，如係因身體器官所致之障礙，其障礙所致之損害非醫療所能回復，其對於醫療之需求性多係求穩定回診。於精神障礙部分，目前罹患精神疾病之收容人，得由機關協助安排精神科評估、診治，依醫囑服藥控制病情，並視病情追蹤看診、戒送外醫。另病情須密集觀察者，可經評估後移送至精神病醫療專區，亦得循健保機制評估調整門診科別。目前各矯正機關均得視收容對象之實際需要，提供其所需之醫療服務，爰尚無設立專責病監之需求。

（2）收容人納入全民健康保險後，各矯正機關均得使用當地之醫療資源，就醫療部分已降低專區收容集中處遇之依賴性，現行尚無設立專責醫院之需求。

2、 衛生福利部對設立身心障礙收容人專責醫院（病監），或將玉里療養院改制為身心障礙收容人專責醫院之看法：

設立身心障礙收容人專責醫院涉法務部政策決定，如經評估有須增設專責醫院，本部將修正醫療機構設置標準，依法務部規劃之方向及提供內容，增訂「身心障礙收容人醫院」及設置標準。

3、 現行矯正署所屬各機關對於新入監收容人於新收調查時，即進行心理健康篩檢，對於長刑期或高風險個案（如罹患精神疾病、長期罹病、家逢變故、違規考核等）則至少每半年或認有必要時隨時施測簡氏健康量表。

4、 法務部對於介接衛生福利部相關資料至矯正機關之獄政系統，有利矯正機關及早掌握收容人之精神病情議題的意見：

（1）經電詢衛生福利部，其精神照護系統僅就法務部認為須追蹤列管之精神病患者（例如有自傷、傷人之虞）建立相關資料，目前列案人數約14萬名，並非所有精神科門診紀錄均於系統列管。

（2）矯正機關對於新入矯正機關收容人於新收調查時即進行心理健康篩檢，並詢問其健康情形，原則上於新收調查時已能掌握收容人之病情。惟少數收容人如刻意隱瞞，則難以得知其病情。如介接精神照護系統，或可得知前揭收容人是否有精神病診斷情況，並及早安排其精神科門診。

（九）小結

法務部對於監獄之拒絕收監未做出更清楚的函釋、更具體的認定標準、更嚴謹的認定程序及更有效的督察機制，致使各矯正機關之拒絕收監認定標準及程序寬嚴不一；對於檢察官之後續處理未建立客觀審酌標準及訂立標準作業程序，亦無有效之稽核管考機制，致使各地檢署檢察官後續處理做法不一，形成執法一大漏洞，嚴重打擊司法威信，均有違失[11]。

11　監察院100年1月12日，100司正0001號糾正案，資料來源：https://www.cy.gov.tw/sp.asp?xdURL=./di/RSS/detail.asp&ctNode=871&mp=1&no=3326

第三章
身心障礙者病史及醫療調查的和緩處遇

矯正機關對收容人具身心障礙者，未善盡查詢病史權責，進而予以詳細分類並提供合理調整；入監前之醫療病歷未有轉介機制，司法審查階段之精神鑑定資料亦未確實轉銜至監所，以致未能及時和緩處遇，迄至病發始能發現收容人患精神疾病，與《身心障礙者權利公約》及我國人權報告等相關規範意旨有悖，洵有未當。

（一）人權公約與法規的相關規定

《身心障礙者權利公約（CRPD）》第14條第2項規定：「締約國應確保，於任何過程中被剝奪自由之身心障礙者，在與其他人平等基礎上，有權獲得國際人權法規定之保障，並應享有符合本公約宗旨及原則之待遇，包括提供合理之對待。」針對 CRPD 我國《人權報告》第106點指出：「收容人於入矯正機關時，即應針對收容人之身心狀況、家庭背景、犯罪過程等進行全面性瞭解，若發覺有身心障礙等情事，即詢問病史或看診；並依監獄行刑法、羈押法及戒治處遇成效評估辦法暨相關矯正法規規定，對於身心障礙收容人訂定妥適之處遇，並保障其權益。」

（二）請勿「漏失」—如何發現身心障礙收容人

1、 有幾個數據上的問題，心智障礙這一類應屬最大宗，現在南監收容人約2,880人，全國大概6萬多人，以全國的比率來說，身心障礙者大概占不到5%，這跟學者研究的結果，比率是偏低的。一般會犯罪的人，他在心智方面有一定程度的缺陷，包括無法治療的反社會人格等。心智障礙收容人在國外的比率大概是30%，那我們只有5%，這一方面可能嚴重低估了；低估的原因當然有很多，以南監為例，身心障礙者260名，其中入監攜帶身障證明的95名，這260名有些顯然是入監後才診斷出來的。像南監的數據就很清楚，260名減掉入監攜帶身障證明95名，剩下165名就是入監以後才發現的。這些人是入監後才變成這樣，抑或之前就有問題沒有被發現？這也是一個需要去研究的課題。（108年1月21日臺南監獄）

圖1　調查委員履勘臺南監獄工藝班瞭解身心障礙收容人參與自營作業與技能訓練情形

資料來源：本院108年1月21日履勘臺南監獄攝。

2、　很多專家學者認為，對於第一類的診斷與分類，在收容人與被告方面有點太過粗糙，或許是時間不足，也或許是對收容人的基本資料背景不夠瞭解，造成低估的現象。此一狀況並非矯正機關的問題，例如王○○個案，可能是入監前在社會防護網就有漏洞以至於沒發現，這可能要往前推，當然跟矯正機關無關。我們要考慮的是該如何讓診斷與分類更細緻一點。收容人入監所後會實施問卷調查，但有專家學者認為過程太粗糙，這樣的調查並不能真正診斷篩檢出有狀況的人。以收容人而言，在入監後你們會去看他所有的判決並瞭解他的行為嗎？其實，有時候法院在判決的時候就已經做過精神鑑定，可是這一段資料後續卻未能銜接上，導致入監所後矯正機關可能不知道他的狀況如何，等到狀況出現才診斷出來；這一份鑑定報告若能及時衔接，監方應該會輕鬆許多，較容易依據資料做更細緻的教化輔導或管理措施。建議法務部與司法院這邊做一個更好的溝通，將這些鑑定報告資料衔接上去，培德也比較不會有拒收的理由，以減輕大家的負擔。（108年1月21日臺南監獄）

3、 有關鑑定資料轉銜問題，少年法院及少年法庭移送的個案分析資料裡面中間落差不少：監所看到的資料是未彰顯出問題的，可是事實上最後卻發現是特殊生。因此，問題是：究竟少年法院或少年法庭漏掉的比率有多少？（108年2月22日彰化少年輔育院）

圖2　調查委員履勘彰化少年輔育院關懷身心障礙學生吳生適應情形

資料來源：本院108年2月22日履勘彰化少年輔育院攝。

4、 依據《特殊教育法》第17條第1項規定，幼兒園及各級學校應主動或依申請發掘具特殊教育需求之學生，經監護人或法定代理人同意者，依前條規定鑑定後予以安置，並提供特殊教育及相關服務措施。因此，學生於各教育階段求學過程中，即陸續透過校方於特教通報網進行通報，經鑑輔會鑑定後，不論結果為確認生或疑似生，皆錄列其資料於特教通報網，使學生於求學過程中能不斷被追蹤，而能及時提供學生就學需求與特教服務。目前於教育部特教通報網錄列之特教確認生計13名，疑似生計8名；疑似生中，有6名學生家長不同意鑑定，2名經家長同意，後者由特教教師協助申請特殊教育鑑定，正進行鑑定安置處理中。（108年2月22日彰化少年輔育院）

圖3　調查委員履勘彰化少年輔育院關懷身心障礙學生蘇生適應情形

資料來源：本院108年2月22日履勘彰化少年輔育院攝。

5、沒有攜帶身心障礙證明進來的，外面新收的時候開始頗正常，進來以後卻急性發作，或者是心理評估以後發病，因此發覺他有必要做心理評估，以確診他是否有精神疾病。

6、履勘臺北監獄履勘詢答重點：

有關「如何在新收流程得知收容人持有身心障礙證明？並得知其能否申請證明？」一節：

衛生科江科長麗莉答：新收流程除填具簡式量表外，安排醫師進行健康檢查，除詢問收容人病史外，並查詢原執行矯正機關病歷，同時由其自行攜入藥物瞭解罹患之疾病。對於持有身心障礙證明或監方認有特殊情形者，儘速安排監內門診；遇有身心障礙證明須展延或重新評估時，協助安排監內門診或依醫囑戒護外醫至醫院進行鑑定。（108年3月11日履勘臺北監獄）

7、對於認知障礙收容人之鑑別診斷、醫療與支持行為—身心障礙證明協助換證：108年7月10日前須全面換證，故由本監社工協助身心障礙收容人進行後續醫療鑑定及換證等行政作業安排。（108年4月12日履勘嘉義監獄）

（三）篩檢穿越異想世界—新收監收容人進行心理健康篩檢[12]

1、現行監所對身心狀況異常收容人之鑑測、篩選、評估等辦理情形是否妥當？策進作為為何？

（1）另經篩選為疑似精神病者及領有身心障礙手冊或證明、重大傷病卡、精神科醫師診斷書者，即造冊列管，並安排精神科醫師評估、診治，依醫囑服藥控制病情，並視

12 法務部107年7月1日約詢書面說明資料。

病情追蹤看診、戒送外醫或移送病監，使其能獲致妥善之照護。相關新收入監辦理情形如下：

（2）身體狀況：收容人新收入監均進行健康檢查，瞭解收容人病史、身心障礙狀況及理學檢查，收容人如有不適得就診，如管教人員認收容人有身心異常狀況，亦可安排看診。

（3）心理狀況：矯正機關對於新入監收容人於新收調查時即進行心理健康篩檢，亦定期針對高風險收容人及管教人員認有需要之收容人施測簡式健康量表BSRS-5檢視其心理狀態，依測驗結果做適當處置，包含教誨師輔導、安排就醫、專業心理諮商或其他合適處遇。

2、現行監所對身心狀況異常收容人，以簡式健康量表BSRS-5等予以篩檢之作業過程是否周全？策進作為？

（1）矯正署前於104年5月8日以法矯署醫字第10406000620號函，函發所屬機關就（一）新進收容人；（二）徒刑10年以上個案；（三）高風險收容人（如罹患精神疾病、長期罹病、違規考核、家逢變故等）運用「簡式健康量表（BSRS-5）」篩檢，並依施作結果提供情緒支持、輔導或醫療轉介服務。現行簡式健康量表仍屬有信效度之量表，尚能符合篩選之目標。

（2）對身心狀況異常收容人，矯正署刻正就高關懷收容人研議相關處遇規劃，並就現有評估機制，增加篩選量表，以完善保護身心狀況異常收容人。

3、矯正機關如何在新收流程得知收容人持有身心障礙證明？並得知其能否申請證明？

（1）矯正機關對於新入監收容人於新收調查時即進行心理健康篩檢，經篩選為疑似精神病者及領有身心障礙手冊或證明、重大傷病卡、精神科醫師診斷書者，即造冊列管，並安排精神科醫師評估、診治，依醫囑服藥控制病情，並視病情追蹤看診、戒送外醫或移送病監，使其能獲致妥善之照護。

（2）矯正機關對於新收入監收容人進行健康檢查，同時調查收容人身心障礙類別及程度，以瞭解收容人身心障礙類別。另收容人於新收入監主動告知持有身心障礙證明，機關會註記於獄政系統，俾利後續關懷輔導。

（3）另按《身心障礙者權益保障法》第6條第1項規定，身心障礙之鑑定係由衛生主管機關指定相關機構或專業人員組成專業團隊，進行鑑定並完成身心障礙鑑定報告。爰收容人如有申請身心障礙證明需求，得提供相關資訊，由矯正署所屬各機關後續安排至醫療院所看診確認。

4、矯正機關如何發覺新收沒有證明但有身心障礙收容人，甚或入監後產生身心障礙者之策進作為為何？

（1）收容人新收入監均進行健康檢查，瞭解收容人病史、身心障礙狀況及理學檢查，依據個別狀況合理調整其處遇，及提供輔具或服務滿足其所需，以協助身心障礙收容人達成最大程度之自立。

（2）為保障身心障礙者權利，矯正署於新收入監時除詢問是否持有身心障礙證明，機關會註記於獄政系統，俾利後續關懷輔導。

5、法務部對於「審判階段精神病收容人鑑定資料介接至矯正機關之獄政系統，有利矯正機關及早掌握收容人之精神病情」議題之看法為何？策進作為為何？

（1）精神鑑定於刑事方面之用途，主要為鑑定刑事案件被告犯行當時之精神狀態（有無責任能力），其中可能探討至被告之精神病史，可能得協助瞭解被告病情。惟精神病鑑定資料為法院判決使用之專業資料，實際仍須由精神科醫師判讀與治療為宜。

（2）經電詢司法院，目前鑑定資料尚無建立資訊系統，僅有書面資料，難以數位化方式介接至獄政系統。如司法院願提供精神病收容人鑑定報告，且提供此報告符合個人資料保護法相關規定。矯正機關可於監內看診時，提供醫師參考。

6、法務部對於「介接衛生福利部相關資料至矯正機關之獄政系統，有利矯正機關及早掌握收容人之精神病情」議題之看法為何？策進作為為何？

（1）經電詢衛生福利部，其精神照護系統僅就法務部認為須追蹤列管之精神病患者（例如有自傷、傷人之虞）建立相關資料，目前列案人數約14萬名，並非所有精神科門診紀錄均於系統列管。

（2）矯正機關對於新入矯正機關收容人於新收調查時即進行心理健康篩檢，並詢問其健康情形，原則上於新收調查時已能掌握收容人之病情。惟少數收容人如刻意隱瞞，則難以得知其確實病情。如介接精神照護系統，或可得知前揭收容人是否有精神病診斷情況，並及早安排其精神科門診。

（四）找到適合你的空間—精神病收容人的監所處遇

1、有關精神病收容人之鑑定與分類

（1）法院通常會附上鑑定報告，從鑑定報告看個案之狀況。

（2）「（監察委員問：有關病犯分類問題，分類困難、人數、執行地點、經費編列問題？如何進行分類？）諮詢專家表示，在審判階段有接受過精神鑑定個案為優先，因為此類人員為高危險群。如何進行分類問題複雜，涉及『診斷學』，係1年的課程。」

（3）如果做了鑑定，如何妥善利用？鑑定都是法院的經費。如果刑事偵查曾做過鑑定，可留到監所進行後續再利用。

（4）法院審理中不願意使用《刑法》第19條，有3個主要因素：一是在民意及輿論上有壓力；二是在審判上不好用（辨識能力跟控制能力難以判別），法官把問題丟給鑑定人，鑑定人也不知道如何處理，判決也無法進行大膽的判斷，目前我國對《刑法》第19條無法使用是事實；三是檢、警、調從偵辦開始到判決、執行，缺乏一貫的知識。

（5）基層檢察官遭遇的問題是，要做精神鑑定很難，偵查中欲進行鑑定須簽到高檢署，會有經費的問題。法院只要有做精神鑑定，基於社會輿論考量，假設法院依《刑法》第19條規定判決，檢方則會予以尊重。

（6）關於行為問題之精神鑑定，在歐盟國家，為了安全及健康問題，在入監時有評估機制，原就有診斷的人，如果是強制性之評估，也是要詢問收容人心理狀態是否瞭解，歐洲有些國家會嚴格執行。矯正署也有初評，但無法詳盡，因牽涉到人力不足問題。

（7）當前刑事審判，重罪做精神鑑定比例很高，但用《刑法》第19條規定之判決比例很低。

（8）依據《刑事訴訟法》第294條規定，沒有受審能力理論上需要進入強制住院或或審查機制，倘有《刑法》第19條第1項之情形，則是監獄外的事情。

（9）收容人入監後，就做60天或40天的評估，必須反覆詢問其身心狀況。

2、 有關精神病收容人之司法處遇

（1）目前有接近3千位確診之精神病收容人，其中三分之一有情緒障礙，四分之一有思覺失調或其他障礙，疑似或確診病患是較難分辨的。培德病監有一小部分精神病床，規劃有129床，目前收容數為85床；女生就送桃園分監，規劃有38床，目前收容24床。急性住院不會讓你住很久，還是要移監回到原監所；各監所做法不同，有的分配到同工場，有的分配個性比較好的收容人照顧，以藥物、志工等方式治療。

（2）《刑事訴訟法》第294條及《刑法》第19條第1項、第2項之問題，是需要討論的地方。日本在2003年通過《醫療處遇及監護法》，在1970年代，主張病人權益，反對精神醫療，回歸社區，去機構化。此法案類似我國《刑法》第87條規定，立法意旨為：如果是初犯嚴重犯罪之精神障礙（耗弱），協助復歸社會適用本法；適用對象為有精神障礙或耗弱的人，初犯嚴重犯罪，殺人、放火、強盜、性侵、強制猥褻既遂或未遂犯，加上傷害的既遂犯（有時候沒殺成），簡稱為MTSA（《監護法》）；有2個發動程序，還算周延；首先是逮捕嫌犯之後，檢察官進行起訴前精神鑑定，判斷是否符合要件。

（3）如果是精神耗弱的情形則會起訴；地方法院審理有3位職業法官及6位平民法官進行審理，再度進行精神鑑定；高院或最高法院定讞後，如果確定是《刑法》第19條規定之情形，無論是減刑抑或其他情形，仍需要啟動《監護法》第87條之程序，再進入審理小組。小組的組成包括職業法官及精神科醫師。關於符合監護法，日本有3個標準：一是現在的精神狀況，二是可治療性，三是再犯危險性；其資格之鑑定標準，與我國目前僅止於勉強鑑定受起訴人行為時精神狀況，非常不同。

（4）但當時面臨1970年代，大眾有反對精神醫學主張情形，遂使用社會復歸性之名詞；這一組的鑑定人是具有精神衛生專業的觀護人，確認有無阻礙被告未來復歸社會或相似犯罪之因子存在，透過這個程序可能有幾種類型的裁定：強制住院、強制社區治療、不付處分、駁回、撤回等，這些都是在社區外面做。

3、 有關精神病收容人在監所處遇

（1）精神疾病範圍很廣，基本上依《刑法》第19條判決，此類病患原就不應該送監獄；很有可能是判決當時，患者不願意送鑑定或沒有辯護人為之說明，收容後卻在監所內發病。有關認知障礙（包括精神障礙、智力障礙、學習障礙、注意力欠缺過動障礙、自閉症、失智症等）之症狀，需要相對適當之鑑測篩選評估（表格式問卷）機制。

（2）有關各監所特約醫院對「思覺失調症」症狀之診療能量是否足夠？當一個人犯刑後，要做鑑定：假設真的是病人，應該做另外的安排；假設是審判期間才發現，還是要送到醫療單位評估。可增加一些專業人力，心理師可做微幅的增加，有一點像特殊教育，提供不一樣的模式幫忙他，目標是社會復歸。當收容人受診斷確定後，要有另外的教育或處理方式，是否有專區，部分時段可能做一些特別處遇，較有改變效果，所以還是要分流。

（3）有關重刑犯鑑定、處遇、審判等會令人有些憂心，目前的法務體系，希望對收容人有矯治可能。矯治就是改變，與精神醫療有點像，要改變一個人是非常困難的事情，社會復歸就是用一個結構讓他不要再犯。一個病人只要住院，一定會瞭解住院原因，經過評估、診斷、治療後，希望之後不要再發生這樣的事情。這是有難度的，剛開始很難預估是否會再犯。治療係一連續性過程，可能用居家治療或其他方式防止再犯。收容人除非死刑定讞，否則終將回歸社會，精神病收容人、認知障礙，將影響他的矯治。自閉症等認知障礙，做了教育與訓練也聽不懂，無法吸收、內化做改變。一個犯案的人，重刑犯是我們最關注的，因為他危險性高；有時候他的犯案行為太詭異、超乎常人行為，故該做精神鑑定。假如有精神疾病，希望能夠分流。以國外為例，有專責處遇處所，專門做治療，而非做處罰。沒有經過治療及進行矯正較為困難，鑑定後到審判前，我國並未有專責處理單位，而是分散在所有監獄裡面，如此一來將造成很大難題。以目前監所情形而言，無論是重刑犯抑或輕刑犯中都包括有精神病收容人，公共危險罪、竊盜犯、傷害罪收容人亦可能有精神疾病，其服刑期間亦可能因適應、受欺負等問題發病，這些都需要精神醫療來處理。現在標案或委外辦理，有專業人員到監所服務，醫療機構到監所做處遇的話，是一個機會。

（五）監所無法及時獲得收容人醫療資料

1、 108年3月4日履勘臺北看守所約詢關此內容摘要

（1）有關「7026黃姓收容人為何未在名冊內」一節：

衛生科科長梁博政表示：「當時以持有身心障礙證明收容人為調查基準，該收容人因未持證明，故未在查調名冊內；收容人黃○○患有思覺失調症，曾服藥物一陣子，目前停藥中。黃員未持有身障證明，故未列入本次查訪範圍，其精神病症仍屬本所列管個案。」

（2）有關「黃姓收容人在外無身障證明、在所內亦無身障證明，顯然屬妄想症狀，未列入身障名單」一節：

衛生科科長梁博政表示：「黃員病因是思覺失調症，未持有身心障礙證明，故未列入此次查訪名單內，惟精神疾病部分仍由本所列管中。」

（3）詢據法務部對「矯正機關如何發覺新收沒有證明但有身心障礙收容人之策進作為」之書面說明：

a. 矯正機關對於新入監收容人於新收調查時即進行心理健康篩檢，經篩選為疑似精神病者及領有身心障礙手冊或證明、重大傷病卡、精神科醫師診斷書者，即造冊列管，並安排精神科醫師評估、診治，依醫囑服藥控制病情，並視病情追蹤看診、戒送外醫或移送病監，使其能獲致妥善之照護。

b. 矯正機關對於新收入監收容人進行健康檢查，同時調查收容人身心障礙類別及程度，以瞭解收容人身心障礙類別。另收容人於新收入監主動告知持有身心障礙證明，機關會註記於獄政系統，俾利後續關懷輔導。

c. 另按《身心障礙者權益保障法》第6條第1項規定，身

心障礙之鑑定係由衛生主管機關指定相關機構或專業人員組成專業團隊，進行鑑定並完成身心障礙鑑定報告。爰收容人如有申請身心障礙證明需求，得提供相關資訊，由矯正署所屬各機關後續安排至醫療院所看診確認。

2、 108年7月8日約請相關主管人員到院詢問關此內容摘要：

（1）有關「法務部及衛生福利部對於『介接衛生福利部相關資料至矯正機關之獄政系統，有利矯正機關及早掌握身心障礙收容人之病情，俾加強適當處遇』議題之看法及策進作為為何」：

衛生福利部健保署署長李伯璋表示：「本部所推廣之國人健康存摺，有最近3年相關資料可供查詢運用。」

（2）有關「國家公法上基礎議題，允應找學者專家做專題研究，事涉特別法律關係，收容人有特別服從關係，何種資訊由國家做主，應有堅強理論基礎，何種資訊不得拒絕，形成堅實論理基礎，特別法律關係取得資訊正當性，合法性，如何克服法令俾取得資訊，允應在監獄行刑法中修正列入，先決條件是找學者專家提供理論基礎」。

（3）有關「收容人入監後，何種資訊是國家一定要取得的，允應立法規範。」一節：

矯正署署長黃俊棠表示：「《監獄行刑法草案》仍有修正的空間。」

（4）有關「審判時精神鑑定資料，可否上雲端？目前6萬多名收容人，約2,800至3,000人精神病收容人，約占5%。國外較寬認定，約30%至40%，國內偏低。鑑定不易，病例銜轉問題，發監執行時未帶入監所，俟嚴重違規才發現異常，送門診、投藥，若病歷可以介接移轉查詢，將有利該等收容人之處遇」。衛生福利部健保署署長李伯璋表示：「委員指示將研究辦理，並協調法務部辦理。」

（5）法務部對於「審判階段精神病收容人鑑定資料介接至矯正機關之獄政系統，有利矯正機關及早掌握收容人之精神病情」議題之看法為何？策進作為為何？

a. 精神鑑定於刑事方面之用途，主要為鑑定刑事案件被告犯行當時之精神狀態（有無責任能力），其中可能探討至被告之精神病史，可能得協助瞭解被告病情。惟精神病鑑定資料為法院判決使用之專業資料，實際仍須由精神科醫師判讀與治療為宜。

b. 經電詢司法院，目前鑑定資料尚無建立資訊系統，僅有書面資料，難以數位化方式介接至獄政系統。如司法院願提供精神病收容人鑑定報告，且提供此報告符合個人資料保護法相關規定。矯正機關可於監內看診時，提供醫師參考。

3、 詢據衛生福利部對有關議題之書面說明：

（1）臚列健保醫療雲端資訊查詢系統目前登錄被保險人就醫資料欄位一覽表（含空白資料樣張），又此系統開放查詢權限之對象為何？

a. 衛生福利部為提升病人就醫及用藥安全，同時使健保資源更有效率的使用，於102年7月建置健保雲端藥歷系統，將病人跨院所申報的藥品費用資料（近3個月內）提供特約院所查詢，可避免潛在重複處方的風險。

b. 105年升級為「健保醫療資訊雲端查詢系統」（下稱

本系統），提供醫師於臨床處置、開立處方及藥事人員調劑或用藥諮詢時，可查詢病人過去的就醫資訊，查詢頁籤包含西醫、中醫用藥紀錄、檢查檢驗紀錄與結果、手術明細紀錄、牙科處置及手術紀錄、過敏藥物紀錄、特定管制藥品用藥紀錄、特定凝血因子用藥紀錄、復健醫療紀錄、出院病歷摘要及CDC預防接種等12項頁籤。

c. 健保特約醫事服務機構之醫師及藥師，於健保資訊服網服務系統（VPN），透過三卡認證（醫事機構安全模組卡、醫事人員卡及病人健保卡）可查詢本系統。

（2）衛生福利部建議矯正署如何改善各矯正機關收容人受刑前後病歷銜轉之相關缺漏不全問題？

a. 依《醫療法》第67條規定，病歷資料包含醫師依《醫師法》執行業務所製作之病歷，各項檢查、檢驗報告資料，及其他各類醫事人員執行業務所製作之紀錄，並依同法第70條規定由醫療機構保存；健保資料係健保特約醫事服務機構依法向本署申報醫療費用之資料，非屬於病歷。

b.又依個人資料保護法（下稱個資法）第6條規定，病歷資料屬於特種個人資料，法務部矯正署收集、處理或利用矯正機關收容人受刑前後之病歷資料，應符合個人資料保護法規定。

（六）醫療紀錄是個資—衛生福利部之回應

查據衛生福利部針對「介接衛生福利部相關資料至矯正機關之獄政系統，有利矯正機關及早掌握身心障礙收容人之病情，俾加強篩檢及適當處遇之看法為何？策進作為為何？」議題覆稱[13]：

1、 衛生福利部「毒品成癮者單一窗口服務系統」已與獄政系統介接，另「精神照護資訊管理系統」目前申請與獄政系統介接中，如矯正機關為掌握精神疾病病情或施用第一、二級毒品出監所個案，而須有「毒品成癮者單一窗口服務系統」或「精神照護資訊管理系統」追蹤個案資料之需求，本部可於符合個人資料保護法及精神衛生法之前提下配合提供。

2、 衛生福利部中央健康保險署建置「健保醫療資訊雲端查詢系統」（以下簡稱雲端系統），為符合《個人資料保護法》第6條之規定，已限制健保特約醫事服務機構之醫事及藥師於健保資訊服務網服務系統（VPN），透過三卡認證（醫事機構安全模組卡、醫事人員卡及病人健保卡）方可查詢。

3、 現行矯正機關內收容人就醫資料保存方式如下：

（1） 依全民健康保險提供保險對象收容於矯正機關者醫療服務計畫第七項（七）之1，特約醫療院所提供矯正機關內門診服務時，就醫資料應傳送至法務部指定之SFTP主機，交付矯正機關留存。

（2） 上開資料欄位依《全民健康保險保險憑證製發及存取資料管理辦法》第10條附表2規定，包括保險對象基本資料（身分證號、生日）、健保資料（就醫類別、就診日期時間、醫事人員身分、主次診斷、醫療費用等）、醫療專區

13 衛生福利部108年8月16日衛授家字第1080701191號函。

資料（門診處方箋、重要處方項目、過敏原或過敏藥物等）及衛生行政專區資料（預防接種資料）等資訊。

（3）另依《全民健康保險保險對象收容於矯正機關者就醫管理辦法》第10條規定，保險醫事服務機構至矯正機關內提供醫療服務時，應依醫療法規定製作病歷，並將收容對象之就醫紀錄，交付矯正機關留存。考量實務上收容人有移監之情形，矯正機關所留存之就醫紀錄宜併同移交，確保收容人就醫紀錄之完整性。

4、健康存摺之就醫資料與雲端系統相同，皆來自健保特約醫事服務機構申報之醫療費用資料，且資料區間為利當事人自我健康管理，較雲端系統為長，雲端系統原則為近3個月，健康存摺為近3年之就醫資料，為利矯正機關及早掌握身心障礙收容人之病情，建議請收容人申請本人健康存摺，並授權矯正機關專責人員代為管理健康存摺。

（七）僅見冰山一角─無身心障礙證明者的收容難題

經核，入監服刑前即持有身心障礙證明之收容人，矯正機關面臨的問題較少；相對而言，無證明確有身心障礙事實者，矯正機關如何發現及處理才是重點，現有身心障礙收容人人數明顯被低估，國外研究也證明如此。多數身心障礙收容人之人際關係有問題，在矯正機關內常以違規論處，忽略其病徵，如何發覺是類沒有證明但有身心障礙收容人，應是未來的重點。

（八）小結

綜上，如何發現身心障礙收容人黑數，是矯正機關未來重要課題。既往，身心障礙收容人數明顯被低估，世界各國皆然，臺灣明顯偏高，該等收容人洵無法以正常矯正措施得以矯正，爰此，矯正機關如何發現無證明，但確有身心障礙事實者，允應發掘出來並予以適當處遇，以善盡矯正機關權責，並應研議將司法審查階段之精神鑑定資料確實轉銜至監所，進而提升收容人利益，俾符合身障公約有效予以篩檢、合理對待及《監獄行刑法施行細則》第2條保障其權益等規範之旨意。

第四章
矯正機關的專業人力

法務部允應重視矯正機關專業人力不足問題，並應強化心理衛生專業人員質量，俾有效協助輔導心智障礙者心理重建，並應提升戒護人員素養，透過戒護人員平時之觀察，察覺異常予以轉介治療，適時提供慢性精神病收容人適當治療，維護身心障礙收容人享有最高健康標準的權益。

（一）「任何生命都是平等的」—盧梭

《身心障礙者權利公約（CRPD）》第25條規定：「締約國確認，身心障礙者有權享有可達到之最高健康標準，不因身心障礙而受到歧視。締約國應採取所有適當措施，確保身心障礙者獲得考慮到性別敏感度之健康服務，包括與健康有關之復健服務。」

《精神衛生法》第20條規定：「嚴重病人情況危急，非立即給予保護或送醫，其生命或身體有立即之危險或有危險之虞者，由保護人予以緊急處置。」同法第41條規定：「嚴重病人傷害他人或自己或有傷害之虞，經專科醫師診斷有全日住院治療之必要者，其保護人應協助嚴重病人，前往精神醫療機構辦理住院。」

（二）監所專業人員以一當百！

1、目前矯正機關心理師、社工師（員）、教誨師及醫事人員等專業人力情形：

（1）矯正署現有衛生科科長、醫師、護理師、藥師及醫事檢驗師等醫事人員編制員額為196名，現有員額186名，編現比約為95%。現有醫師2名分置於臺中戒治所、臺南看守所。其他醫事人員與收容人數之比例，以107年12月底總收容人數63,317人計算為1：340，依專業人員分列與收容人比例，護理人員比為1：851，藥師比為1：1,156，醫事檢驗師比為1：4,085。

（2）以矯正機關近3年（105年至107年）毒品、酒駕、性侵、家暴及少年平均收容人數計41,882人，目前矯正機關僅有43名臨床心理師與38名社會工作師（員），人力比高達970至1,100，專業人力顯有不足。矯正署爰持續爭取補充專業人力經費，於108年度獲編66名心理、社會專業處遇人員經費並辦理進用。

（3）醫事人員部分，於二代健保施行後，矯正機關已結合社區醫療醫源，醫事人員之資源，直接由承作之合作健保醫療院所提供收容人所需之醫療處遇，於醫療品質上與一般民眾並無差別。矯正署將視矯正機關之醫事人力配置，如有醫事人力不足之機關人員，視情況裁改，以補足醫事人力之需求。

另為因應超額收容導致人力不足之需求，行政院於106年同意核增矯正署所屬矯正機關預算員額400名，其中教化人力20名。另為應矯正機關辦理心理及社工處遇業務所需，行政院108年2月25日院授人組字第1070059517號函同意核增矯正署所屬矯正機關聘用人員預算員額19名。

（三）傾聽微弱的聲音—精神病收容人的醫療與輔導

1、108年2月22日履勘臺中看守所：有關「臺中看守是否確認收容人確實服藥？」議題，臺中監獄書面回覆：本監精神病專區執行日間餵藥有護理師1人，戒護主管及看護從旁協助；另有護理師1人負責處理行政事務。至於夜間、例假日餵藥，則由輪值醫事人員辦理。」

2、108年3月11日履勘臺北監獄發現：訪談收容人1,770吳〇〇重度精神分裂，缺乏病識感，且所犯為性侵害案件，臺北監獄心理師人數較少，允宜使精神障礙收容人在監內獲得相關諮商及合理處遇。

3、 108年3月11日履勘臺北監獄：

（1）「對於無病識感收容人如何處置？能否進行強制就醫？」議題，戒護科李科長宜昌表示：「收容人配業後，經場舍主管觀察有特殊情況、表現異常或適應不良者，均主動安排醫師診斷是否有精神或認知障礙。」

（2）除強制營養之情況外，矯正機關對於單純無病識感且未處於緊急危難狀態下之收容人，似無強制其就醫治療之法律依據。對於收容人病況嚴重，有危及他人或有自傷之情形者，管教人員會陪同至監內門診就醫；不願配合者，安排醫師至場舍查看其病況，但收容人倘無就醫意願，實務上監方亦有發生遭收容人本人或其家屬質疑強制進行就醫診療之合法性。

詢據法務部對於「無病識感收容人強制就醫治療相關規定為何？能否進行強制就醫治療？實務困境？策進作為？」議題表示：

4、 按《醫師法》第12條之1之規定，醫師診治病人時，應向病人或其家屬告知其病情、治療方針、處置、用藥、預後情形及可能之不良反應。依其意旨，醫師診治病人時，除有法定事由外，收容人即使無病識感，醫師尚不得逕予安排治療。現行矯正機關於緊急情況下安排病患送醫之規範，包括：

（1）《醫療法》第60條、《緊急醫療救護法》第14條之2：協助危急病人之處遇。

（2）《傳染病防治法》第44條：配合罹患法定傳染病病人之強制隔離。

（3）按《精神衛生法》第37條第3項規定：「精神醫療機構以外之精神照護機構，為防範緊急暴力意外、自殺或自傷之事件，得拘束病人身體，並立即護送其就醫。」次依《精神衛生法》第41條第1項規定：「嚴重病人傷害他人或自己或有傷害之虞，經專科醫師診斷有全日住院治療之必要者，其保護人應協助嚴重病人，前往精神醫療機構辦理住院。」爰除非精神病收容人有自傷、傷人之虞，應尊重收容人就醫之自主權。

（4）《精神衛生法》第20條：協助嚴重病人其生命或身體有立即之危險時之緊急處置。

（5）《監獄行刑法》第59條：拒絕飲食，經勸告仍不飲食而有生命之危險者，矯正機關得由醫師施以強制營養。

5、前開規定均係為保障收容人之生命權，或維持公共衛生及安全，於病人自主權外之特別規定，尚非依照病人之病識感狀況辦理，矯正署所屬各矯正機關將持續依照相關規定，協助收容人就醫。

（四）不知道他病了—管理人員的專業素質

有關「《反酷刑公約》、《身心障礙者權利公約》，都有提及身心障礙收容人在處遇情形，第一類精神病收容人，在監所裡如果沒有被辨識，會被視為搗蛋分子，監所的環境可能會讓他們病情惡化；思覺失調症收容人未吃藥控制病情之情形，監所應特別注意。請矯正署說明」：

1、彰化少年輔育院院長饒雅旗（綠島監獄前任典獄長）表示：「精神疾病者無病識感，不願用藥，在監獄屢次違規攻擊管教人員，或濫陳耗訴。精神疾病收容人篩選時，拒絕做進一步鑑定，在前端收容人無病識感，對別人有攻擊傾向。我到任時深刻發現，收容人有很多的身心障礙情形，無法與他人相處，無法群聚生活，互相排擠。收容人對管教人員有敵意。收容人共同的特徵為不擅長溝通，刑期長對出獄無期待者，會有情緒性反應。收容人有暴力攻擊傾向，甚至有收容人攻擊典獄長，拿糞便潑科員。」

2、 矯正署安全督導組科長詹麗雯表示：「很多收容人沒有病識感，不知道要看診。經過新收健康檢查，衛生科醫師做評斷，我們屬於嚴密戒護管理方式，從收容人行為表現或人際互動，或對於管教的服從性考量。在綠島收治的對象，分為2種：一種是長期關押後產生之精神疾病，一類是非屬《精神衛生法》規定之人格違常者。綠島監獄是定位於隔離犯監的概念，歷年評估醫療資源顯然不足，本屬前端將審查收容人有無精神疾病，日後定位將綜整所有資料做研判。」

3、 精神病收容人之比率與確診

（1）大多數國家監獄有15%至30%精神病收容人。

（2）專業人力、心理衛生專業人員應強化。

（3）監所精神門診來診人數很多，醫師需要長時間診療，倘有嚴重精神病，應建立病識感，很難有很多時間可以評估，應增加醫療人力。

（4）監所內一般戒護人員亦很重要，要靠戒護人員平時的觀察才會轉介，或在健檢時才能察覺。

4、 精神病收容人之戒護與醫療處遇

（1）如何維護這些人的安全？一般慢性病人在病況穩定時門診還可以處理，監所病舍並非專為精神病收容人設置，精神病收容人很嚴重才會轉進去，也有可能是裝病。

（2）急性期要有保護性的環境，一般做法是手銬腳鐐先固定住，容易造成受傷，急性病房是有特殊規格的，保護室設置規格應比照醫院模式辦理。

（3）嚴重之精神病患，到醫院做監護處分，大部分療效都還不錯，3年至5年建立病識感，以進行後續治療效果會較好。

（五）小結

據上，法務部允應重視矯正機關專業人力不足問題，並應強化心理衛生專業人員質量，俾有效協助輔導心智障礙者心理重建，並應提升戒護人員素養，透過戒護人員平時之觀察，察覺異常予以轉介治療，適時提供慢性精神病收容人適當治療，維護身心障礙收容人享有最高健康標準的權益。

第二篇

監所機構對收容人的權益保障調查

第五章
精神病收容人出獄前評估與社區支持

精神病收容人出獄前精細的評量與社區支持，影響收容人權益至鉅，惟目前主管機關僅得按《刑法》第77條第2項第3款規定，各監獄除針對犯第91條之1所列之罪之收容人，須於陳報假釋前進行鑑定、評估其再犯危險外，其餘收容人並無實施鑑定或評估再犯可能性之機制，凸顯出獄前之假釋評估不足。法務部允應通盤研議規劃再犯可能性評估機制並強化社區支持（包含身心障礙及非身心障礙者），以維護收容人之利益，進而達到政府建構完善的社會安全網體系之目標。

（一）悔改才能歸正

《刑法》第77條第1項規定：「受徒刑之執行而有悛悔實據者，無期徒刑逾25年，有期徒刑逾二分之一、累犯逾三分之二，由監獄報請法務部，得許假釋出獄。」同法第77條第2項規定：「前項關於有期徒刑假釋之規定，於下列情形，不適用之：……。三、犯第91之1條所列之罪，於徒刑執行期間接受輔導或治療後，經鑑定、評估其再犯危險未顯著降低者。」《監獄行刑法》第1條規定：「徒刑、拘役之執行，以使受刑人改悔向上，適於社會生活為目的。」同法第81條第1項規定：「對於受刑人累進處遇進至二級以上，悛悔向上，而與應許假釋情形相符合者，經假釋審查委員會決議，報請法務部核准後，假釋出獄。」同法第81條第2項規定：「報請假釋時，應附具足資證明受刑人確有悛悔情形之紀錄及假釋審查委員會之決議。」同法施行細則第2條規定：監獄管理人員執行職務，應注意受刑人之利益。

（二）搭好安全網—整合服務納入「強化社會安全網計畫」[14]

1、 社會安全網所涉範圍廣泛，須跨部會同合力推動，為強化跨體系效能與服務串聯，完備社會安全網體系，將推動「強化社會安全網計畫（107年至109年）」。

2、 計畫內容重點（三）整合策略：……。3.整合加害人合併精神疾病服務：（1）降低加害人合併精神疾病個案負

14 資料來源：政策與計畫—院會議案—強化社會安全網計畫；107年3月8日取自行政院網站https://www.ey.gov.tw/Page/448DE008087A1971/58708ea0-f58d-48b0-9626-ae0571deee04

荷比，深化個案服務……。（3）落實加害人處遇執行，強化社區監控網絡及處遇品質……。（六）重要績效指標：……。4.降低再發生率：保護性案件結案後再通報率從16%下降至10%……。7.整合社會福利與心理健康服務，提升加害人合併精神疾病者（含自殺企圖）之服務效能，降低暴力再犯、自殺風險：加害人合併精神疾病（含自殺企圖）整合性服務涵蓋率逐年上升至80%……。10.落實犯罪的預防：毒品、竊盜、搶奪犯罪人口查訪比率逐年上升至98%。

（三）補好安全網─鑑定及評估再犯機制

1、現行無評估再犯可能性之機制：

假釋審查委員設立的目的，係為落實公平、公正及客觀之假釋審查，及視個案情形實施面談，並提供專業審查意見，以出席委員票決方式決議是否通過假釋；按《刑法》第77條第2項第3款規定，現行各監獄除針對犯第91條之1所列之罪之收容人，須於陳報假釋前進行鑑定、評估其再犯危險外，其餘收容人並無實施鑑定或評估再犯可能性之機制。

2、再犯可能性評估宜由專業人員實施：

有關再犯可能性之評估，涉及專業之判斷，並影響收容人權益重大，應由具專業資格或受有相關訓練之人員實施，以昭公信；再者，目前各矯正機關專業人力不足，且缺乏本土化之評估工具可使用，貿然採用國外量表，對於再犯可能性之評鑑恐無法兼顧質與量。

3、假釋乃刑事司法體系基於教育刑理念，所為之裁量性轉向處遇，為達防衛社會安全之成效，再犯可能性之評估為收容人假釋核准與否之重要參考；未來期能在補足矯正機關心理專業人員及引進相關評估工具後，提升假釋審核整體品質，以達政府建構完善的社會安全網之目標。

詢據法務部對於「允應通盤研議規劃再犯可能性評估機制（包含身心障礙及非身心障礙者），以維護收容人之利益，進而達到政府建構完善的社會安全網體系之目標」議題之說明：

4、 現行法務部刻正研擬「假釋評估量表」期能客觀、透明審核各類收容人之假釋案件，期使順利復歸社會。

5、 矯正署規劃各種處遇方案，期能透過專業處遇及適性教誨教育達成收容人於監獄行刑中改悔向上。惟收容人出監後再犯之原因相當複雜，家庭支持、就業、經濟狀況及是否定期就醫均有重大影響，尚難謂矯正機關之處遇無助於復歸社會。

6、 社會安全網之完善，除考量矯正署推動各類精進專業處遇外，尚須結合衛政、社政、勞政共同配合，期能達成建構完善的社會安全網體系。

（四）我們要瞭解危險因子─再犯評估與社區支持系統

1、 有關醫療評估再犯可能性之疑慮

（1） 《刑法》第91之1條，須定期進行評估無再犯之虞才能釋放，此部分目前有違憲疑慮之探討。

（2） 法務部應協助統計，法院依照《刑法》第19條第2項減刑者（有再犯或危害公共安全之虞者），刑前與刑後之治療比例等數據，俾作為政策評估之據。

（3）鑑定的壓力太大，無法判別收容人刑後長期間是否再犯之可能。

（4）目前最大的挑戰，如何定義病人治療完畢是有困難的，檢察官、矯正人員瞭解病人情況、預算編列上是否足以進行治療。從醫療角度判斷收容人是否再犯，難度太高，須搭配有法律背景相關人員一起進行鑑定。

（5）我們要瞭解危險因子有哪些，除物質濫用外另有思覺失調問題，應檢視專家之報告，精神病患再犯風險跟因為家庭關係、精神疾病、毒品問題，或沒有穩定工作有關。

（6）許多涉及精障患者、毒品、酒癮及性侵害案件，有《刑法》第87條刑後監護、《刑法》第19條控制能力問題。《刑法》第88條毒品戒治、《刑法》第89條酒癮戒治，以健保資源進行戒治。

（7）性侵害類型犯罪類型，依《刑法》第91之1條，須定期進行評估無再犯之虞才能釋放，此部分目前有違憲疑慮之探討。鑑定報告指出之症狀，藥物控制、諮商心理師治療等。

2、 有關復歸社會及社區治療之做法

（1）有關強制住院及強制社區治療，日本2003年立法通過，2005年開始有這類病人，強制治療每6個月要評估一次，如果狀況好可以轉換到強制社區治療，再者可以回到精神衛生社區門診，三個軌道中一、二軌是可以互換的，社區治療如果再犯就強制住院，日本人口為1.2億，強制住院人數至2012年有七百多人，英國有六千多萬人口，強制住院人數有三千多人，德國有八千多萬人口，強制住院人數六千多人。

(2) 人在監獄，衛生福利部不會派人來。日本做法是，收容人入監後組成3人主管會議定期討論，收容人出監前，承租社會住宅，接入自立宿舍。

(3) 多數監所都聘請周邊醫院之醫師支援監所診療，以內、外科為主，亦有聘請精神專科醫師來進行會談診斷或藥物診療。許多收容人其實是人格疾患的問題，非能以藥物處理，亦非部分精神科醫師之專業，故應聘請大量專業心理師來解決此問題。

(4) 病犯倘非遭判處死刑，總有一天會回到社會，刑事案件判決後送矯正機關處理，矯正後與觀護人亦無進行後續聯繫，對於社會安全照顧似有改善空間。

(5) 日本經費涵蓋強制住院、強制社區治療，至2013年止監護處分強制住院處所有三十多所，每處所大約5床至66床。分散在各個地方，大約有800床左右，強制社區治療有四五百個處所（含私人經營）。另一較為重要的議題是，《刑法》第87條規定之決定前，指定觀護人（心理衛生專業），評估更生環境、復歸環境等，從社區治療到門診治療，後續如何銜接，更生保護的問題是，觀護人跟更生保護會並無太大關聯，更生保護會亦無任何拘束力，強制社區治療及強制住院治療，都有觀護人負責評估。

(6) 收容人從出監前半年，並無人開始協助。出監後擔心社會汙名，不一定會求助獄方人員，假釋前亦不清楚相關資源在哪裡，雖然有團體進監所上課。個案管理師目前並無對收容人進行出監後協助。收容人倘有精神疾病，衛生福利部應有列管機制。

（7）矯正署副署長周輝煌表示：有關牆裡、牆外之銜接是很重要的。以花蓮監獄輔導志工為例，收容人分布有北、中、南，出監後分散全臺各地將有銜接問題。

（8）社工重視的是有精神疾病之收容人出監後服務，包括住宅，我國亦有很多國宅可利用。居無定所讓精神病收容人更容易犯罪。收容人表示，出監後就業很多都是宗教組織陪他們去的。

（9）美國紐約州的研究，隨機分派臨床實驗，第一組由法官與醫療人員合作，配合社工、警察人員等做了1年，另一組是只有醫療人員，結果顯示第一組的再犯可能較少。回應社會上的狀況，門診上有很多個案，都不願意住院，有些家人支持度非常好，會願意吃藥。因社會變遷，家庭功能愈來愈低，沒有任何協助；應有強制力及社會資源幫忙，如果沒有這些資源，所內的資源再好都是一場空。

（10）強制社區治療，每個社區要有一個發令中心，負責派遣行政人員等工作，社區醫療中心目前是沒有在運作的東西，社區強制治療是不可能的。精神衛生法重點應在社區強制治療，因為只有行動自由的問題，沒必要關起來吃藥，應讓他面對人群，病情才會好轉。

3、 有關降低再犯可能性之策略

（1）如果修法可以要求到某一等級重大刑案的人，在出獄前做一些測量，以防止再犯，在這之前需要先進行修法。

（2）以GPS（全球定位系統，Global Positioning System）監控犯罪者再犯罪比率降低94.7%。

（3）法務部保護司科長謝正良：以科技監控來說，現行法令只針對性侵犯保護管束案件實施，暴力犯罪則沒有，如果是精神疾病者又有暴力傾向，會允許工作人員裝設電子設備嗎？如果在發病時，有可能將設備破壞或解除，在精神異常時，破壞設備或違規，將如何追究其責任？科技監控效果是有其限制的，監控他的目的為何？是要知道他位置在哪裡？還是形成他心理壓力？事實上是沒辦法直接防止他再犯的。

（4）國外的科技監控對受監控人的身心狀況是可以監測的。不限於腳鐐、手環、手機也可以。

4、 有關假釋審查與高風險收容人

（1）重點是假釋審查，法務部允應協助相關統計數據。收容人究有無再犯可能性，25年到了是否有做心理評鑑做再犯可能，資源若能投進去，醫院的壓力會較小，連結康復之家、中途之家等。

（2）最困擾的是高風險收容人，精神科醫師接了一個假釋收容人壓力也很大，正確的評估在於假釋階段應做把關，有再犯可能性的都要做評估。法務部允應針對假釋審查委員會，在審查假釋時，做再犯可能性評估之比例。

（3）再犯可能性評估，有一些量表，他們的問題都是異性關係，如何找朋友，如果都已妥適改善，再犯可能性則較小。暴力歷史、臨床、風險評估量表（historical clinical risk management-20）等3個量表，都沒有我國需要的信度與效度，HCR-20已知有購買管道，惟不販賣給個人，他要賣給政府，法務部或司法院買就可以，買下來才能做這項工作，政府講了15年都不買。

(4) 精神疾病患者帶有人格問題較難處理，司法應審視是否適合假釋，假設再犯風險高，社會安全網或制度尚未健全時，很快地回到社區，等於是放虎歸山，等到犯案時再將他抓回來。最好是有專責單位處理，但涉及刑期、移監等問題，回歸社區後有無更好的社會防護網，假設沒辦法改變，應該有外控的力量可以將收容人框住，不要讓他再犯，醫療只是一個協助過程，治療結束終究是要回到社區。

(5) 法務部都沒有中途之家，精神病收容人出來後到康復之家，高風險犯人如果真要放出來，法務部皆未建立機制。

(五)小結

經核，精神病收容人出獄前精細的評量與社區支持，影響收容人權益至鉅，惟目前主管機關僅得按《刑法》第77條第2項第3款規定，各監獄除針對犯第91條之1所列之罪之收容人，須於陳報假釋前進行鑑定、評估其再犯危險外，其餘收容人並無實施鑑定或評估再犯可能性之機制，凸顯出獄前之假釋評估不足。基此，法務部允應通盤研議規劃再犯可能性評估機制(包含身心障礙及非身心障礙者)，以維護收容人之利益，進而達到政府建構完善的社會安全網體系之目標。

第六章
監所的無障礙環境與設施

監所目前環境與《身心障礙者權利公約（CRPD）》所要求無障礙空間之標準仍有差距，諸多矯正機關主要建物老舊，諸如走道門檻、防滑地磚、衛浴設備、律見動線、家屬接見等設施之設置未盡周妥，且空間狹隘，無障礙物理環境及無障礙設施顯有改進空間，矯正署雖已逐步進行改善，惟與前揭相關規定仍屬有間。法務部允應積極輔導督促所屬矯正機關，讓身心障礙者參與改善無障礙設施（備）。

（一）應提供身心障礙收容人無障礙處遇

1、締約國不僅要提供無障礙及可及性的環境設施或「通用設計（universal design）」，更要依個別需求提供合理調整（reasonable accommodation），依CRPD第2條第4項，合理調整是指：「根據具體需要，於不造成過度或不當負擔之情況下，進行必要及適當之修改與調整，以確保身心障礙者在與其他人平等基礎上享有或行使所有人權及基本自由。」而同條第3項後段又明文規定：「基於身心障礙之歧視包括所有形式之歧視，包括拒絕提供合理調整。」因此，教育工作者或機構如拒絕針對身心障礙者之需求進行適合之調整，即構成歧視，相對之，身心障礙者則享有不受歧視之合理調整請求權[15]。

2、《身心障礙者權利公約》第9條指出，為使身心障礙者能夠獨立生活及充分參與生活各個方面，締約國應採取適當措施，確保身心障礙者在與其他人平等基礎上，無障礙地進出物理環境……。同公約第31條復明定，締約國承諾收集適當之資訊，包括統計與研究資料，以利形成與推動實踐本公約之政策……。依本條所收集之資訊應適當予以分類，用於協助評估本公約所定締約國義務之履行情況，並查明與指出身心障礙者於行使其權利時面臨之障礙。締約國應負有散播該等統計資料之責任，確保身心障礙者與其他人得以使用該等統計資料。

3、《身心障礙者權利公約》第14條第2項規定：「締約國應確保，於任何過程中被剝奪自由之身心障礙者，在與其他

15 資料來源：國立中正大學法律學系教授兼臺灣法律資訊中心主任施慧玲：〈身心障礙者之融合且有品質之教育權（CRPD第24條）〉，《監察院107年身心障礙者研討會會議手冊》（107年12月7日），頁135。

人平等基礎上，有權獲得國際人權法規定之保障，並應享有符合本公約宗旨及原則之待遇，包括提供合理之對待。」針對CRPD我國人權報告第106點指出：「收容人於入矯正機關時，即應針對收容人之身心狀況、家庭背景、犯罪過程等進行全面性瞭解，若發覺有身心障礙等情事，即詢問病史或看診；並依監獄行刑法、羈押法及戒治處遇成效評估辦法暨相關矯正法規規定，對於身心障礙收容人訂定妥適之處遇，並保障其權益。」

4、 內政部建築技術規則

政府應有適當統計資料，俾利形成與推動實踐身心障礙者獲得保護之相關政策，其規定如下：

5、 《身心障礙者權利公約（CRPD）》第31條統計與資料收集之規定：「1.締約國承諾收集適當之資訊，包括統計與研究資料，以利形成與推動實踐本公約之政策。」

6、 《身心障礙者權利公約》第31條明定國家有此項義務，用以瞭解身心障礙者所面對的障礙，以便予以排除[16]。

7、 《身心障礙者權利公約施行法》第5條規定：「（第1項）各級政府機關應確實依現行法規規定之業務職掌，負責籌劃、推動及執行公約規定事項。」

16 臺灣臺北地方法院法官郭銘禮：〈身心障礙者如何獲得平等且有效之司法保護（CRPD第13條）〉，《監察院107年身心障礙者研討會會議手冊》（107年12月7日），頁89。

（二）無障礙需求資料闕如—矯正機關欠缺統計數據

本院調查（107內調007517）案例，調查意見摘要指出矯正機關欠缺統計數據：

1、政府相關機關目前仍欠缺對身心障礙者服務之統計數據，法務部允應督同所屬共同研商，以落實《身心障礙者權利公約》之規定。

2、法務部無身心障礙被害者統計資料：

法務部查覆本院資料指出：目前刑事資料庫，僅就加害人資料收集，並未收集被害人資料，故無統計資料等語。

（三）行不得也—監所無障礙設施未符合規定

1、108年1月21日履勘臺南看守所發現，收容人律見動線無障礙設施不全，走道過窄且有高低落差，輪椅無法通行。

2、108年1月21日履勘臺南監獄發現，收容人在舍房跌倒而受傷戒護外醫，該監簡報第14頁提到要強化無障礙措施。該監舍房地板防滑措施待強化。

---

17 王幼玲委員、王美玉委員自動調查：「臺中某身障社福機構辦理夏令營，發生亦為身心障礙者的志工性侵學員的事件，顯示除了對身心障礙者短期的住宿活動缺乏預防的安全機制，同時也凸顯身心障礙者缺乏適當、合宜的性侵害防治的三級預防機制。對於有特殊需求的障礙者，如心智障礙、聽覺障礙、視覺障礙者，中央及地方教育主管機關、各級學校、社政單位、社福機關、家防中心、檢警司法單位等，有無規劃符合其需求的三級預防行動方案？提供可近、可及的教材、教具、設計符合障礙者需求的設施及設備，讓90%居住在社區的身心障礙者有免於人身侵害的安全環境，實有檢視深入調查之必要案」報告。

3、 108年1月22日履勘高雄第二監獄發現，接見區殘障者樓梯間升降椅尚無法使用（未驗收）[18]。

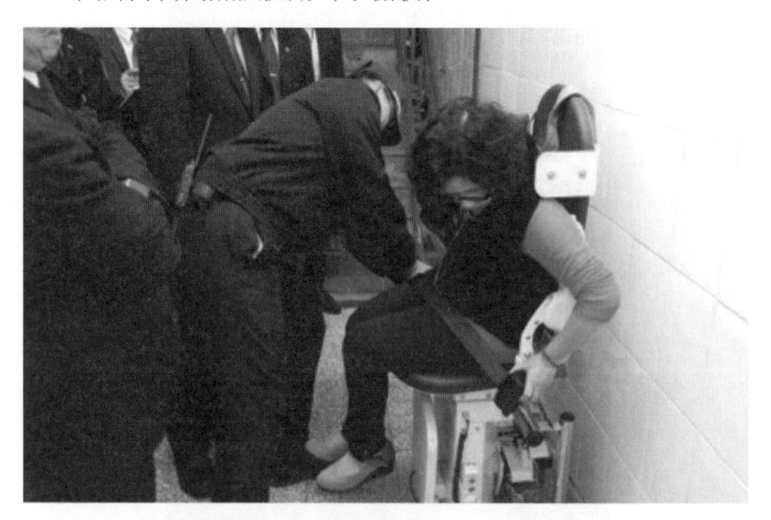

圖4　調查委員履勘高雄第二監獄接見區升降椅

資料來源：本院108年1月22日履勘高雄第二監獄攝。

4、 108年1月22日履勘高雄監獄發現，建築老舊，無障礙設施不足（2樓建築物因無電梯，接見、運動或看診時有障礙，可規劃電動爬梯或升降梯等，以符合人權），該監典獄長表示，收容人數多，可以用人力協助，以輔無障礙設施之不足。

5、 108年2月22日履勘彰化少年輔育院發現，學生舍房無障礙廁所，行政大樓外無障礙停車位，立德樓邊坡無障礙坡道待設置，並加裝單側扶手。

18 嗣經法務部108年3月20日法矯字第10802002390查覆稱：本案已於1月30日驗收完畢，驗收結果符合契約規定。

圖5　調查委員履勘彰化少年輔育院院長饒雅旗說明無障礙設施情形

資料來源：本院108年2月22日履勘彰化少年輔育院攝。

6、 108年3月4日履勘臺北看守所發現，浴廁扶手只裝1側，允應裝設2邊較完善；另有工場浴室地板老舊容易積水等情，允應儘速改善。

圖6　調查委員履勘臺北看守所廁所扶手設置情形

資料來源：本院108年3月4日履勘臺北看守所攝。

圖7　調查委員履勘臺北看守所工場浴室積水情形

資料來源：本院108年3月4日履勘臺北看守所攝。

7、 108年3月11日履勘臺北監獄發現，療養中心無障礙坡道似乎略陡，收容人使用無障礙坡道仍須他人扶助，建議可設置電動輔助器材，以利身障收容人行動。

圖8　調查委員履勘臺北監獄所無障礙坡道設施情形

資料來源：本院108年3月11日履勘臺北監獄攝。

8、 108年3月11日履勘臺北監獄發現：

（1）矯正機關雖設有無障礙設施，但無法自理生活收容人無法自行操作。

（2）因應身心障礙收容人收容及照護需求，該監將持續建構各場舍無障礙友善空間及生活環境（如增設座式馬桶、止滑地磚、扶手等）。

圖9 調查委員履勘臺北監獄所無障礙設施（舍房坐式馬桶及無障礙扶手）設置情形

資料來源：本院108年3月11日履勘臺北監獄攝。

9、 108年4月12日履勘雲林第二監獄發現：該監坐式馬桶有門檻，請於新建工程舍房規劃納入無障礙設施之考量，另馬桶扶手僅有單邊，另一邊亦應加裝。

圖10　調查委員履勘雲林第二監獄無障礙設施（舍房坐式馬桶有門檻及無障礙扶手）設置情形

資料來源：本院108年4月12日履勘雲林第二監獄攝。

10、108年4月12日履勘嘉義監獄發現：該監第一工場洗澡間止滑墊可再加強止滑功能；舍房部分廁所無障礙扶手現階段只有單邊，應安裝1對（左右邊各1支）[19]。

圖11　108年4月12日履勘嘉義監獄無障礙設施（該監身心障礙收容人馬桶僅裝單側扶手）設置情形

資料來源：本院108年4月12日履勘嘉義監獄攝。

19 法務部108年4月25日法矯署綜字第10802003230號函表示：該監業於會後已加裝改善完畢（廁所左右側雙邊均有扶手）；另第一工場洗澡間止滑墊，該監業於會後更換為較立體且止滑效果較好之止滑墊。

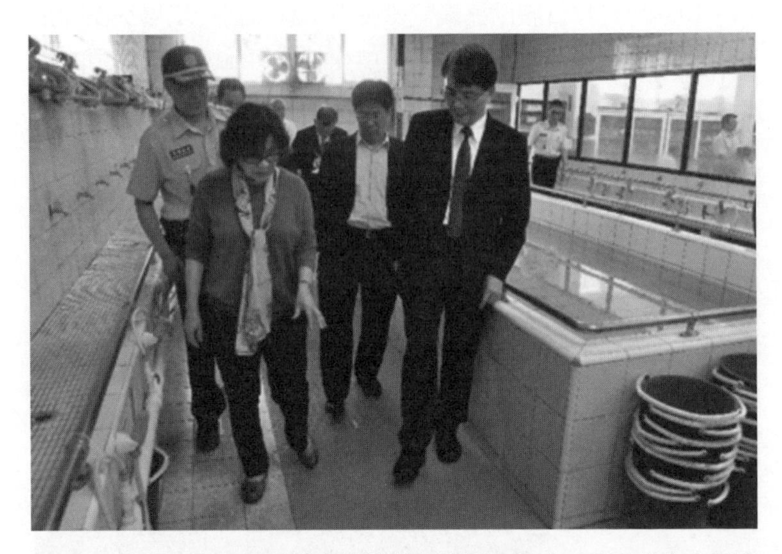

圖12　108年4月12日履勘嘉義監獄無障礙設施（一工場收容人盥洗空間建議可加強止滑墊止滑功能）設置情形

資料來源：本院108年4月12日履勘嘉義監獄攝。

（四）監所建築老舊，改善難[20]

1、本院赴各監所履勘發現，諸多監所主要建物老舊，空間較狹隘，無障礙物理環境及無障礙設施未盡符合現有規範，貴部對此之具體改善規劃方案為何？（是否全面檢視？）

（1）我國矯正機關建築多老舊，且興建年代已逾40、50年，既有空間設計及規劃實與現今理念未盡相符，此外，因收容人別複雜，既有收容空間有限，況超額收容問題亦尚未解決，目前實難以依不同特殊收容人之障礙別，另行規劃完整適於個別障礙收容人之設施與空間。

20 法務部108年3月20日法矯字第10802002390號函及法務部108年7月1日約詢說明書面資料。

（2）考量身心障礙收容人之收容需求及生活照顧，目前各機關均尚能依收容情形規劃並設置基礎無障礙設施以及提供相關輔具供用；而對於行動不便者以及障礙者，亦多收容於病舍或低樓層區域之舍房，以便利其行動。

（3）惟囿於既有建築設計以及空間等因素，尚難以全面改善為符於各種障礙類別需求之收容空間，各矯正機關亦仍視收容實須賡續調整改善，而個別收容人如另有特殊實需，亦可循正常管道反映予機關調整改善。

（4）法務部前於81年4月16日法81監字第05430號函示核定矯正機關舍房容額一覽表中，各矯正機關核定容額其計算基準原則上，係以每一收容人0.7坪（即2.314平方公尺，並扣除舍房廁所、面盆之面積）為原則。世界各國對於矯正機關收容空間之規範似亦均無定論。聯合國2016年《監獄建築技術指引手冊》（*Technical Guidance for Prison Planning*）則係以每人3.4平方公尺（多人房）為建議標準。

（5）惟因我國矯正機關之建築均屬老舊，空間配置亦不符現代行刑觀念，復因目前我國矯正機關仍超額收容，致收容空間勢受壓縮。

（6）為符國際人權要求，矯正署已參酌《聯合國在監人處遇最低標準規則》（*The United Nations Standard Minimum Rules for the Treatment of Prisoners*）提及：「所有供在監人使用之器具及息宿之設備，應合於衛生之需要，對於氣候條件應予以適當之注意，關於房舍之空氣量、面積、採光及通風等設備，皆應特別注意。」及聯合國2016年《監獄建築技術指引手冊》（Technical Guidance for Prison Planning）規範等，訂定「矯正機關建築設計參考原則」，針對矯正機關收容空間明示群居房（shared cells）每人空間面積至少為3.4平方公尺（不含浴廁空間），略大於1坪，並提供予目前推動新擴、改及遷建矯正機關，作為相關房舍規劃之參考依據，期以新式建築之收容空間規劃應符於人權思維。

（7）又我國矯正機關除近期新（擴、遷）建者，均已依法建置無障礙設施（備）且經建管單位查驗合格並取得使用執照外，絕大多數係興建於《建築物無障礙設施設計規範》訂頒前之1940至1980年代，為提升收容品質，矯正署業於101年2月21日以法矯署勤字第1010500039號函請各機關檢討並改善無障礙設施（備）；另於107年11月14日法以矯署勤字第10705003660號函針對視障或其他身心功能障礙者之收容照護部分，請機關宜視實際情形優先配置於設有無障礙設施之場舍，並強化相應之設施及措施。

2、請協助提供問卷調查：各監所收容人對無障礙設施、醫療資源（數量、妥適性）及對身心障礙收容人之處遇滿意度（平均數、標準差）暨策進作為建議、……等議題。

（1）查矯正署暫無收容人對於無障礙設施資源之問卷調查內容可供查考，又因施測需要時間，矯正署刻正研擬相關問題及製作問卷調查，將俟施測完畢後，另行提供。

（2）因收容人反映各事項管道暢通，身心障礙收容人之意見反映，亦均可透過管理人員及意見箱等方式反映至機關俾辦理改善，故尚未有旨揭各項滿意度調查之施測規劃。

（3）考量矯正機關人權漸受關注，身心障礙收容人之處遇與適應議題更受重視，有關矯正機關無障礙設施、處遇、醫療資源等滿意度調查，矯正署已納為優先辦理事項，為使調查更臻符於現實，俾瞭解反映收容人實需，以做為未來矯正署收容政策之調整規劃，刻辦理收集相關文獻、編製問卷以及調查方式等事宜，俟完成問卷編製後，即行辦理施測以及後續統計分析。

（六）小結

綜上，監所目前環境與《身心障礙者權利公約（CRPD）》所要求無障礙空間之標準仍有差距，諸多矯正機關主要建物老舊，諸如走道門檻、防滑地磚、衛浴設備、律見動線、家屬接見等設施之設置未盡周妥，且空間狹隘，無障礙物理環境及無障礙設施顯有改進空間，矯正署雖已逐步進行改善，惟與前揭相關規定仍屬有間。法務部允應透過加強宣導、問卷調查等方式，全面檢視所屬各監所無障礙物理環境及無障礙設施之現況，深入瞭解肢體障礙的收容人，監所是否有依照《身心障礙者權利公約》提供無障礙物理環境、資訊可及性、服務與設施之可及性，以及合理調整（reasonable accommodation），並規劃具體改善方案，積極輔導督促所屬矯正機關，讓身心障礙者參與改善無障礙設施（備），以逐步提升無障礙設施普及性，進而改善無障礙物理環境。另允應依CRPD第31條相關規定，適當收集相關統計與研究資料，查明與指出身心障礙者面臨之障礙，確保身心障礙者與其他相關人員得以使用該等統計資料。

第七章
矯正機關對身心障礙者的協助措施

各矯正機關欠缺對身心障礙者收容人之協助措施，例如聽覺障礙者之助聽器、視覺障礙者之定向訓練；另矯正機關目前仍欠缺對身心障礙者服務之統計數據，均與《身心障礙者權利公約》之規定意旨有悖，亟待法務部督同所屬共同研商策進，以落實《身心障礙者權利公約》之規定，並依CRPD第31條相關規定，進行調查統計，查明與指出身心障礙者面臨之障礙。

（一）身權公約規範要求平等

《身心障礙者權利公約（CRPD）》第15條第2項規定：「締約國應採取所有有效之立法、行政、司法或其他措施，在與其他人平等基礎上，防止身心障礙者遭受酷刑或殘忍、不人道或有辱人格之待遇或處罰。」

《身心障礙者權利公約（CRPD）》第13條獲得司法保護之第2項規定：「為了協助確保身心障礙者有效獲得司法保護，締約國應促進對司法領域工作人員，包括警察與監所人員進行適當之培訓。」《身心障礙者權利公約施行法》第8條第3項規定：「為維護身心障礙者人權，政府應對司法人員辦理相關訓練。」

（二）溝通才能理解─因為聽不見成為人際障礙[21]

法務部所屬矯正機關欠缺對身心障礙者收容（受刑）人之協助措施及欠缺可以和不同障礙者，包括聽覺障礙者溝通的心理輔導資源。顯見本案行為人亟需心理輔導，矯正機關無可以和聽覺障礙者溝通的心理輔導資源。

21 王幼玲委員、王美玉委員自動調查：「臺中某身障社福機構辦理夏令營，發生亦為身心障礙者的志工性侵學員的事件，顯示除了對身心障礙者短期的住宿活動缺乏預防的安全機制，同時也凸顯身心障礙者缺乏適當、合宜的性侵害防治的三級預防機制。對於有特殊需求的障礙者，如心智障礙、聽覺障礙、視覺障礙者，中央及地方教育主管機關、各級學校、社政單位、社福機關、家防中心、檢警司法單位等，有無規劃符合其需求的三級預防行動方案？提供可近、可及的教材、教具、設計符合障礙者需求的設施及設備，讓90%居住在社區的身心障礙者有免於人身侵害的安全環境，實有檢視深入調查之必要案」報告。

1、貴部對「辯護人至看守所要與聽障者溝通，卻遭看守所人員禁止使用筆書交談」乙情之看法為何？上情是否妥適？檢討及策進作為為何？

（1）為保障羈押被告之訴訟權，法務部業於98年5月13日修正羈押法相關條文，明定被告與其辯護人接見時，除法律另有規定外，看守所管理人員僅得監看而不與聞。另為維護看守所秩序及安全，除法律另有規定外，看守所得對被告與其辯護人往來文書及其他相關資料以開拆而不閱覽之方式檢查有無夾藏違禁物品，以保障收容人與辯護人自由溝通之權利。

（2）所述「辯護人至看守所要與聽障者溝通，卻遭看守所人員禁止使用筆書交談」之情形，查現行法令或函示並無聽障收容人與辯護人或親友接見時不得用筆書交談之規定，復按《身心障礙者權利公約》之宗旨，機關應基於身心障礙者之具體需要，進行必要及適當之修改及調整，以確保其等機會均等且無障礙。基此，機關自應依聽障收容人之個別需求，調整其接見方式並提供必要之協助，以排除其所遇之溝通障礙。

（3）所述禁止聽障者筆談之情形，可能為個別機關對執勤人員教育訓練之不足，或係因提帶人員未確實與現場監看人員交接接見收容人有身心障礙之情形，致生聽障者筆書交談被制止之情形。為避免再發生前揭情形，矯正署將囑矯正機關加強執勤人員之教育訓練，並落實個別收容人動、靜態情形之交接，以維護聽障收容人自由溝通之權利。

2、矯正署（各矯正機關）對身心障礙收容人處遇相關作為是否符合《身心障礙者權利公約》相關規範內容？檢討策進作為為何？

（1）矯正署各矯正機關對身心障礙收容人處遇相關作為，尚能符合《身心障礙者權利公約》。

（2）策進作為：為更確實保障身心障礙收容人在監獄內之無障礙權益，法務部業已將《監獄行刑法修正草案》送行政院審查，並已將保障渠等無障礙權益之「合理調整」規定明定於草案中。

（三）收容人照顧收容人—靠同儕收容人協助適應

詢據法務部針對：「本院赴各監所履勘發現，各矯正機關欠缺對身心障礙者收容（受刑）人之協助措施及欠缺可以和不同障礙者，包括聽覺障礙者溝通的心理輔導資源。法務部對前開事實之策進作為」議題表示：

1、 教誨處遇

（1）矯正機關對於身心障礙收容人，均妥善指派富愛心、耐心之同儕收容人協助生活照顧及情緒支持等，並由矯正機關管教人員提供情緒支持、生活與處遇上協助，以及密集輔導觀察，以助其適應生活。此外，並評估個案身心障礙收容人之身心情況，若有需要則提報和緩處遇。針對尚可參加作業之輕度身心障礙者，多與一般收容人配屬同一工場作業，作業項目以簡易輕便為主；對於不堪作業或須長期療養者，則收容於病舍或一般舍房療養。

（2）針對語障及視障收容人，目前可由場舍主管指派其他收容人協助書寫及代讀書信；針對聽障收容人，在新收配房時，優先考慮安排具手語能力收容人同房，俾利收容人瞭解機關作息等規定。目前各矯正機關若有相關需求，可洽請相關團體翻譯志工進入矯正機關協助各種教化、復健方案的溝通；或招募具備特殊教育或手語翻譯知能的社會人士，遴聘為教誨志工，推動教化工作及規劃復歸社會各項準備工作。

2、 醫療處遇

收容人如於監內有就醫需求時，如係屬視障、聽障者看診時可能會遇有溝通不良之情形時，矯正機關得請合作之醫療機構協助安排看診事宜，降低因溝通就醫時之溝通障礙。

（四）禁錮中的禁錮—看不見！聽不見！

1、 詢據行為人於接受本院訪談時表示：「我目前有1個室友（獄友），我自己照顧自己，室友30多歲，不會欺負我。如果有需要會寫報告向看守所主管說明。因為我跟主管難溝通，所以都用寫的。」等語。

2、 徒刑之執行以使收容人復歸社會為目的，矯正機關提供之醫療處遇、心理輔導能否協助、修復收容人之社會關係，事關重大，例如本院108年3月11日履勘臺北監獄訪談收容人張○○屬聽障收容人，雖配住於舍房，但與他人溝通不易。應評估協助於監內取得助聽器，或協助其學習手語。

3、 108年3月4日履勘臺北看守所訪談視障收容人：

圖13　調查委員履勘臺北看守所訪談視障收容人

資料來源：本院108年3月4日履勘臺北看守所攝。

4、 108年3月11日履勘臺北監獄訪談收容人吳○○另發現，聽障（含重聽）收容人無法有效聽到廣播之內容。

圖14　調查委員履勘臺北監獄收容療養環境，典獄長說明收容環境改善現況

資料來源：本院108年3月11日履勘臺北監獄攝。

5、 雲林第二監獄表示要申請社會局的手語資源協助與聽障收容人溝通，惟此無法解決日常生活需要：

雲林第二監獄書面答覆：「該監收容人如有無法以言語溝通之情形，則利用文字、肢體語言溝通；若均無法以言語、文字、肢體語言溝通之收容人，則洽詢外界專業單位提供本監手語訓練等資源，俾利收容人在監處遇；相關資源除本監直接聯繫外，亦請熟悉是類資源之社會局協助轉介。」

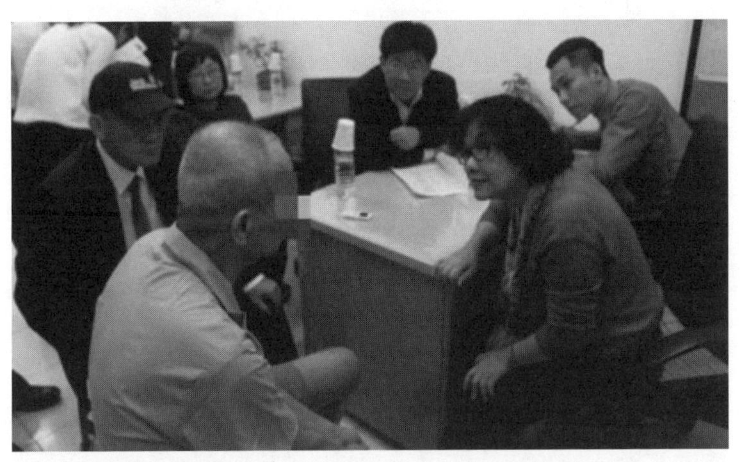

圖15　調查委員履勘雲林第二監獄訪談身心障礙收容人

資料來源：本院108年4月12日履勘雲林第二監獄攝。

6、 履勘嘉義監獄發現，在獄中才完全失去視力的收容人被收容於病監，靠收容人服務員協助日常生活：針對視障收容人，該監允應提供有聲書令其與外界接觸、設置導盲磚協助練習及定向行動，視障的生活重建，俾利出監後可以復歸社會。

圖16　調查委員履勘嘉義監獄身障收容人（視能障礙）在監生活情形

資料來源：本院108年4月12日履勘嘉義監獄攝。

圖17　調查委員履勘嘉義監獄訪談身障收容人在監生活情形

資料來源：本院108年4月12日履勘嘉義監獄攝。

（五）小結

綜上，各矯正機關欠缺對身心障礙者收容人之協助措施，例如聽覺障礙者之助聽器、視覺障礙者之定向訓練；另矯正機關目前仍欠缺對身心障礙者服務之統計數據，均與《身心障礙者權利公約》之規定意旨有悖，亟待法務部督同所屬共同研商策進，以落實《身心障礙者權利公約》之規定。

第八章
肢體障礙收容人的復健及輔具提供

肢體障礙收容人於矯正機關內無法接受復健醫療照護，對其出監復歸社會洵有所影響，另未提供適當的輔具，未符合《身心障礙者權利公約》「適應訓練、復健服務」等規定。法務部允應督導所屬各矯正機關建立協助收容人復健機制，塑造有利回歸社會之條件。

（一）立法規範無障礙

《身心障礙者權利公約（CRPD）》第25條規定：「締約國確認，身心障礙者有權享有可達到之最高健康標準，不因身心障礙而受到歧視。締約國應採取所有適當措施，確保身心障礙者獲得考慮到性別敏感度之健康服務，包括與健康有關之復健服務。」同公約第26條第1項規定：「締約國應採取有效與適當措施，包括經由同儕支持，使身心障礙者能夠達到及保持最大程度之自立，充分發揮及維持體能、智能、社會及職業能力，充分融合及參與生活所有方面。為此目的，締約國應組織、加強與擴展完整之適應訓練、復健服務及方案，尤其是於健康、就業、教育及社會服務等領域，該等服務與方案應及早開始依據個人需求與優勢能力進行跨專業之評估。」同公約同條第2項規定：「締約國應為從事適應訓練與復健服務之專業人員及工作人員，推廣基礎及繼續培訓之發展。」同條第3項規定：「於適應訓練與復健方面，締約國應推廣為身心障礙者設計之輔具與技術之可及性、知識及運用。」

《監獄行刑法》第1條規定：「徒刑、拘役之執行，以使受刑人改悔向上，適於社會生活為目的。」《監獄行刑法施行細則》第78條規定：「監獄應在不妨害戒護安全之原則下，……並設置足敷受刑人應用之運動場所及設備。」

（二）讓功能不要衰退—肢障及身心障礙者由收容人照服員照顧

1、 有關肢體障礙部分，特別是中風過的，在監所實施復健是不到位的，是否有專業的人可以教導他的照服員，提供比較專業的復健動作，以符合個人需求？

臺南監獄衛生科科長吳元培答：「有關復健方面，我們正積極與合作醫院洽談復健科門診，目前的做法是於醫院門診時請醫師指導復健方法，監方再請看護照服員協助，例如：有個案因全身癱瘓，家屬無意願保外醫治，經過安排並協助復健後，現在恢復得很好，已配業至工場作業，協助復健的機制是妥善的。」（108年1月21日履勘臺南監獄）

圖18　調查委員履勘臺南監獄訪談肢體障礙收容人

資料來源：本院108年1月21日履勘臺南監獄攝。

2、收容人柯○○參加臺中監獄短期技藝訓練照顧服務員技訓班，於106年12月結訓返所後，配業至衛舍擔任舍房服務員，協助照顧身心障礙之收容人。（108年2月22日履勘臺中看守所）

3、有關「臺中看守所不單是戒護的需要，包括整體的處遇需求，但是也要考慮他們復歸社會，給予收容人基本訓練，復健師如果可以指導，至少讓他功能不要繼續衰退」一

節。臺中看守所所長葉碧仁亦表示認同。（108年2月22日履勘臺中看守所）

圖19　調查委員履勘臺中看守所訪談肢體障礙收容人

資料來源：本院108年2月22日履勘臺中看守所攝。

4、108年3月11日履勘臺北監獄，該監簡報資料「檢討及策進作為」載明：「提升看護人力及專業職能」：105年迄今已遴選10名收容人至臺中監獄參加照顧服務員職類丙級技訓班，結訓後協助照顧日漸增多的身心障礙及高齡收容人。

5、108年3月11日履勘桃園女子監獄發現，該監簡報「對身心障礙收容人之策進作為」載明：「賡續辦理專業處遇課程提升生理、心理與社會功能的復健。」

6、108年4月12日履勘嘉義監獄：該監簡報「對於認知障礙收容人之鑑別診斷、醫療與支持行為—運動復健（強化下肢肌肉強度，提升自身體能）」載明：

（1）長期住院或因病導致下肢無力的肌肉強度復健—經衛生

科醫療人員與病舍戒護主管鼓勵，請看護或同房收容人（病況較為穩定者）在旁看顧協助，避免在無人看顧下跌倒受傷。舍房內該病患用雙手扶ㄇ型固定式助行器撐起身體，過程中自身評量下肢肌肉強韌與力道，後方置有椅子，避免向後摔倒受傷。

（2）能行走，但無法完全靠雙腳步行的病舍收容人或視障者，仍須讓其保持行走運動避免下肢因長期不活動而肌肉能力不足；故於病舍走廊上讓其使用輔具—用雙手扶ㄇ型固定式助行器、拐杖或手扶走道扶手進行步行活動，強化其下肢肌力。

7、 108年4月12日履勘嘉義監獄：該監簡報「如何使認知障礙收容人達到及保持最大程度之自立規劃開辦照顧服務員技能訓練班」載以：

（1）為強化機關內對於高齡、失能者或身心障礙收容人之照護效能，展現人道關懷，積極發展長照推動工作，本監與嘉義榮民醫院合作，規劃於本年5月份開辦照顧服務員技能訓練班。

（2）本監祕書及作業科科長暨同仁於108年3月7日下午拜會嘉義縣社會局老人福利科，洽談相關辦理在監收容人照顧服務員技能訓練班事宜。。

8、 108年4月12日履勘嘉義監獄：該監簡報「本案之檢討與策進行為：

（1）敦聘復健科醫師入監講習，參訪場舍身心障礙生活與工作環境，提供專業意見供改進」載明：已聯繫由本監健保醫療合作醫院（臺中榮總嘉義分院）復健科醫師協助支援，規劃續辦中。

（2）增加看護人力，提升照服水準：辦理在監收容人照顧服務員技能訓練班，協助有受訓意願收容人取得照顧服務員技術士證，提升本監照服水準。可增加收容人未來出監就業機會，並於出監前投入本監身心障礙收容人照護工作。

圖20　調查委員履勘嘉義監獄訪談肢體障礙收容人

資料來源：本院108年4月12日履勘嘉義監獄攝。

（三）肢障者行進得更踉蹌—監所的復健措施不全

有關本院赴各監所履勘發現，監所對肢體障礙收容人提供復健措施未盡周全，「是否宜有專業人員教導獄中照服員，俾提供較專業的復健知能，以符合個人需求」等議題，詢據法務部對此之說明：

1、協助復健之設備按不同身心障礙類別有所不同，矯正機關收容對象障礙情形不一，尚難提供周全之復健設備。收容人如經醫囑診斷其有復健需求時，將由機關協助其於門診或適當處所進行，如收容人於監內無法自行進行之必要性復健，須專業協助者，將由機關依醫囑協助其至醫療機構進行，以符合其個人需求。

2、矯正署自95年起由臺中監獄開辦照顧服務員技能訓練班，結訓後協助照顧老弱病殘收容人，另為配合國家長照政策，陸續有桃園女子監獄、臺中女子監獄、高雄女子監獄、彰化監獄、花蓮監獄、宜蘭監獄及臺北看守所等機關相繼開辦，近3年矯正機關照顧服務員訓練人數分別為，105年72名、106年178名、107年為230名，訓練人數逐步增加。

3、為使各監獄都具專業照顧服務技能之收容人，矯正署具體改善規劃方案為，對有照顧服務員需求之機關，遴選具熱忱之收容人移監至臺中監獄、桃園女子監獄、臺中女子監獄及高雄女子監獄等機關參加相關訓練，待結訓後再解返原監貢獻專業職能。

4、另，矯正機關對於身心障礙收容人，均妥善指派富愛心、耐心之同儕收容人協助生活照顧及情緒支持等，並由矯正機關管教人員提供情緒支持、生活與處遇上協助，以及密集輔導觀察，以助其適應生活。此外，並評估個案身心障礙收容人之身心情況，若有需要則提報和緩處遇。針對尚可參加作業之輕度身心障礙者，多與一般收容人配屬同一工場作業，作業項目以簡易輕便為主；對於不堪作業或須長期療養者，則收容於病舍或一般舍房療養，併予敘明。

5、矯正署為協助身心障礙收容人提升就業職能、保障渠等參與技能訓練權益，於107年11月30日修正公布《法務部矯正署所屬矯正機關辦理收容人技能訓練實施要點》，將原第3點「身體健康無精神疾病者」之參訓遴選條件限制予以刪除，以達成擴大身心障礙收容人參與職業訓練目標，未來矯正署將於資源可及範圍，持續精進推動身心障礙者各類處遇。

（四）經費很重要

諮詢學者專家關此意見摘要：如果政府不給錢要辦好監獄是不可能的事情，所以不用談是否符合《身心障礙者權利公約》的問題。有關各監所對身心障礙收容人之照（戒）護能量（鑑測篩選、人力、教育、適應訓練與復健、設施資訊可及性、轉介、……等）是否充足，是否符合《身心障礙者權利公約》之意旨，建議詢問與會的矯正署主管。

（五）小結

據上，本院調查發現，肢體障礙收容人於矯正機關內無法接受復健醫療照護，對其出監復歸社會洵有所影響，另未提供適當的輔具，未符合《身心障礙者權利公約》「適應訓練、復健服務」、《監獄行刑法》「使收容人適於社會生活」及《監獄行刑法施行細則》「監獄應設置足敷收容人應用之設備」等規定。法務部允應督導所屬各矯正機關建立協助收容人復健機制，諸如讓收容人、照顧服務員到醫院實習復健技能，或敦聘復健科醫師入監教導照顧服務員復健方法……等，再由照顧服務員協助收容人復健知能，塑造有利回歸社會之條件。

第三篇

監所機構對個別族群權益調查

第九章　對身心障礙收容人的作業活動安排

矯正機關部分精神病收容人或行動不便者，大多收容於監所病舍或療養舍，未安排下工場作業，與《身心障礙者權利公約》等相關規定不符。法務部允應督導所屬各矯正機關善用和緩處遇，主動協助，提供合理對待，規劃適切處遇，鼓勵收容人參加作業，降低負面情緒，加強在監適應能力，使身心障礙者能夠達到及保持最大程度之自主活動。

（一）落實公約，證明平等不只是口號

《身心障礙者權利公約（CRPD）》第26條第1項規定：「締約國應採取有效與適當措施，包括經由同儕支持，使身心障礙者能夠達到及保持最大程度之自立，充分發揮及維持體能、智能、社會及職業能力，充分融合及參與生活所有方面。為此目的，締約國應組織、加強與擴展完整之適應訓練、復健服務及方案，尤其是於健康、就業、教育及社會服務等領域，該等服務與方案應及早開始依據個人需求與優勢能力進行跨專業之評估。」

領有殘障證明（精障、智障等）之收容人，依《監獄行刑法》第20條第3項[22]及同法施行細則第26條[23]規定得申請和緩處遇，經收容人申請並審核通過後報部核備，並依施行細則第27條[24]規定以個別教誨及安排有益身心健康之課程實施教化。

22《監獄行刑法》第20條規定：「對於刑期6月以上之受刑人，為促其改悔向上，適於社會生活，應分為數個階段，以累進方法處遇之。但因身心狀況或其他事由，認為不適宜者，經監務委員會決議，得不為累進處遇。」

23《監獄行刑法施行細則》第26條規定：「依本法第20條第3項得為和緩處遇者，以下列受刑人為限：一、患有疾病經醫師證明須長期療養者。二、心神喪失、精神耗弱或智能低下者。三、衰老、身心障礙、行動不便或不能自理生活者。四、懷胎或分娩未滿月者。五、依調查分類之結果認為有和緩處遇之必要者。（第1項）前項和緩處遇之受刑人應報請法務部備查。（第2項）」

24依《監獄行刑法施行細則》第27條規定，編級後之責任分數，依累進處遇條例第19條責任分數之標準八成計算。

（二）個別化處遇，是尊重人權的表現—身心障礙收容人使用和緩處遇的情形[25]

1、 現行監所收監時，對身心障礙者之障礙情況執行調查、分類、處理機制（和緩處遇）為何？其適法性、妥適性及合理性為何？檢討策進作為為何？

（1） 另依《監獄行刑法施行細則》第26條規定：「依本法第20條第3項得為和緩處遇者，以下列受刑人為限：一、患有疾病經醫師證明須長期療養者。二、心神喪失、精神耗弱或智能低下者。三、衰老、身心障礙、行動不便或不能自理生活者。四、懷胎或分娩未滿2月者。五、依調查分類之結果認為有和緩處遇之必要者。（第1項）前項和緩處遇之受刑人應報請法務部備查。（第2項）」對於心神喪失、精神耗弱或智能低下者，矯正署各監獄經審查後提報和緩處遇，予以寬鬆之處遇。

（2） 為落實個別化處遇之精神，矯正署於監獄行刑法草案第11條第3項明定：「監獄應於受刑人入監後3個月內，依第1項之調查資料，訂定其個別處遇計畫，並適時修正。」未來矯正署將就各類收容人研訂「個別處遇計畫」，精進處遇內容。

2、 各監所對身心障礙收容人和緩處遇情形一覽表詳如附表十八。查105年至107年各矯正機關辦理和緩處遇調查表，入監時攜帶身心障礙證明人數3年分別為813人、2,175人、3,403人，受到和緩處遇人數3年則分別為138人、191人、265人，比率16.97%、8.78%、7.79%，呈逐年下降趨勢，領有身心障礙證明且機關辦理和緩處遇人數僅占入監時攜

25 法務部108年3月20日法矯字第10802002390號函。

帶身心障礙證明人數之7.79%。

3、 現行監所辦理收容人作業相關規定為何？配業之原則為何？實際辦理情形是否周全？策進作為為何？

（1）依監獄行刑法及同法施行細則相關規定，作業應斟酌衛生、教化、經濟與收容人之刑期、健康、知識、技能及出獄後之生計定之，且除法令別有規定或罹疾病，或基於戒護之安全，或因教化之理由者外，收容人一律參加作業。

（2）分配收容人作業，依其刑期、健康、教育程度、調查分類結果、原有職業技能、安全需要及將來謀生計畫定之。另，受和緩處遇者之作業，依其志趣，並斟酌其身心健康狀況令其參加輕便作業。惟不堪作業者，得經監獄衛生科之證明停止其作業。

（3）身心障礙者作業皆由醫師評估是否適宜作業後，並審酌其健康程度、刑期、教育程度、安全需要等綜合評估後，始決定渠等作業，爰目前矯正機關辦理作業皆依前開規定辦理，尚無未妥之處。檢附近3年各矯正機關執行身心障礙者未下工場作業人數及原因一覽表，詳如附表十九。領有身心障礙證明且下工場作業人數、領有身心障礙證明，不堪作業人數、領有身心障礙證明在舍房作業人數占領有身心障礙證明人數之比率，於105年分別為70.21%、8.29%、15.07%；106年分別為66.08%、6.78%、13.70%；107年分別為68.28%、5.90%、14.53%。

（三）滾動人權之輪—特殊需求的收容人，常被限制作業活動

1、 在雲林二監發現有收容人沈○○罹患思覺失調症，拒絕到工場作業，亦無法溝通，卻被辦理違規轉隔離舍，是否未符合CRPD第14條規定應根據收容人情況予以「合理調整」？雲林第二監獄書面答覆：收容人沈○○係於108年1月17日因自述不願接受工場作息而拒絕作業，經本監辦理違規轉配置隔離舍舍房收容，並安排合適收容人與其同住，由教誨師定期輔導，及依其需求，安排監內看診或戒護外醫。該員目前適應情形漸有改善。另為加強身心障礙收容人違紀行為之審核，該監自108年3月起，增加精神障礙收容人懲罰前經醫事人員評估之機制，以決定是否辦理違規處分或減輕懲罰程度。

圖21　調查委員履勘嘉義監獄訪視身心障礙收容人

資料來源：本院108年4月12日履勘嘉義監獄攝。

2、臺南監獄針對該監和緩處遇收容人每半年進行滾動式評估，請衛生科提供相關病情資料，以判定是否繼續和緩處遇或回復累進處遇。另外，臨床心理師針對全監收容人每半年進行簡式量表施測，施測的結果顯示重罪不得假釋、長刑期收容人，逐漸因老化、疾病而出現情緒及憂鬱等困擾，今年度補充專業人力後將強化輔導措施，若有和緩處遇需要，均提本監累進處遇會議審查。（108年1月21日履勘臺南監獄）

3、108年1月22日履勘高雄監獄發現，重度精神病收容人收治療養房之復健，因無法作業造成與人群接觸互動不佳，應考量戒護上之必要性，儘量縮短收治期程。

4、108年3月11日履勘臺北監獄發現，該監「檢討及策進作為」載明「規劃適切處遇，鼓勵參加作業」：積極辦理《身心障礙者權利公約》相關議題宣導課程，並遴聘具特殊教育專長熱心人士擔任志工，強化身心障礙收容人教化處遇，輔以家庭支持方案，鼓勵參加作業，減少負面情緒，加強在監適應能力。

5、有關「療養中心收容人沒有安排作業課程」一節，臺北監獄衛生科科長江麗莉表示：「本單位容留有療養需求、罹患慢性疾病或有特殊病況之收容人為主，病舍則收容病況較嚴重、有密集醫療需求者，本監每日查看療養中心收容人身體情況，倘身體狀況可參與作業，將轉配業至長青舍或其他適當工場作業。」（108年3月11日履勘臺北監獄）

圖22　調查委員履勘臺北監獄瞭解身心障礙收容人處遇流程

資料來源：本院108年3月11日履勘臺北監獄攝。

6、 依據新收調查資料，將收容人健康（身心是否足以負荷作業要求）、調查分類結果（其個別之心性是否適合作業）等列入考量。如有身體、智力、精神狀況不佳時，依據新收調查資料，配業於適當場舍；執行期間發生者，亦可依身心狀況及醫囑，提會變更處遇。感官障礙或肢體障礙收容人，依《監獄行刑法》第20條第3項及同法施行細則第26條規定辦理和緩處遇。（108年3月11日臺北監獄簡報）

7、 桃園女子監獄簡報資料對於「認知障礙收容人之適應訓練與復健」之「分配作業」說明：評估身心障礙收容人狀況，給予輕便作業或是較為簡單的作業、酌減作業量。經評估有需要時，為身心障礙收容人申請和緩處遇。另「對身心障礙收容人之策進作為」亦載明：賡續關懷身心障礙收容人身心狀況，主動評估有無申請和緩處遇之必要。（108年3月11日履勘桃園女子監獄）

（四）復歸社會的橋樑—下工場作業！

有關「精神病收容人或行動不便者，都放在病監或照顧房，免下工場，但卻是另一種形式的懲罰，應讓他們與一般收容人一樣下工場作業」一節：矯正署署長黃俊棠表示：「本署會訓練服務員做長照服務，回歸社會也是很好的工作機會；本署有做高風險控管，有做新收調查，長刑期及極刑犯都有定期控管。全國目前共有2千8百多名精神疾病收容人，藥物控制得宜，生活情形應該可以維持；另外，本署特地增加個案管理師，是新世紀反毒策略給予的員額，亦有聘請66位心理師及社工師，協助各監做關懷與輔導諮商，將過去監禁的方式，調整為復歸社會作為前提之做法；修法草案（《監獄行刑法》、《羈押法》）中都規範得很清楚，包括個人人權、研訂「個別處遇計畫」，精進處遇內容等，均依照聯合國標準；心理師、社工師是本署未來處遇的主軸。

（五）小結

經核，部分精神病收容人或行動不便者，大多收容於監所病舍或療養舍，未安排下工場作業，但卻是另一種形式的懲罰，與首揭《身心障礙者權利公約》、《監獄行刑法》及《監獄行刑法施行細則》等相關規定不符。法務部允應督導所屬各矯正機關善用和緩處遇，主動協助，提供合理對待，彈性作業安排，安置於病舍、療養舍之收容人，予以簡便作業，規劃適切處遇，鼓勵收容人參加作業，降低負面情緒，加強在監適應能力，使身心障礙者能夠達到及保持最大程度之自主活動。

第十章
矯正學校的身心障礙兒少特殊教育資源

身心障礙兒童、少年之特殊教育需求，應依教育發展階段進行整體性與持續性轉銜輔導及服務，不應因政府部門分工而有中斷，方符相關立法意旨與國際人權公約規定，惟法務部所屬矯正學校及輔育院，對身心障礙兒童少年之特殊教育需求，仍有精進空間。

（一）特殊教育是人權的一環

《身心障礙者權利公約》第2條指出：「合理之對待是指根據具體需要，於不造成過度或不當負擔之情況下，進行必要及適當之修改與調整，以確保身心障礙者在與其他人平等基礎上享有或行使所有人權及基本自由。」第5條指出：「為促進平等與消除歧視，締約國應採取所有適當步驟，以確保提供合理之對待。」另依據聯合國（United Nations）網站26，聯合國社會經濟事務部公告之《身心障礙者權利公約》第2條原文為：

「Reasonable accommodation” means necessary and appropriate modification and adjustments not imposing a disproportionate or undue burden, where needed in a particular case, to ensure to persons with disabilities the enjoyment or exercise on an equal basis with others of all human rights and fundamental freedoms.」

《憲法》第21條規定：「人民有受國民教育之權利與義務。」

（二）防範矯正學校身心障礙兒少遭遇性騷及霸凌

本院調查（107司調0049[27]）案例，調查意見摘要

1、 誠正中學A生具中度智能障礙且伴隨過動症狀，於106年5月25日午休時間，經舍房同學指示，發生為B生、C生口

26 https://www.un.org/development/desa/disabilities/convention-on-the-rights-of-persons-with-disabilities.html

27 蔡崇義委員、王幼玲委員、王美玉委員調查「法務部矯正署所屬誠正中學於106年5月間發生中度智能障礙A生遭同寢室之二名學生猥褻之事件，案經新竹地檢署偵辦以緩起訴結案。究法務部矯正署對於智能障礙少年有無特別保護措施？少年法庭對於移送本件身心障礙之少年施以感化教育之裁量是否適當，有無後續追蹤輔導及發覺其被性侵之疑義？法務部矯正署有無防範類似事件發生之具體措施？均有瞭解之必要案」報告。

交之妨害性自主情事；該事件經校方人員主動調查與通報而曝光，該校將此案移送法辦，全案經新竹地檢署偵辦後以緩起訴處分結案。本案A生之遭遇，凸顯身心障礙學生在司法處遇中，因身心弱勢面臨被欺負甚至自殘之困境，尤以精神或心智障礙者而言，其對於自身犯罪行為之理解已屬薄弱，裁令其入感化教育後，更因目前感化教育提供之特殊教育與支持服務嚴重不足，很難期待藉此處遇可助其培養自立能力、復建認知功能乃至於未來復歸社會，此情容有賴相關政府部門正視並速為檢討改善之必要。

2、 智識與身心能力偏弱之障礙少年，尤難適應現行感化教育執行方式，其遭受同儕欺凌之憾事，時有所聞；少年法庭法官究否應將身心障礙少年裁入感化教育機關，仍屬爭議。惟現階段國內司法兒少安置機構質量均未完足，法官裁令類此個案入感化教育尚難避免；鑑於司法與行政機關均應負保障身心障礙兒少權益之責，仍應共商逐步擴充少年事件處遇多元性之事項，尤其司法院對司法兒少應慎重評估是否已落實兒少最佳利益及最後手段。

3、 目前教育部與法務部業就2所少年矯正學校及2所少年輔育院進行教育實施事項建立溝通平臺，教育部亦協助引入特殊教育資源予該2校2院，值得肯定。惟身心障礙者所需之特殊教育，應依教育發展階段進行整體性與持續性轉銜輔導及服務，不應受政府部門分工而有中斷情形，特殊教育之實施允宜採取「學生本位」模式，確保學生不在學校系統中時，特教相關支持及服務仍可隨之於安置機構、法院調查及審理程序、保護處分執行階段等持續不輟。

（三）為他設計課程─身心障礙兒少需要生活及技能訓練

1、 108年1月22日履勘高雄戒治所重點摘要：

（1） 少年違規舍本所採用折疊式床鋪（慈濟福慧床）。

（2） 本所保護房是在收容人情緒不穩自殺及自殘、自傷等傾向時方有使用。

2、 108年3月4日履勘誠正中學簡報關此內容摘要：

（1） 教、訓、輔無職員協助教育相關業務，還要兼辦監所業務（調查、教化、作業……）。

（2） 課程安排說明：目前依教育部課綱相關規範上課。

（3） 教育與協助情形：特教生採融入教育於普通班級，部分學生參加特教生補救教學（情緒類、心智類），提供心理諮詢服務，在課程上施行個別化教育計畫（IEP）。

（4） 本案之檢討及策進作為：

a. 少年矯正學校係收容行為偏差而接受感化矯正教育之學生，因而班級經營本來就比一般學校艱難。

b. 本校之特教生不但具備特教生特質又缺乏學習動機（自身學習狀態薄弱、文化不利、社會同儕不利與家庭無助）管教上也較一般特教學校困難。

c. 本校教師均為一般教師，對特教的認知只能以主觀面向詮釋特教生的學習狀況。期待回歸「少年矯正教育」的單純本質，特教學生的收容如能設置獨立專業的安置機關，更能提高二者的矯正教育品質。

d. 本校體制上沒有特教組長編制，目前由1位教師比照組長減授課程、沒有職務加給、沒有介聘加分的狀況承辦業務，若能增加職務編制或是移撥特教生獨立安置，都是能促進教育效能的更好安排。

圖23　調查委員履勘誠正中學該校職員示範無障礙設備使用情形

資料來源：本院108年3月4日履勘誠正中學攝。

3、 108年1月22日履勘明陽中學重點摘要：

（1）實地瞭解特教生舍房設施及生活作息等相關處遇情形，並關懷該等學生生活照顧及輔導作為。

（2）瞭解該校技訓業務：中餐考照課程、烘焙考照課程、汽車修護考照課程、電腦檢定課程、地方小吃課程等技訓相關職類、……等。

（3）未來針對特教生出校後，有必要與社會局聯繫並轉銜個案予以接續追蹤及協助。

（4）該校冬季時段以太陽能供應熱水，餐廳新增食物保溫櫃加強飯菜熱食，並表示將持續提升學生生活照顧內涵。

圖24　調查委員履勘明陽中學聽取該校取涂校長校務簡介

資料來源：本院108年3月4日履勘明陽中學攝。

（四）滾動學生本位思維—法務部結合教育部資源，推動特殊教育

查據法務部覆稱：矯正署每年例行辦理「矯正機關精神疾病收容人戒護管理人員專業訓練」，邀請專家學者擔任講座，提供精神疾病相關專業知能，除能提升照護服務品質，並學習精神病患特殊行為之處理技術，如：矯正署及所屬機關辦理《身心障礙者權利公約》、自殺防治訓練、精神疾病衛教及特殊教育課程，105至107年共辦理234場次，參與人次共14,430人次

詢據法務部對於「身心障礙兒童少年之特殊教育需求，應依教育發展階段進行整體性與持續性轉銜輔導及服務，實不應政府部門分工而有中斷，方符相關立法意旨與國際人權公約潮流」議題之說明：

1、有關少年矯正特殊教育不中斷之推展，已建立相關制度辦理：

法務部與教育部依據《少年矯正學校設置及教育實施通則》第5條第2項規定，每季召開「少年矯正學校矯正教育指導委員會」，另矯正署及其所屬兩院兩校特教工作相關人員，定期參加教育部國民及學前教育署主辦之「教育部國民及學前教育署對少年矯正機關特殊教育工作小組會議」、持續辦理特殊教育相關教育訓練，密集請益學術與實務各界專家，以達特殊教育長期推動、不中斷之目標。

2、持續結合教育部資源，以「學生本位」思維，推動特殊教育：

（1）於104年訂定「少年矯正機關特殊教育支持網絡計畫」，整合特殊教育行政支持網絡及專業人員，提供少年矯正機關輔導身心障礙學生所需之鑑定安置、相關專業服務等。

（2）於104年間開通特殊教育通報網帳號，並針對所屬相關人員進行教育訓練，俾利兩校兩院順利進行特教生個案管理及相關服務之轉銜作業。

（3）自105年起，納入國教署資源，成立「教育部國民及學前教育署與法務部矯正署共同推動少年矯正機關特殊教育工作小組」（以下簡稱特教工作小組），積極推動兩校兩院之特教工作，落實個別化教育計畫，積極進行轉銜與安置，整合特殊教育及矯正教育之專業與資源，落實其特殊教育支持服務，並定期召開會議。

（4）於兩校兩院推動特殊教育工作之初，補助大學特教中心辦理少年矯正機關特殊教育研習，研習人員包含教化人員及戒護人員，以利校院內之人員進行增能。

（5）105年年底，編印《少年矯正機關推動特殊教育工作資源手冊》，提供兩校兩院落實特殊教育服務之資訊。

（6）106年起，為協助少年輔育院推動特殊教育工作，由國教署補助2所少年輔育院編制外代理教師經費、特殊教育相關專業人員經費及特教研習經費，協助相關特教師資或專業人員資源，進入少年矯正學校及輔育院服務。

（7）107年年底，分別在11月9日及同月15日召開專家諮詢會議及入兩校兩院之輔導諮詢研商會議，邀集矯正署、兩校兩院代表及學者專家等共同研商，於特教工作小組下進行「矯正學校特殊教育輔導諮詢實施計畫」，邀請學者專家林幸台教授、特教學校校長陳韻如校長、國家教育研究院林燕玲助理研究員及矯正署蔡宗勳科長擔任輔導諮詢委員，分別於107年12月25、108年1月3日、108年1月8日及108年1月10日入誠正中學、明陽中學、彰化少年輔育院及桃園少年輔育院進行輔導諮詢。

（8）另108年起，結合南投特殊教育學校資源，著手進行《少年矯正機關推動特殊教育工作資源手冊》之滾動修正，調查自104年推動特殊教育工作迄今，所遇之最新問題，納入少年矯正機關推動特殊教育工作資源手冊、並修正個別化教育計畫之格式。

（五）願教育取代戒護，看見重生的孩子！

1、監獄之環境會讓身心狀態惡化，應平常就不斷評估；惟經費可能無法負擔，亦為難題之一；還有自閉症、學習障礙、失智症等症狀，都須個案對待。有關誠正中學少年之案例：戒護的門一打開就跟人家比中指，致戒護科科長受傷住院；該少年從未受過特殊教育，是學習障礙、情緒障礙的孩子；1年半沒有老師，後與新竹市政府商量以巡迴方式進行。誠正中學屬於繁榮地區，其他偏遠地區監獄，巡迴則難以進行，以目前狀況，欲請醫師入監治療病人，較不可能。

2、 有關特教人員，大約是10%的收容人是智能不足，需要特教教師協助。諮商心理師對收容人之人格疾患、認知障礙有領域分別，特教人員可能比心理師做得更好。

（六）小結

據上，身心障礙兒童、少年之特殊教育需求，應依教育發展階段進行整體性與持續性轉銜輔導及服務，不應因政府部門分工而有中斷，方符相關立法意旨與國際人權公約規定；惟法務部所屬矯正學校及輔育院，對身心障礙兒童少年之特殊教育需求，仍有精進空間。法務部允應針對所屬矯正學校及輔育院之困境及需求，提供協助解決策略，以提升身心障礙兒童少年之特殊教育保障及《憲法》[28]賦予之受教權益。

28《憲法》第21條規定：「人民有受國民教育之權利與義務。」

第十一章
監所對高齡老化收容人的人權保障

據法務部統計，98年新收入監高齡收容人為477人，迄107年遽增至992人，截至108年4月底已有1,531人，占全體收容人的2.7%，其中有49人的年紀逾80歲，監獄收容人老化所衍生之照顧問題，殊值政府主管機關重視。法務部允應正視監獄高齡化問題，採行相關配套措施，並予以有效管考，督導落實貫徹，維護老化收容人的健康人權。

（一）老年收容人的人權也在公約中

《身心障礙者權利公約（CRPD）》第25條規定：「締約國確認，身心障礙者有權享有可達到之最高健康標準，不因身心障礙而受到歧視。締約國應採取所有適當措施，確保身心障礙者獲得考慮到性別敏感度之健康服務，包括與健康有關之復健服務。締約國尤其應：提供身心障礙者因其身心障礙而特別需要之健康服務，包括提供適當之早期診斷與介入，及提供設計用來極小化與預防進一步障礙發生之服務，包括提供兒童及老年人該等服務。」

媒題相關報導：〈監獄老齡化！1,531名高齡者正在蹲苦牢〉[29]。本院赴各監所履勘，發現監所高齡收容人增加。

29 我國實施酒駕三振法案後，入監人數大增，其中65歲以上的老人犯公共危險罪蹲苦牢的比例，近10年暴增1倍，法務部為了因應這波浪潮，特在每座監獄裡面設置老人作業工場，並規劃活動課程，維持他們的在監健康狀況。

據瞭解，目前年紀最長的為3名男性收容人都是86歲，2人犯殺人罪，1人犯妨害性自主罪，年紀最長的女性則為82歲，犯下毒品罪，4人均已蹲了多年苦牢，分可於明、後年提報假釋，其中1人還從2000年入監服刑至今。

與日本不太一樣，日本高齡收容人過半觸犯竊盜罪，占53.7%，其次是覺醒劑取締法（中樞神經興奮劑）9.1%，第三為詐欺罪8.5%。由統計可看出兩國的刑事政策差異。

其次分析刑度，42.4%的高齡收容人判6月以下、13.9%為6月以上1年以下、13.7%判拘役；日本則有高達54.8%的高齡收容人判刑1年至3年徒刑，24.6%是6月以上1年以下。日本監獄內的高齡者服刑時間更長，老化程度較高。

資料來源：〈監獄老齡化！1,531名高齡者正在蹲苦牢〉，《自由時報》2019年6月5日。https://news.ltn.com.tw/news/society/breakingnews/2813324

（二）高齡犯罪遽增是全世界的趨勢

法務部統計，2009年間，我國有477名新入監高齡收容人，到了2018年遽增至992名，增長幅度逾1倍，截至2019年4月底已有1,531人，占全體收容人的2.7%，其中有49人的年紀超過80歲。法務部分析，近10年共有高達6,345名高齡收容人，其中27.9%犯的是公共危險罪、16.2%為竊盜罪、7.2%是毒品罪，3項罪名加起來就過半，其餘分為詐欺、妨害性自主、傷害等罪。另有本案訪談高齡收容人待改善問題：

1、 老年收容人（第13工場86歲蘇姓收容人），雖然生活上可以自理，但在洗滌衣物方面是否可以協助，因為他可能有攝護腺及膀胱方面的問題，身上有些尿騷味。（臺南看守所）

2、 有關檢察署針對6706黃○○（84歲，因毀棄損壞案於108年1月30日入監執行，拘役80日，領有第一類身心障礙證明）之發監執行，後續再向檢察署瞭解個案情形。（雲林第二監獄）

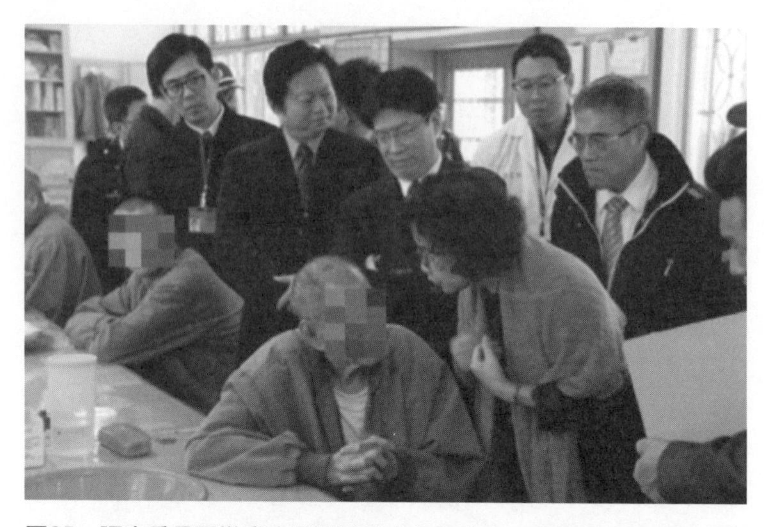

圖25　調查委員履勘臺南監獄訪談老年收容人，關懷其在監處遇情形

資料來源：本院108年1月21日履勘臺南監獄攝。

圖26　調查委員履勘臺南看守所訪談老年收容人，關懷工場作業情形

資料來源：本院108年1月21日履勘臺南看守所攝。

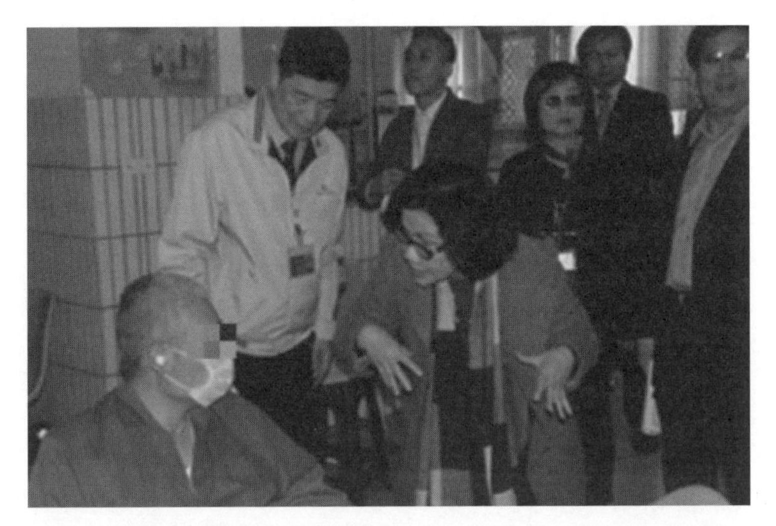

圖27　調查委員履勘臺北看守所訪談老年收容人，關懷其候診情形

資料來源：本院108年3月4日履勘臺北看守所攝。

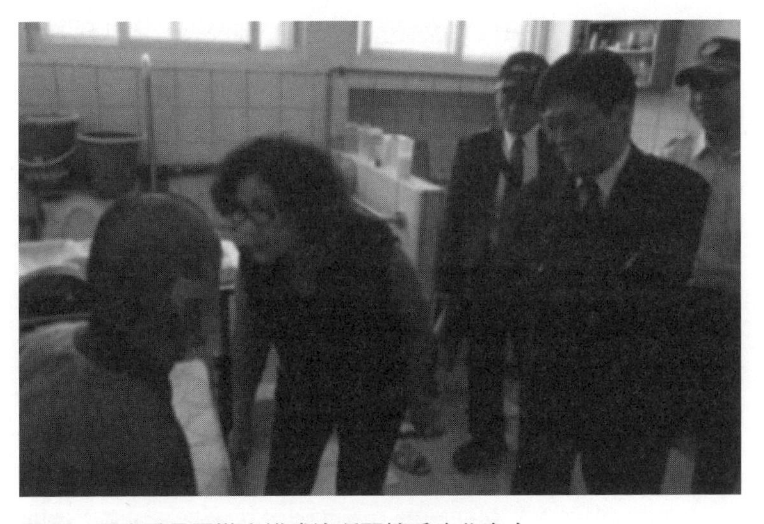

圖28　調查委員履勘高雄戒治所關懷重症收容人

資料來源：本院108年1月22日履勘高雄戒治所攝。

（三）監獄不是安養院

1、按《監獄行刑法》第11條規定，受刑人於健康檢查後，經監獄評估認有符合《監獄行刑法》第11條第1項所列「一、心神喪失或現罹疾病，因執行而有喪生之虞。二、懷胎5月以上或分娩未滿2月。三、罹急性傳染病。四、衰老、身心障礙，不能自理生活」情形時，即由矯正機關辦理拒絕收監，此部分係屬矯正機關審酌辦理，矯正機關認有辦理拒絕收監之必要時，即通知指揮執行之檢察官，續由檢察官辦理後續送交醫院、送交監護人、適當處所等作業。

2、依《監獄行刑法施行細則》第26條規定：「依本法第20條第3項得為和緩處遇者，以下列受刑人為限：一、患有疾病經醫師證明須長期療養者。二、心神喪失、精神耗弱或智能低下者。三、衰老、身心障礙、行動不便或不能自理生活者。四、懷胎或分娩未滿2月者。五、依調查分類之結果認為有和緩處遇之必要者。（第1項）前項和緩處遇之受刑人應報請法務部備查。（第2項）」對於衰老、身心障礙、行動不便或不能自理生活者，矯正署各監獄經審查後提報和緩處遇經法務部備查後，予以寬鬆之處遇。

3、矯正署自95年起由臺中監獄開辦照顧服務員技能訓練班，結訓後協助照顧老弱病殘收容人，另為配合國家長照政策，陸續有桃園女子監獄、臺中女子監獄、高雄女子監獄、彰化監獄、花蓮監獄、宜蘭監獄及臺北看守所等機關相繼開辦，近3年矯正機關照顧服務員訓練人數分別為，105年72名、106年178名、107年為230人，訓練人數逐步增加。

（四）高齡化收容人的處遇及輔導

詢據法務部[30]對「監所收容人老齡化現況？策進作為？」議題表示：「……高齡收容人於生活管理、教化輔導、醫療照護及處遇計畫等層面，皆需要比一般收容對象投入更高的人力和資源，……處遇之重點在於針對收容人年齡、性別、刑期、特性等各項特質，擬定適性化、個別化之處遇計畫、措施，故各類收容人處遇計畫不同，……除於部分矯正機關內專區收容照護、管理，滿足高齡收容人之身心需求，並函頒防杜欺凌之具體措施以保護老弱者，高齡收容人之收容仍以現行方式為宜，……並於高齡收容人較多之矯正機關成立老弱工場，……於舍房內安排坐式馬桶、輔具等無障礙設施……。各矯正機關已能挹注大量醫療資源，保障高齡收容人就醫權益，並添購各式專業醫療器材，……規劃適性化之處遇措施；另就管教人員之職前養成、在職訓練安排相關課程，提升管教人員專業知能。」

諮詢關此重點摘要：本人曾協助臺北監獄、高雄監獄、花蓮監獄與宜蘭監獄。這些事件都是我關心的，並曾訪談4位心理師。有關監獄工作人員認為最可怕的並不是精神病收容人發病，而是收容人老化問題，沒有輪椅、扶手等設備，希望藉這個機會呼籲一下，每個監所都在發生這個問題。

（五）小結

綜上，根據法務部統計，在98年當時，我國有477名新入監高齡收容人，到了107年遽增至992名，增長幅度逾1倍，截至108年4月底已有1,531人，占全體收容人的2.7%，其中有49人

30 法務部108年7月15日法矯字第10802006570號函附件3。

的年紀超過80歲，監獄收容人老化所衍生之照顧問題，殊值政府主管機關重視。法務部允應正視監獄高齡化問題，本於權責採行相關配套措施，並予以有效管考，督導落實貫徹，維護老化收容人的健康人權。

第十二章
監所對酒癮收容人的處置與矯正

為遏止酒駕事故提高刑責，仍未解決再犯率高之問題，法務部允宜篩選出有酒癮問題或疑似酒癮之收容人，轉介精神科醫師進一步確認酒癮診斷，進行必要之醫療處遇及治療，以維護社會安全。

（一）嚴刑峻罰，無法遏止酒駕

法務部掌理法務政策之綜合研議、規劃、督導及考核；犯罪被害人保護、犯罪預防、法治教育等司法保護之政策規劃、法規研擬、指導及監督等事項，《法務部組織法》第2條定有明文。

法務部新聞稿：「對於酒駕致人死亡案件，法務部提出積極作為」[31]。

查據矯正署表示，該署並未就「酒癮」收容人統計資料，目前公務報表僅統計在監「不能安全駕駛罪中因酒駕服刑人數」，前開在監人數107年10月底計4,229人。

（二）戒斷酒癮，需要醫療、心理治療

1、 專家學者發言：

（1）本人所承辦案件多涉及精障患者、毒品、酒癮及性侵害

31「對於酒駕致人死亡案件，法務部提出積極作為。對於最近接連發生酒駕肇事致人於死的案件，法務部蔡部長深表痛心，並責成相關檢察機關盡速從嚴偵辦，部長並嚴正提出下列聲明，希望盡力遏止酒駕不法情事再次發生：

1.對於酒駕者不顧他人生命財產安危知法犯法更表嚴厲譴責，並將研議酒測值達一定數額以上視同具有殺人之不確定故意之修法，期能遏阻酒駕情事。

2.本部將盡速邀集交通主管機關，積極研議車輛加裝酒精鎖，事先防止酒駕者上路。

3.將協調內政部及交通部，對於臨檢或查獲酒駕者，立刻扣車，若構成刑責，盡速移送法辦，且對酒駕之車輛，將由檢察官視情節以犯罪工具向法院聲請宣告沒收。

4.對於不幸因酒駕肇事死傷的民眾，也會請犯罪被害人保護協會各分會主動派員提供家屬相關法律上及生活上的協助及關懷，幫助渡過難關。」

資料來源：108年2月3日法務部新聞稿，網址：https://www.moj.gov.tw/cp-21-112098-791a4-001.html

案件，有《刑法》第87條刑後監護、《刑法》第19條控制能力問題。《刑法》第88條毒品戒治、《刑法》第89條酒癮戒治，以健保資源進行戒治。

（2）酒癮病人的狀況也值得留意，酒駕收容人酒精戒斷是有可能致命的，當天入監也沒有家屬，亦未受到任何醫療，可能會致命。

2、矯正署對諮詢意見之說明：

（1）有關「法務部統計『有酒癮的收容人』」一節：矯正署副署長周輝煌表示，詳細數字還要再查，以公共危險罪為例，酒癮大約占九成。

（2）桃園監獄大約是九成都是酒癮，會特別注意第3天有狀況出現，如有譫妄症現象時要趕快送醫，要不然很容易暴斃。另酒癮者如有盜汗或出汗時，可以視情形於必要時補充水分或「舒跑」飲料以暫予紓解。

〈酒駕受刑人心理健康、拒酒自我效能與酒癮嚴重程度之研究〉[32]：

32「三、研究建議：酒癮酒駕受刑人須銜接社區酒癮治療：酒駕受刑人通常入監刑期短，故常會出現適應監所環境後就面臨即將出監問題，矯正機關沒有足夠時間安排認知治療課程或較豐富之醫療資源給與酒癮者妥適的治療，但對於有些嚴重酒癮之酒駕受刑人而言，戒癮治療仍是他們最首要的處遇；監獄係一完全斷絕其接觸酒精之環境，故出監後是否能夠在舊有環境網絡中維持治療效果仍屬未知，故建議有酒癮之酒駕受刑人出監仍須銜接社區戒癮治療，才能持續有效處理個案酒癮之問題。」〈酒駕受刑人心理健康、拒酒自我效能與酒癮嚴重程度之研究〉，作者：李俊珍（法務部矯正署屏東監獄臨床心理師）、黃詠瑞（樹德科技大學人類性學研究所博士候選人）、熊建璋（法務部矯正署屏東監獄教誨師），《矯政》期刊第6卷第2期（107年10月31日）。

1、 酒癮酒駕收容人提供適當醫療照護與治療：研究顯示酒駕收容人中約有兩成會出現酒癮問題，故建議宜篩選出可能有酒癮問題或疑似酒癮者，轉介精神科醫師進一步評估確認酒癮診斷，進行必要之醫療處遇及治療。另須提供家屬支持衛教，對於酒駕合併酒癮者應提供家屬衛教，以促進家屬間瞭解問題並願意給予相關支持協助酒癮戒治。

2、 加強酒駕認知教育之適類、適性及多元化：研究結果可將酒駕收容人之喝酒類型區分為酒癮飲酒者、社交情境飲酒及情緒性飲酒，故課程內容的安排上除須區分為教育性課程及心理治療課程外，酒駕教育課程之安排更須多元化，除設計基本之酒駕法律宣導及生命教育課程之外，可針對不同屬性之酒駕收容人輔以社交技巧、情緒管理、壓力調適及正向心理學等等之課程，提供適性、多元之認知教育課程。

3、 酒癮酒駕收容人團體心理治療介入：研究顯示有酒癮者之酒駕收容人，其心理狀態較為負向、憂鬱情緒及有社交困擾，常處於外在較多的飲酒情境刺激下，較無法抗拒酒精的誘惑力，故有酒癮之酒駕收容人常伴隨憂鬱及社交困擾問題，除加強衛教課程宣導外，另須安排專業人員進行心理治療團體，團體內容以正向心理學為主軸，輔以認知治療訓練、人際溝通及社交技巧訓練，增進酒駕收容人心理健康，達到最終拒酒之目的。

（三）小結

為扼止酒駕事故提高刑責，仍未解決再犯率高之問題，若是有酒癮問題的人，即便坐監服刑，其再犯高機率依舊存在，已非僅法務部之刑責處理即可奏效，此時就是政府的社會安全網必須更積極介入戒癮治療，殊值政府主管機關加強關注。研究顯示酒駕收容人中約有兩成會出現酒癮問題，故法務部允宜篩選出可能有酒癮問題或疑似酒癮之收容人，轉介精神科醫師進一步評估確認酒癮診斷，進行必要之醫療處遇及治療，以維護社會安全。

第十三章　個案檢討

法務部矯正署及所屬各矯正機關應持續關注精神障礙收容人之違背紀律處理、監護處分執行、保外就醫評估、教化輔導與就醫、出監前之預備與出監後協助安置等作為之妥適性，俾符合CRPD之意旨，以維身心障礙收容人健康人權。

（一）案例一──精神病犯違紀，懲罰未考慮其身心狀況

臺北監獄對於精神病犯李○○君出現違背紀律行為，逕以一般違紀的懲罰方式處理，未善盡對該精神病犯處遇作為，與《身心障礙者權利公約》規範意旨有悖，洵有違失，應予檢討策進，以維精神病犯健康人權：

1、 據郭○○訴：「為法務部矯正署臺北監獄未考量渠子精神狀態依法將其移送精神專科醫院予以適當醫療處遇，詎於104年至106年間屢次以該監收容人違規情節及懲罰參考標準表對渠子施以懲罰，並以妨害公務為由移送臺灣桃園地方檢察署偵辦，損及權益等情。」

2、 相關法令規定

（1）《身心障礙者權利公約》相關規定：

a. 第14條第2項規定：「締約國應確保，於任何過程中被剝奪自由之身心障礙者，在與其他人平等基礎上，有權獲得國際人權法規定之保障，並應享有符合本公約宗旨及原則之待遇，包括提供合理之對待。」

b. 第15條第2項規定：「締約國應採取所有有效之立法、行政、司法或其他措施，在與其他人平等基礎上，防止身心障礙者遭受酷刑或殘忍、不人道或有辱人格之待遇或處罰。」

c. 103年8月20日總統華總一義字第10300123071號令制定公布《身心障礙者權利公約施行法》，前揭公約所揭示保障及促進身心障礙者權利之規定，已具有國內法律之效力。」

（2）《監獄行刑法施行細則》第18條規定：「受刑人入監時，應告知遵守左列事項：……受刑人有違反前項各款行為之一者，依本法第76條之規定處理。」

（3）監獄行刑法相關規定：

a. 第76條規定：「受刑人違背紀律時，得施以左列一款或數款之懲罰……。」

b. 第78條規定：「告知懲罰後，應予本人以解辯之機會，認為有理由者，得免其執行，或緩予執行，無理由者，立即執行之。但有疾病或其他特別事由時，得停止執行。」

c. 第18條規定：「左列受刑人應分別監禁於指定之監獄，或於監獄內分界監禁之：……。四、精神耗弱或智能低下者……。」

3、倘矯正機關之收容個案有自殺（自殘）、攻擊或符合《精神衛生法》第3條所稱「嚴重病人」者，執行機關應立即提供相關保護及醫療處置，並主動提醒接收機關注意防範，查《精神衛生法》第3條、第19條及第20條分別定有明文。

4、查據法務部對本事件之說明[33]：

（1）該事件之事實經過及貴部之處理結果（含移送法辦）為何？

經查本案係臺北監獄（下稱北監）收容人李○○（下稱李員）於105年1月及同年2月攻擊管教人員，涉嫌妨害公務罪，該監函請桃園地檢署依法偵辦。

（2）北監對於該精神病犯出現違背紀律行為，是否提供適切的診斷、醫療與支持？

33 法務部108年3月20日法矯字第10802002930號函。

a. 查矯正機關接受刑之執行或接受保安處分、管訓處分之執行且其應執行期間逾2個月之收容人，自102年1月1日起正式納入健保照護體系，北監醫療係由衛生福利部中央健康保險署遴選國軍桃園總醫院入監開設門診提供診療，除一般內、外科之外，亦設有精神科專科門診（每週3診次）。

b. 該員新收入監時主述罹有精神病，北監即安排其至監內精神專科門診就醫，在監期間經精神專科醫師診斷為「未明示之精神病、非物質或生理狀況所致之精神病、妄想型思覺失調症」等，北監均依醫囑安排李員定期於精神科門診複診追蹤治療，以維病況穩定，執行期間（104年12月11日至108年1月31日止計3年1月）李員於精神科專科就診計達55次。

c. 北監審酌其罹有精神疾病，違規後持續安排精神科就診，並依醫囑督促其按時服藥，病況得以穩定控制，經歷次精神專科醫師門診評估，亦無李員精神疾病喪失行為判斷或衝動控制能力之相關醫言。

（3）北監歷次對於該精神病犯處以一般違紀之懲處情形。

a. 按《監獄行刑法施行細則》第18條、《監獄行刑法》第76條及第78條規定，為維護監獄安全及秩序，受刑人違背紀律時，得施以懲罰。告知懲罰後，應予本人解辯之機會，認為有理由者，得免其執行或緩予執行，無理由者，立即執行之。但有疾病或其他特別事由時，得停止執行。據此，受刑人在監執行期間違背紀律，監獄固得依法施以懲罰，惟具體個案是否符合得予懲罰之要件及施以懲罰之種類，須由管教人員依據個案違背紀律行為之實際情形及情節輕重，兼衡酌其原因、動機、身心狀況及違規後之態度等情，由監獄綜合評估後妥適處理之。

b. 查李員自移入北監執行迄今，因攻擊他人（含其他收容人及戒護人員）或與其他收容人互毆、口角衝突；喧嘩吼叫干擾房舍秩序或拍踢房門等違背紀律行為，經北監施以懲罰者計有23次，其中衡酌李員之精神狀況或違規後之態度，從輕辦理者共有13次。復查閱關於李員之書面紀錄，除上開施以懲罰者外，李員執行期間情緒不穩，喧嘩吼叫、踹踢房門、與其他收容人口角爭執、攻擊或挑釁管教人員等違背紀律行為，經衡酌而未施以懲罰者計有13件，北監管教人員係改採加強輔導、調整舍房、加掛精神科門診、收容於鎮靜室或施用戒具等方式處理之。綜上，對於李員的違紀行為，北監非均以懲罰，亦有改採醫療照護、加強輔導、調整舍房、施用戒具或收容於鎮靜室等管教措施，合先敘明。

（4）北監對於該精神病犯出現違背紀律行為，逕以一般違紀的懲罰方式所憑之依據為何？其適法性、妥適性及合理性為何？」

a. 北監對於李員違紀之行為，視個案情形予以一般懲罰、酌減懲罰或不予懲罰改以其他適當處置，例如改採醫療照護、加強輔導、調整舍房、施用戒具或收容於鎮靜室等措施，非逕予一般違紀行為之懲罰，已如前述。

b. 矯正機關係國家刑事刑罰權之執行機關，所為處分及公權力之行使，是維護監獄安全與紀律維持之必要手段。無論是否罹患精神疾病，受刑人如有違反《監獄行刑法施行細則》第18條之規定，矯正機關應按《監獄行刑法》第76條、第78條、監獄受刑人違規情節及懲罰參考標準表等規定，並依據個案違背紀律行為之實際情形及情節輕重，兼衡酌其原因、動機、身心狀況及違規後之態度等情，綜合評估後妥適處理，以彰顯機關整體紀律之重要性，達到秩序管理之目的。

c. 查李員違背紀律之行為，北監按《監獄行刑法》第76條、第78條及監獄受刑人違規情節及懲罰參考表等規定，綜合評估李員違紀情節、原因、動機、身心狀況等，予以一般懲罰、酌減懲罰或不予懲罰改以其他適當處置。由於罹精神疾病收容人之病情具有浮動性，矯正署業囑北監，李員如有違紀或失序行為時，應視個案行為之客觀事實、情節輕重、相關醫囑等，依監獄行刑法相關規定綜合評估審酌，並審慎處理，俾期周妥。

（5）北監對於該精神病犯出現違背紀律行為懲罰所憑之依據是否符合法律位階及法律保留原則？

侵害人民自由權利之行政權，僅於法律有授權之情形，始得為之，以避免違反法律保留原則。《監獄行刑法》第76條及第78條規定，受刑人違背紀律時，監獄得施以訓誡、停止接見、強制勞動、停止購買物品、減少勞作金、停止戶外活動等懲罰，告知懲罰後，應予本人以解辯之機會，認為有理由者，得免其執行或緩予執行，無理由者，立即執行之。但有疾病或其他特別事由時，得停止執行。北監就李員違紀行為之懲罰處分，係依據《監獄行刑法》第76條及第78條規定，尚符合法律保留原則。

5、 本院108年3月11日履勘臺北監獄時，曾訪談收容人李○○，就刑期、案由、在監時間、是否取得身心障礙證明、就醫及用藥情形、家庭支持、在監違規及適應情形等問題進行談話。得知收容人李○○無身心障礙證明，未入監前即有服用身心障礙藥物，入監後持續治療服藥（思覺失調症），發作時全身發抖，與人講話易衝突；吃藥後邏輯不好，跳躍性思考，容易產生「大家都在注目我，感覺大家要攻擊我」之幻覺，似有被迫害妄想症；以前也有送違規考核房，違規18次。

6、 本院以通案性觀點對此議題履勘座談重點摘要：

（1）監所對於認知障礙、精神障礙等收容人在違反監規的處罰方面，洵應與其他人不同，允應有特別的處理方式（108年1月21日臺南監獄）。

圖29 調查委員履勘臺南監獄訪談心智障礙收容人，關懷其在監處遇情形

資料來源：本院108年1月21日履勘臺南監獄攝。

（2）精神或智能障礙收容人學習遵循各項監所規定有適應困難問題，有時容易違反監規，而直接或間接導致權益（如作業、配房）受影響。是以，對於此類收容人發生違紀行為時，則以關懷態度看待病人因病況變化、非故意之行為待之，以保護人身安全為優先，以醫療就醫為主，加以管教關懷介入為輔，而非僅以戒護違規論處。（108年2月22日臺中看守所）

（3）該監成立「心智礙障者關懷成長團體」之宗旨為促使心智、情緒障礙類型收容人穩定情緒，抒發自身之壓力與緊張，進而適應監禁生活，與他人和睦相處，為採開放式之支持性團體，以10至12人為限。由各教區教誨師提報有需要進入團體輔導之個案名單，依據個案情況輕重緩急排定先後順序，依序進入團體輔導。進入團體輔導一段時間後，再依心理師評估，個案情況穩定無繼續進行團體輔導之必要或依個案個人意願退出。原團體輔導成員退出後空出名額依序遞補。該監未來將視需求，持續增加團體輔導，並依委員意見，考量收容人障礙類別予以分類實施團體輔導，俾利發揮輔導成效。」（108年4月12日雲林第二監獄）

（4）雲林第二監獄收容人沈○○係因自述不願接受工場作息而拒絕作業，經該監辦理違規轉配置隔離舍舍房收容，並安排合適收容人與其同住，由教誨師定期輔導，及依其需求，安排監內看診或戒護外醫。該員目前適應情形漸有改善。另為加強身心障礙收容人違紀行為之審核，該監自108年3月起，增加精神障礙收容人懲罰前經醫事人員評估之機制，以決定是否辦理違規處分或減輕懲罰程度。（108年4月12日雲林第二監獄）

圖30　調查委員履勘雲林第二監獄訪談身心障礙收容人作業情形

資料來源：本院108年4月12日履勘雲林第二監獄攝。

（5）嘉義看守所簡報提到的「處遇小組」建議可以有所外人士參與，會有更多的想法與建議給監所參考。（108年4月12日嘉義看守所）

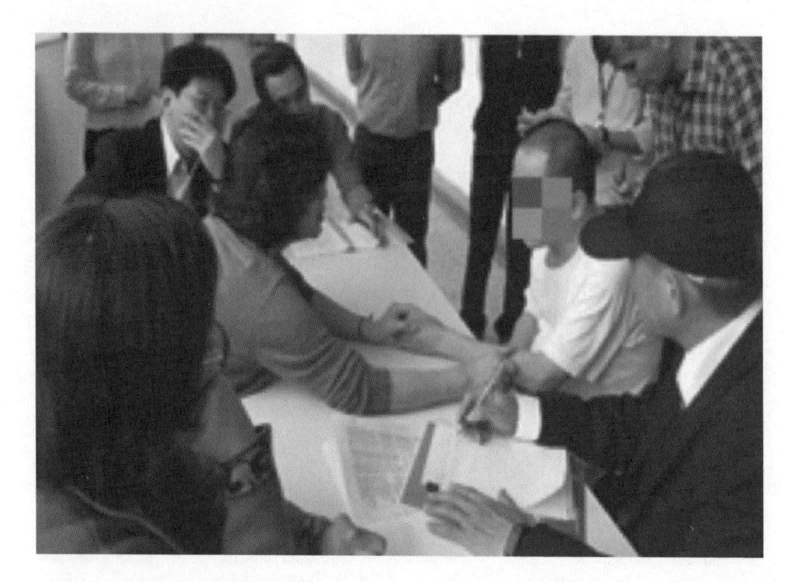

圖31　調查委員履勘嘉義看守所訪談胡姓身心障礙收容人

資料來源：本院108年4月12日履勘嘉義看守所攝。

（6）認知障礙收容人違紀行為之戒護及懲罰方式與醫護需求處遇情形：1、原則上有關是類身心障礙收容人的生活處遇，包括食衣住，違反規定被處分後提出申訴等權利，該監在相關處理程序方式與一般收容人不能有差別待遇。但若是類收容人因精神障礙、認知功能缺損影響到他的思維判斷而有違規言行，辦理違規懲處上要考慮他的身心問題，酌情處理。2、對於認知障礙收容人違紀行為依「收容人違規情節及懲罰參考標準表」予以懲罰，並視個別違紀行為減輕其懲罰，如其違紀行為係單純因認知障礙所誘發，將視情形免除其違紀懲罰，並聯繫教區教誨師輔導及心理師評估或身心科門診治療，必要時予以轉配該監病舍療養。（108年4月12日嘉義監獄）

圖32　調查委員履勘嘉義看守所身心障礙收容人舍房

資料來源：本院108年4月12日履勘嘉義看守所攝。

7、 詢據法務部表示[34]：

（1）查矯正署並無身心障礙各類別收容人受懲罰處分之統計數據，謹提供107年12月31日在監持身心障礙證明之收容人於105年至107年之違規懲罰統計數據（如附表十四）。

（2）北監對於精神病犯李○○出現違背紀律行為，予以懲罰所憑之「懲罰參考標準表」其適法性（是否符合法律位階及法律保留原則）：

（3）按《中央法規標準法》第5條第2款規定：「左列事項應以法律定之：……二、關於人民之權利、義務者……。」惟人民之自由及權利範圍甚廣，何種事項須以法律直接規範或得委由命令予以規定，參照司法院釋

34 法務部108年7月1日約詢書面說明資料。

字第443號解釋理由書意旨，屬於執行法律之細節性、技術性次要事項，則不在法律保留之列。經查現行《監獄行刑法》第76條規定，受刑人於違背紀律時，始得施以懲罰，是以，矯正機關對於受刑人施以懲罰，均係以其行為有無違背紀律為斷，至違背紀律之情狀，因態樣不一，且屬執行之細節性、技術性次要事項，自得由權責機關為必要之解釋及規範，尚非《憲法》所不許。

（4）承上，北監對於精神病犯李○○施以「收容鎮靜室加強輔導」、「施用戒具」、「加強輔導修復式正義」其適法性（是否符合法律位階及法律保留原則）：

a. 按《監獄行刑法》第22條規定，受刑人有脫逃、自殺、暴行或其他擾亂秩序行為之虞時，得施用戒具或收容於鎮靜室。經查臺北監獄認受刑人李○○有暴力攻擊他人之行為傾向及衝動之情緒表現，顯可能危害同房收容人身心安全，爰臺北監獄依前開規定對李員施用戒具或收容於鎮靜室，以保護李員及其同房收容人，核與前開規定無違。

b. 另執行監獄基於處遇規劃考量，自得本於矯正職責，按個案情形與需要，由管教人員或轉介心理師、社工師，運用諮商輔導技巧與專業談話技術，施以適當之輔導與教化，幫助當事人瞭解困境，並嘗試面對、處理困境，以重新恢復適應，其中「修復式正義」或稱「修復式司法」（Restorative Justice），旨在藉由有建設性之參與及對話，在尊重、理解及溝通之氛圍下，尋求彌補被害人之損害、痛苦及不安，以真正滿足被害人之需要，並修復因衝突而破裂之社會關係。其性質洵屬諮商輔導方案，非對收容人權利之限制，當無違法，亦無涉法律保留。

（5）承上，有關身心障礙收容人的違規處分是否應規劃特別之機制策？進作為為何？

a. 按《身心障礙者權益保障法》之規定，身心障礙者是指神經系統構造、精神、心智功能、眼、耳、感官、語言、聲音、循環、造血、免疫、呼吸等構造及功能、消化、新陳代謝、內分泌、泌尿、生殖等系統及功能、肌肉、骨骼、皮膚等8類身體系統構造或功能，有損傷或不全導致顯著偏離或喪失，影響其活動與參與社會生活者。身心障礙情形具多元性，身心障礙者所具障礙如何影響個人行為及個別需求更具差異性。

b. 為釐清身心障礙收容人之違紀行為究竟係因其身心狀況所致或故意而為，矯正署業囑各矯正機關針對身心障礙或罹病收容人之違規行為，各機關應會知衛生科醫事人員評估其違紀行為是否因其身心狀況所致。如非因身心狀況所致且確有懲罰之必要，亦應會知醫事人員就懲罰之種類及程度是否影響收容人身心健康或致病情惡化，以為妥適之處置。機關施以強制勞動或停止戶外活動之懲罰，如認為有礙於身心健康之虞時，亦應經醫師檢查後，始懲罰之。

8、約詢重點摘要：有關「《反酷刑公約》、《身心障礙者權利公約》，都有提及身心障礙收容人在處遇情形，第一類精神障礙者，在監所裡如果沒有被辨識，會被視為搗蛋分子，監所的環境可能會讓他們病情惡化」一節：

矯正署署長黃俊棠表示，有關戒具施用問題，獨居監禁，本署皆有行文規範使用時機及標準流程並切實登錄，已有統一規範；修法草案（監獄行刑法、羈押法）中都規範得很清楚，包括獨居監禁、戒具施用、個人人權、……等，均依照聯合國標準。

9、諮詢關此重點摘要：有關對「各監所對於有精神疾病的收容人出現違背紀律行為，往往無法提供適切的診斷、醫療與支持，而常採隔離、施以戒具或逕以一般違紀的懲罰方式處理，且其戒護與醫療的需求常遭受監所方的質疑」議題之看法，本案諮詢專家學者表示：

（1）可參考《曼德拉公約（規則）》，提及懲罰部分，監所不得因為精神疾病為理由懲罰受刑人，精神疾病跟違規間的連結，需要監所人員判斷。

（2）有一位男孩有精神障礙同時是同性戀者（homosexual）之個案，男兒身女孩子的心，在男監有適應不良情形，受到很多壓抑，管理人員輔導後造成其恐慌，對管理人員動手，5次違規之後送綠島監獄受刑。

（3）綠島監獄關了很多身心有問題的受刑人，社會要求法務部去做這種事情，惟經費、能力有限。小孩子不講刑事責任能力，外面沒人要的全部放到輔育院。

（4）我國是否因精神疾病處罰受刑人？有。以前因精神疾病，在工場裡無法工作，關到鎮靜房（等同懲罰房），以前發生這種事，現在應已不敢；關懲罰房通常超過天數很多，出來後犯錯又再關進去。

（5）目前精神病房應無太多資源。

10、相關論述：邊緣人權—我國監獄受刑人處遇與管理之探討[35]。

35「《中央法規標準法》第5條規定其中第2款更規定『關於人民之權利、義務者』，應以『法律』訂定之。故對人民權利限制者，應以法律定之，已

11、為落實身心障礙者權益保障工作，針對身心障礙之收容人於法務部暨其所屬收容機關中，矯正署允應正視其適應困難情形，儘速提出有效對策以確保其人格尊嚴與人身安全不因收容遭受侵害，以確保病犯接受合理之對待。惟查臺北監獄對於精神病犯李〇〇君出現違背紀律行為，逕以一般違紀的懲罰方式處理，未善盡對該精神病犯處遇作為，另所憑之懲罰依據，洵未符合法律位階及法律保留原則，與首揭《身心障礙者權利公約》及《精神衛生法》等相關規範意旨有悖，洵有違失，應予檢討策進，以維身心障礙收容人之健康人權。

是《憲法》所明文規範的教條，自不容獄政管理機關忽視與改變的，亦即受刑人理應受《憲法》相同保障。但矯正署處罰受刑人，則係根據《監獄受刑人違規情節及懲罰參考標準表》來執行。該標準表並未列為行政規章或行政命令，然對受刑人違背『紀律』應受處罰的事項，竟高達7類64項。多數規定與《監獄行刑法施行細則》第18條所規定的範圍有異，但仍規定違背者，應依上開《監獄行刑法》第76條規定處罰。如此是否已超越《憲法》、法律與行政命令的規範界線，自啟人疑端。況這項『懲罰參考標準表』，究竟是引用何種法規的行政規章或命令，亦屬曖昧不明。《監獄行刑法》76條，並無授權立法規定；所以其施行細則第18條所列之9款的概括授權立法的規定，究竟源自何項法律規定，亦非屬明確。而《監獄行刑法》第76條，更無法反引其施行細則第18條所列的9款規定，符合被概括授權立法之規定。況矯正署上開『懲罰參考標準表』，既無制定之母法依據，且究屬行政規章或命令，亦不明確。若僅是參考標準表，然而這項『懲罰參考標準表』，竟是我國各矯正機關，對所有收容人『違規』處罰的『法定』依據。足見前述獄政管理之法制上的瑕疵，實有改進之必要。對於一個民主法治國家，監獄等矯正機關講究法治，但我國矯正機關竟使用非法律、非行政規章的『懲罰參考標準表』，來限制《憲法》對『違規』收容人所保護的基本權利。縱使該『懲罰參考標準表』所列事項內容適當，但它畢竟不是法律或有法律授權的行政規章。各矯正機關據以處罰限制收容人的自由權利，恐遭致違背《憲法》，或法律欠缺的質疑？因此，此項執法上的瑕疵，未來實應重加考量並修正補充。」李永然、黃培修，《人權會訊》第122期秋季號（2016年10月），第42-50頁。

（二）案例二─保外就醫缺乏具體明確標準

臺南監獄吳○○訴請協助保外就醫之適法性、合理性及可行性一節，相關主管機關允宜密切注意陳訴人一切情狀，本於權責賡續妥予關注研議，適時處置，以符合《監獄行刑法施行細則》「注意受刑人利益」之旨意：

1、 《監獄行刑法》第58條規定：「受刑人現罹疾病，在監內不能為適當之醫治者，得斟酌情形，報請監督機關許可保外醫治或移送病監或醫院。」《監獄行刑法施行細則》第2條規定：「監獄管理人員執行職務，應注意受刑人之利益。」

2、 吳○○君陳訴內容摘要：

（1）監獄對其醫療處遇及保外醫治（含戒護外醫車資負擔）等作為涉與相關法令規定未盡相符。

（2）99年1月27日，戒護管理人員蘇冠憲因藥物發給及醫療費索討問題，涉有處置失當等情。

（3）訴請協助保外就醫。

圖33　調查委員履勘臺南監獄第13工場訪談罹患癌症吳姓收容人，關懷其在監處遇及醫療照護情形

資料來源：本院108年1月21日履勘臺南監獄攝。

3、 108年1月21日履勘臺南監獄補充說明資料摘以：

（1）該員於96年入高雄第二監獄執行，因罹惡性淋巴瘤，於同年12月移禁臺中監獄附設培德醫院治療，98年經醫師評估病況穩定移返原監執行，同年8月26日轉至該監執行。

（2）於該監執刑期間，98、99、100、101、102、103年及104年皆於成大醫院及市立醫院追蹤其病況；其中於103年3月5日臺南市立醫院門診追蹤檢驗：無淋巴癌復發狀況；另104年3月20日至成大醫院門診電腦斷層檢查為正常。

（3）雖該員104年曾書函表達保外醫治之陳情，但因相關檢查皆無淋巴癌復發之情形，故該監持續追蹤其病況，必要時安排戒護就醫進行相關追蹤及治療。

（4）該員目前病史為重鬱症、未明示收縮性心臟衰竭，皆定期於臺南市立醫院追蹤其病況，並按時服藥治療中。暫無因病情需求，醫師轉診至外醫進一步處置。

（5）基於保障收容人就醫權益及自主權，該監仍持續鼓勵收容人回診追蹤病況，必要時由醫師轉診戒護外醫詳細檢查及治療，以達早期追蹤早期治療之目標。

5、 查據矯正署針對陳訴人陳訴內容覆稱[36]：

（1）有關「監所對收容人醫療處遇及保外醫治之相關法令規定（含戒護外醫車資負擔關規定）及標準作業程序為何？」一節：

a. 按《監獄行刑法施行細則》第70條之規定：「受刑人健康檢查，依左列規定：一、在監健康檢查每季辦理一次，並得依受刑人身體及精神狀況施行臨時檢查。二、受刑人入監、出監或移監應施行健康檢查。三、健康檢查由監獄醫師行之，其有特殊情形設備不足者，得護送當地醫療機構檢查之。四、檢查結果應詳為記載，罹疾病者，應予診治或為適當之處理。」次按「罹疾病之受刑人請求自費延醫診治時，監獄長官應予許可」、「受刑人現罹疾病，在監內不能為適當之醫治者，得斟酌情形，報請監督機關許可保外醫治或移送病監或醫院。監獄長官認為有緊急情形時，得先為前項處分，再行報請監督機關核准」。《監獄行刑法》第57、58條分別之規定，又按《全民健康保險保險對象收容於矯正機關者就醫管理辦法》第3條規定：「收容對象發生疾病、傷害事故或生育時，應優先於矯正機關內就醫；其時間及處所，由矯

36 法務部108年4月29日法授矯字第1080133584函。

正機關排定之。矯正機關內不能為適當診療、檢查（驗）或有醫療急迫情形，經矯正機關核准者，得戒護移送保險醫事服務機構就醫。」再按《監獄行刑法施行細則》第72條規定：「受刑人經醫師診斷有左列情形之一者，得收容於監獄附設之病監，並報告典獄長：一、患急性疾病或所患疾病須療養者。二、有嚴重外傷或須急救者。三、有隔離治療或住病監治療之必要者。」復依《法務部矯正署所屬矯正機關收容人患病收住病舍實施要點》第2點規定：「矯正署所屬矯正機關之收容人有下列情形之一者，應收住病舍、病室或病房診治或療養。（一）發燒至攝氏39度以上或呼吸道急性疾患。（二）患急性腸炎、嚴重脫水者。（三）嚴重胃出血、直腸出血、肛門撕裂出血、胃及十二指腸潰瘍。（四）患有心臟、腎臟，或腦血管病變者。（五）血壓高於150/95以上，低於80/40以下者。（六）神智昏迷、休克、急性中毒，或藥物急性過敏反應。（七）閉尿24小時以上或呈尿毒者。（八）外傷骨折、脫臼。（九）腦震盪。（十）重度外傷、挫裂傷、火傷、燙傷及嚴重膿瘍。（十一）傳染性肝炎、流行性感冒、花柳病、精神病、開放性之肺結核病、漢生病及其他各種法定傳染病。（十二）其他如非即時處理治療，病情即將惡化，難於治癒；或不予療養環境無法痊癒者。（十三）衰老或殘廢，不能自理生活者。（十四）懷胎5月以上，或分娩未滿2月者。」收容人入矯正機關依規定實施身體健康檢查；新收後或執行中如發現收容人身體明顯不適，迅即延醫診治或戒送就醫治療；若罹病符合法定要件，由醫師開立診斷書並簽報機關首長核准後，並得收容於病舍，給予適當之醫療照顧，檢附相關法令規定。

b. 再者，按「受刑人現罹疾病，在監內不能為適當之醫治者，得斟酌情形，報請監督機關許可保外醫治或移送病監或醫院。監獄長官認為有緊急情形時，得先為前項處分，再行報請監督機關核准」。「監獄辦理受刑人保外醫治，應依左列之規定：一、依本法第58條報准許可受刑人保外醫治時，應詳述其病狀，必需保外醫治之理由、所犯罪名、刑期及殘餘刑期。二、報准保外醫治或展延保外醫治期間，均應檢具當地公立醫院最近期內之診斷書，當地如無公立醫院者，得以私立醫院診斷書代之。三、先為保外處分，非病況嚴重、情形急迫不得為之。其殘餘刑期在5年以上者，應先電請法務部核可。四、刑期在10年以上者，應由殷實商舖出具保證書或命其繳納相當之保證金額，必要時並得由監獄指定醫院住院治療。五、保證書記載保證人應注意之左列事項：（一）約束被保人於保外就醫期間保持善良品行，不得有違法犯紀之行為。（二）被保人病癒或保外就醫期間屆滿時，將其送回監獄。（三）被保人擅離指定醫院、更換醫院或離開住居所時，應將其行止立即報告監獄。（四）非將被保人預備逃匿情形於得以防止之際報告者，不得中途退保。六、受刑人保外醫治時，應即函知入出境管理機關監管。保外醫治原因消滅，返監執行時，應即函知該機關。七、保外受刑人經指定醫院住院治療者，典獄長應經常派員察看，並與醫院或當地警察機關保持密切聯繫。其未指定醫院住院治療者，典獄長亦應指定監獄醫師每月至少察看一次，並協調其所在地之警察機關就近察看。八、監獄應按月填具保外醫治月報表報告法務部備查。九、受刑人保外日期、保外醫治期間及回監日期，應通知指揮執行之機關。」《監獄行刑法》第58條及《監獄行刑法施行細則》第73條分別明文之規定，當收容人病況嚴重、危及生命，經主治醫師開立病危通知單，得依《監獄行刑法》第58條第2項及《監獄受刑人保外醫治具保程序應行注意事項》第6點之規定，先行保外醫治。如收容人罹患重症疾病，經在監就醫、戒護外醫或移送病監均不能為適當之醫治者，將依醫囑衡酌受刑人病況、所需醫療需求及戒護人力等事項，檢陳診斷書、檢查報告單、病歷摘要、收容人身分簿封面及執行指揮書等相關資料陳報法務部矯正署審核，保外醫治標準作業程序。

c.矯正機關提供收容人戒護外醫車資或交通工具係屬給付行政性質，爰此，各機關戒護收容人外醫時，可依經費額度審酌是否負擔，惟行政機關採行給付行政措施時，應注意比例原則及由此而衍生之給付禁止過多原則。是以，收容人如因緊急狀態或經濟困難無力自付車資時，機關應予提供或補助，以確保醫療優先原則。機關認為無法負擔或不宜提供車資、交通工具時，收容人亦不得主張由機關負擔。

（2）有關「對收容人吳〇〇之醫療處與及申請保外就醫之准駁、處置等，是否符合相關法令規定？該收容人歷年戒護外醫車資給付情形？」一節：

a. 吳員曾於104年1月至法務部陳情保外醫治，吳員當時病況尚屬監內就醫或戒護外醫可妥適處置範疇。

b. 依矯正署函示說明：「矯正機關提供收容人戒護外醫車資或交通工具係屬給付行政性質，爰此，各機關戒護收容人外醫時，可依經費額度審酌是否負擔，惟行政機關採行給付行政措施時，應注意比例原則及由此而衍生之給付禁止過多原則。是以，收容人如因緊急狀態或經濟困難無力自付車資時，機關應予提供或補助，以確保醫療優先原則。機關認為無法負擔或不宜提供車資、交通工具時，收容人亦不得主張由機關負擔。」基上，收容人因病就醫車資基於《憲法》平等原則及使用者付費原則，爰自付車資，以符法制。檢附吳員歷年外醫車資紀錄資料。

c. 依法務部89年10月25日法89矯字第001299號函及矯正署102年3月8日法矯署醫字第10206001960號函所示，收容人因病就醫，其醫療費用以自費為原則，惟收容人本人無力繳納相關費用，機關應即通知收容人家屬至醫院支付醫療費用，倘收容人及其家屬皆表示因清寒無力繳納自行負擔費用，經收容人及其家屬主動洽詢相關社會資源、機構尋求協助未果有據，矯正機關得備妥相關證明文件以收容人疾病清寒補助支應，經查吳員收容於高雄第二監獄與臺中監獄期間，無車資支出紀錄，而臺南監獄依前開函示辦理收容人積欠醫療費用及請其發信予親屬繳交醫療費用，均符合收容人醫療費用處理流程，並無吳員所述情事，其指述與事實不符。

（3）本案之檢討及策進作為：……「車資補助」雖似屬給付行政之範疇，並無公法上請求權，仍應視國家政策、財政狀況訂定、補助對象及是否符合公益等衡酌《憲法》比例原則、考量福利預算排擠效應等辦理相關事宜為妥。基上，臺南監獄辦理收容人因病就醫自付車資事項，並無不當。

（4）有關「評估本件予以保外就醫之可能性，本於權責妥處逕覆陳訴人並副知本院憑處」一節：

a. 依監察院函示辦理。

b. 嗣法務部於108年5月2日函覆陳訴人說明內容要以（南監衛字第10812002450號函，副本致本院）：

（a）按《全民健康保險保險對象收容於矯正機關者就醫管理辦法》第3條規定，收容對象發生疾病、傷害事故或生育時，應優先於矯正機關內就醫，其時間及處所，由矯正機關排定之。矯正機關內不能為適當診療、檢查（驗）或有醫療急迫情形，經矯正機關核准者，得戒護移送保險醫事服務機構就醫。收容對象戒護移送保險醫事服務機構就醫之時間及處所，由矯正機關依收容對象之就醫需求及安全管理之必要指定之；收容對象不得自行指定。次按《監獄行刑法》第58條規定，受刑人現罹疾病，在監內不能為適當之醫治者，得斟酌情形，報請監督機關許可保外醫治或移送病監或醫院。爰收容對象無指定就醫醫院之權利及保外醫治審酌係矯正機關權責，非由收容對象或家屬提出；又保外醫治並非醫療方式或治療技術，僅為收容人醫療提供方式之一，矯正機關提供收容人疾病診治方式，不論以在監就醫、戒護外醫或保外醫治等方式，均係接受健保醫療機構診治。換言之，前開收容人醫療服務來源相同，保外醫治與否並不影響收容人接受診療持續性，且醫療照護品質與一般民眾相同，合先敘明。

（b）臺端96年因罹患惡性淋巴瘤。其中於103年3月5日臺南市立醫院門診追蹤檢驗：無淋巴癌復發情形；另104年3月20日至成大醫院門診電腦斷層檢查為正常。臺端主要疾病為重鬱症、心臟衰竭等，定期於臺南市立醫院身心科與內科門診追蹤治療，目前病情在監可得到妥適醫療照護未達到保外醫治要件。

6、詢據法務部對「臺南監獄收容人吳○○訴請協助保外就醫之適法性、合理性及可行性一節」之補充說明意見：

（1）收容人納入二代健保後，矯正機關提供收容人疾病診治方式，無論係監內門診、戒護外醫或保外醫治等方式，均係接受健保醫療機構診治。換言之，前開收容人醫療服務來源相同，保外醫治與否並不影響收容人接受診療持續性，且醫療照護品質與一般民眾相同，合先敘明。

（2）吳員先前病史為重鬱症、未明示收縮性心臟衰竭等疾病，於108年5月17日經臺南監獄戒護至臺南市立醫院心臟科門診就醫，經安排X光、心電圖及抽血檢查均正常，目前病情未達到保外醫治要件，尚屬監內門診及戒護外醫得處置之範疇。

（3）矯正署臺南監獄將持續依照監獄行刑法以及全民健康保險保險對象收容於矯正機關者就醫管理辦法等相關規

定，協助吳員接受治療。

（三）案例三─情緒不穩收容人被視為燙手山芋

臺南第二監獄允宜持續對收容人胡○○君進行教化、輔導，賡續聯繫胡員家屬前來辦理接見或與其通信，另安排胡員於監內看診或戒送外醫，加強注意其動態，詳實記錄，以供相關人員需求時之參考，俾藉由家屬支持、柔性輔導及醫療照護等作為，以協助胡員身心獲得妥善輔導、醫療等照護處遇，進而減少行政資源之損耗：

1、 戒護管理相關規定：

（1） 按《監獄行刑法施行細則》第18條、《監獄行刑法》第76條及第78條規定，為維護監獄安全及秩序，受刑人違背紀律時，得施以懲罰。告知懲罰後，應予本人解辯之機會，認為有理由者，得免其執行或緩予執行，無理由者，立即執行之。但有疾病或其他特別事由時，得停止執行。據此，受刑人在監執行期間違背紀律，監獄固得依法施以懲罰，惟具體個案是否符合得予懲罰之要件及施以懲罰之種類，須由管教人員依據個案違背紀律行為之實際情形及情節輕重，兼衡酌其原因、動機、身心狀況及違規後之態度等情，由監獄綜合評估後妥適處理之。

（2） 精神疾病收容人如有違紀行為，管教人員仍須視個案違背紀律之事實，衡酌其原因、動機及身心狀況等情，綜合評估後，協助其等轉至適當門診診治、轉介由心理師、社工師等專業人員加強輔導或予以適當懲罰。但有疾病或其他特別事由時，得停止執行懲罰。

2、 胡○○君陳訴內容摘要：

（1）因有睡眠障礙有服用藥物，但每次加藥要經過主管同意，醫師都會問主管，要開多久的藥也要主管同意，這整件事情我只想說我掛號看病是我花錢，醫師要問我才對，怎麼變成主管在決定……等情。

（2）貴部矯正署對胡○○君日前（108年1月）陳訴臺南第二監獄戒護管理人員對其戒護管理處遇涉有失當……等情。

（3）該署對胡員日前（108年1月）陳訴同舍房收容人經常於渠離開舍房期間，偷翻渠物品，甚至撕毀、丟棄，損及權益……等情。

3、 查據法務部覆稱[37]：

（1）有關「胡員日前（108年1月）陳訴臺南第二監獄戒護管理人員對其戒護管理處遇涉有失當事件之經過及結果」一節：

a. 經查臺南第二監獄於108年1月向胡員詢問事件原委，並製作胡員及同房收容人劉○○（下稱劉員）等2人談話筆錄，胡員表示：「我知道主管的意思是跟我講情緒不穩的法條規定，我只是想要用這個例子詢問情緒不穩的標準是什麼而已，並沒有其他意思。」至於「主管罵我們畜牲或亂取外號」部分，經查臺南第二監獄目前稱呼收容人，皆以收容人入監後所編列號數稱之，且胡員及劉員等2人談話筆錄，均表示並無主管罵收容人畜牲或亂取外號之情事發生，胡員陳情信中所述，顯非事實。

37 法務部108年4月29日法授矯字第1080133584函。

（2）有關「因有睡眠障礙有服用藥物，但每次加藥要經過主管同意，醫師都會問主管，要開多久的藥也要主管同意，這整件事情我只想說我掛號看病是我花錢，醫師要問我才對，怎麼變成主管在決定」一節：

a. 經查胡員因時常於看診時，向醫師索取及指定藥物，以致常與醫師發生爭執，使醫師心生恐懼，故為維護醫師看診安全及保障胡員看病權益，臺南第二監獄平時即叮囑夜勤同仁多注意其動態外，並記錄胡員每日睡眠時間，且胡員每次看診均由違規舍主管，親自戒護其看診，並視醫師需要提供胡員平時之觀察情形，以供醫師診治之參考，檢附胡員108年1月至4月10日看診21次資料。

b. 次查胡員每次提出看診，該監皆依胡員所需安排門診，並經醫師問診後開立處方箋。惟查胡員108年1月1日至4月10日止共計看診21次，均無繳納過任何醫療費用，胡員之保管金自107年7月3日起迄今，保管金額均為0元，故胡員106年5月9日移入該監迄今常因無法繳納醫療費，而由該監向外界申請補助，迄今補助金額合計4,901元。

4、 履勘座談關此重點摘要：

有關「認知障礙收容人違紀行為之戒護及懲罰方式與醫護需求處遇情形—身心障礙收容人（含認知功能障礙、智能低下、精神異常等）醫療需求處遇情形」：依照《精神衛生法》第3條，針對監內的嚴重精神病人，若呈現出與現實脫節之怪異想法與奇特行為，致不能處理自己事務，且有自傷傷人（之虞）情事，經監內身心科門診醫師診斷認定者，方施予強制治療（嚴重病人疾病緩解離開病舍後簽立持續身心醫療同意書，或簽中斷藥物治療返回病舍療養切結書）。其餘精神疾病列管收容人藥物與檢查等醫療行為均經收容人同意（但有危及生命安全者不在此限）。（108年4月12日履勘嘉義監獄）

圖34　調查委員履勘嘉義監獄座談情形

資料來源：本院108年4月12日履勘嘉義監獄攝。

5、 詢據法務部之說明要以：

（1）臺南第二監獄收容人胡○○醫療看診時，醫師依監獄主管意見而決定是否加藥、用藥等情事是否妥適？

a. 依照《醫師法》規定，醫師非親自診察，不得施行治療、開給方劑或交付診斷書，醫師診治病人時，應向病人或其家屬告知其病情、治療方針、處置、用藥、預後情形及可能之不良反應，合先敘明。

b. 有關醫師詢問監獄主管意見部分，經查係胡員看診時，曾向醫師表示晚上有無法入睡等情，希望加重藥物劑量，醫師為瞭解病人睡眠狀況，爰請監獄值勤人員協助記錄睡眠情形供參。依病人實際病況開立處方箋係屬醫師之專業診察範疇，矯正署所屬各矯正機關均尊重醫師之專業處置，並依醫囑盡力配合協助，尚無所陳醫師係依監獄主管之意見決定用藥等情。

（2）該監對胡○○之戒護管理、教化輔導……等之相關處置過程有無應檢討之處？策進作為：

a. 查胡○○自106年5月9日至108年5月21日收容於臺南第二監獄，該監獄按《監獄行刑法》等矯正法規執行胡員各項處遇。胡員於收容期間曾多次向監察院或法務部提出陳情事項，法務部及矯正署業已函覆在案。

b. 據查覆，胡員對臺南第二監獄各項處遇懷有負向、扭曲之思考，為協助胡員適應在監生活，臺南第二監獄當時安排各級管教人員或轉介教誨志工（如臺南市新扶小羊關懷協會李啟誠牧師）進行輔導，持續聯繫胡員家屬前來辦理接見或與其通信（惟收容期間胡員家屬仍無辦理接見或通信），另安排胡員於監內看診或戒送外醫（查自107年5月至108年5月，家醫科看診計80次，精神科看診計28次，監內看診及外醫次數共計133次），並加強注意其動態，記錄於「場舍日夜勤值勤人員聯繫簿」及「收容人24小時行狀觀察紀錄簿」，以供值勤人員、醫師或輔導人員參考，希藉由家屬支持、柔性輔導及醫療照護以協助胡員儘早適應監內生活。

c. 臺南第二監獄均係依照監獄行刑法及全民健康保險保險對象收容於矯正機關者就醫管理辦法等相關規定，辦理收容人醫療處遇事宜。

6、 經核，臺南第二監獄收容人胡○○君歷次陳訴案，均經相關主管機關處理有案，合先敘明；臺南第二監獄允宜持續對胡員進行教化、輔導，賡續聯繫胡員家屬前來辦理接見或與其通信，另安排胡員於監內看診或戒送外醫，並加強注意其動態，詳實記錄，以供值勤人員、醫師或輔導人員戒護管理及醫療處遇等需求時之參考，俾藉由家屬支持、柔性輔導及醫療照護等作為，以協助胡員身心獲得妥善輔導、醫療等照護處遇，進而減少行政資源之損耗。

（四）案例四─甫出獄又再犯，復歸社會有難題

雲林監獄對收容人胡〇〇之教化輔導洵有未盡周延之處；另該監亦未尋求社政單位安置、協助，難期復歸社會，致強盜案收容人胡〇〇甫出監旋又再另涉嫌強盜案，容有怠失。法務部未來允應針對類案出監後，如何使認知障礙收容人達到及保持最大程度之自立，充分發揮及維持體能、智能、社會及職業能力，此個案法務部允應通案性研處，並將相關規定明確化。使身心障礙收容人之權益保障維護更臻完善，以達成《身心障礙者權利公約》第26條所揭示「適應訓練與復健」之目標，並降低精神病犯出獄後再犯可能性：

1、　《監獄行刑法》第87條第2項規定，精神疾病患者、傳染病者釋放時，並應通知其居住地或戶籍地之衛生主管機關及警察機關；《身心障礙者權利公約》第26條對「適應訓練與復健」規定如下：「締約國應採取有效與適當措施，包括經由同儕支持，使身心障礙者能夠達到及保持最大程度之自立，充分發揮及維持體能、智能、社會及職業能力，充分融合及參與生活所有方面。為此目的，締約國應組織、加強與擴展完整之適應訓練、復健服務及方案，尤

其是於健康、就業、教育及社會服務等領域，該等服務與方案應：（1）及早開始依據個人需求與優勢能力進行跨專業之評估；（2）協助身心障礙者依其意願於社區及社會各層面之參與及融合，並儘可能於身心障礙者最近社區，包括鄉村地區。」另重病者、精神疾病患者、傳染病者釋放時，應預先通知其家屬或其他適當之人。精神疾病患者、傳染病者釋放時，並應通知其居住地或戶籍地之衛生主管機關及警察機關；此外，矯正機關於病人離開時，應即通知其住（居）所在地直轄市、縣（市）主管機關予以追蹤保護，並給予必要之協助，《監獄行刑法》第87條及《精神衛生法》第31條亦分別定有明文。

2、 查據法務部覆稱[38]：

（1）監所對於有精神疾病收容人之教化、心理輔導、轉介及協助復歸社會轉銜作業相關法令規定及標準作業程序為何？

a. 監所對於有精神疾病收容人之教化及協助復歸社會轉銜作業之相關法律規定：

（a）《監獄行刑法》第18條：左列受刑人應分別監禁於指定之監獄，或於監獄內分界監禁之：

一、刑期在10年以上者。

二、有犯罪之習慣者。

三、對於其他受刑人顯有不良之影響者。

四、精神耗弱或智能低下者。

五、依據調查分類之結果，須加強教化者。

（b）患《監獄行刑法》第87條：重病者、精神疾病

38 法務部108年4月3日法授矯字第10801028510號函。

患者、傳染病者釋放時，應預先通知其家屬或其他適當之人。精神疾病患者、傳染病者釋放時，並應通知其居住地或戶籍地之衛生主管機關及警察機關。

b. 監所對於有精神疾病收容人之心理輔導、轉介及協助復歸社會轉銜作業相關標準作業程序：矯正署各矯正機關均依矯正署105年3月22日法矯署醫字第10506000520號函，分「一般精神疾病收容人醫療照護事項」及「精神疾病收容人特殊情形醫療照護事項」辦理醫療照護、轉介及出監通報等事宜。另查矯正署雲林監獄並訂定該監精神科醫療照護流程。

（2）雲林監獄對胡員之教化、心理輔導、轉介及協助復歸社會之相關作為為何？

a. 胡員因強盜罪判刑5年，於104年8月入臺北監獄執行，於104年9月移監至雲林監獄，執行期間，雲林監獄教誨師對該員實施個別教誨共計38次，亦有轉介該監教誨志工實施志工教誨共計7次。另，遇有需要時立即轉介心理師對胡員心理輔導，共計7次；衛生科安排精神科門診治療，期間共就診精神科門診共計35次。

b. 雲林監獄於107年6月協助胡員向戶籍所在地臺北市政府社會局申請辦理身心障礙證明並於同年10月5日協助取得身心障礙證明。

c. 胡員於107年10月30日經教誨師實施出監教誨，該收容人自述出監後無須協助。

（3）雲林監獄於胡員出監前是否轉銜給相關社政機關？

a. 胡員107年11月縮短刑期執畢出監，於雲林監獄執行期間，衛生科即安排精神科門診治療，期間共就診精神科門診共計35次，1次戒護外醫，辦理評估殘障證明。

b. 另查雲林監獄依《監獄行刑法》第87條第2項及《精神衛生法》第31條於107年11月，函知臺北市政府衛生局及臺北市政府警察局大安分局惠予追蹤保護及必要協助。

c. 雲林監獄並通知胡員之家屬，其兄胡○○及母於107年11月至該監接其出監。

d. 該監調查科亦於107年11月函文財團法人臺灣更生保護會臺北分會，惠請協助更生保護事宜。

（4）雲林監獄相關人員執行該名精神病犯之教化、心理輔導及協助復歸社會之相關作為是否妥適？

a. 綜上調查，雲林監獄主動協助胡員就醫並申請殘障證明，對於胡員之教化、心理輔導及協助復歸社會均依相關法規及函令規定辦理。

b. 矯正署回應：

（a）矯正機關對於新入監收容人於新收調查時即進行心理健康篩檢，對於長刑期或高風險個案（如罹患精神疾病、長期罹病、家逢變故、違規考核等）則至少每半年或認有必要時隨時施測，經篩選為疑似精神病者及領有身心障礙手冊或證明、重大傷病卡、精神科醫師診斷書者，即造冊列管，並安排精神科醫師評估、診治，依醫囑服藥控制病情，並視病情追蹤看診、戒送外醫或移送病監，使其能獲致妥善之照護。

（b）經查胡員於雲林監獄服刑期間，該監業對胡員安排精神科治療，助其穩定在監情緒。收容人出監後再犯之原因相當複雜，家庭支持、就業、經濟狀況及是否定期就醫均有重大影響，該署所屬監獄已完善照護義務。

3、 查據臺北看守所表示39：

（1）入所原因：

（2）在所處遇情形（對收容人疑似患有精神疾病，是否有看診或其他處遇作為？）

a. 胡員107年11月因強盜案羈押入所，配住仁一舍，11月27日新收調查時，自述有精神疾病。惟查其既往病史除精神病外，尚有高血壓及糖尿病史。並持中度身心障礙證明，第1類，ICD診斷為F20.3未分化型之思覺失調症。

b. 精神疾病於107年12月、108年1月及108年2月固定於健保精神科就診。

（3）胡員出獄時是否有聯繫警察機關或衛生福利機構（橫向聯繫是否落實？）

107年11月18日期滿出監，雲林監獄並發文給臺北市衛生局及臺北市政府警察局大安分局。

4、 108年3月4日履勘臺北看守所約詢胡○○重點摘要關此摘要：

（1）有關「在照顧精神病病人實務上之困難」一節：

臺北看守所林所長志雄表示：「我們矯正機關是司法體系的末端，前端（所外）所產生的問題，在我們後端接收

39 108年3月4日履勘臺北看守所，該所現場提供說明資料。

後，收容人已避開原有所外模式，生活一切皆回歸正常，一旦期滿出監（所）後，即無從控管，譬如本所107年度協助安置個案有5位，這些有障礙的個案，第一找不到家人，第二家人置之不理，在這種情形下，本所主動協助尋找安置機構，主動與縣市社會局處或安養中心聯繫，其中有一位出所狀況相當不好，本人即要求輔導員於安置後一個月，再予探視其生活狀況，這是我們的實務運作情形，這些已經跳脫矯正人員的專業領域，本所仍然對他們十分關心。」

5、 108年7月法務部對本案詢問之書面說明[40]：

（1）雲林監獄身心障礙收容人胡○○領有身心障礙證明，該監僅辦理評估殘障證明，前開作為是否妥適：

胡員於矯正署雲林監獄執刑期間，原並未具有身心障礙證明（舊稱身心障礙手冊），執行監獄協助就醫評估辦理身心障礙證明。該監並於該員入監後安排精神科門診治療，期間共就診精神科門診共計35次，且依醫囑函文臺北市衛生局、臺北市警察局，及其家屬（兄胡○○），給予追蹤保護及提供必要之協助，並經通知後胡員之家屬（其兄胡○○及胡母）至該監接其出監，綜前所述，該監已善盡職責。

（2）雲林監獄身心障礙收容人胡○○收容期間之教育、輔導與協助是否周妥？有無更生保護聯合宣導、個別輔導或提供就業諮詢？若無，是否妥適：

a. 胡員104年8月入臺北監獄執行，於104年9月移監至雲林監獄，執行期間，教區教誨師對該員實施個別教誨

40 法務部108年7月1日約詢說明書面資料。

共計38次，亦有轉介該監教誨志工實施志工教誨共計7次。另，遇有需要時立即轉介心理師對胡員心理輔導，共計7次。

b. 該員於107年期滿出監，教誨師對其施予期滿出監前教誨，告知更生保護服務對象、服務內容、就業服務相關資源通訊等，教誨紀錄並經該員知悉後捺印簽名。

c. 綜上，雲林監獄對於胡員之教育、輔導及更生保護宣導、個別輔導或提供就業諮詢等，均依規定妥適辦理。

（3）承上，身心障礙收容人胡○○缺乏家庭支持等問題，甫出監即再度犯案，造成矯正機關嚴重負擔。是否尋求其他衛福機關、社政單位及更生保護會……等機構協助，有何策進作為建議：

a. 經檢視雲林監獄確已完備出監前各項行政處置及通知作為，希後續相關協助機構銜接處遇發揮效能。

b. 爾後對於罹患精神疾病之收容人，於出監當日家屬接回時，將再特別叮嚀家屬，多加注意、用愛與包容關懷其生活作息。

c. 本案已確實檢視完備各項行政處置及通知作為，經查胡員於雲林監獄服刑期間，該監業對胡員安排精神科治療，助其穩定在監情緒。收容人出監後再犯之原因相當複雜，家庭支持、就業、經濟狀況及是否定期就醫均有重大影響，尚須結合衛政、社政、勞政共同配合，期能達成建構完善的社會安全網體系。

5、 履勘座談會議關此重點摘要：

（1）鑑於臺灣更生保護協會所轄業務繁眾，對於老弱貧病無法自理生活者，實務上仍有無法協助之處，致部分有受助需求之收容人，最後仍須依賴社政、衛福單位暨轄下單位尋求幫助。然國家機器資源有限，行政程序曠日費時，且收容人未能符合法定社福規範，而無法獲得協助者所在多有，此時便有賴民間力量的挹注。故而該監建議：因社政、衛福單位實務上皆有經常性、長期性配合之民間慈善團體，建議社政、衛福單位將適合與各監所配合、並予協助之民間資源，依地域性轉介予各監所；並請社政、衛福單位事先與受轉介之民間團體取得協助各監所之共識，俾利各監所日後向其尋求民間慈善資源協助，使維護收容人身心健康之權益保障更臻完善（108年1月22日高雄監獄）。

（2）現代刑事思潮及刑事政策的演進，已由傳統報應主義轉向特別預防主義，行刑的方法也由消極的懲罰走向積極的教化，至此矯正機關不再是消極的懲罰收容機構，而係兼具有積極教化、處遇和再教育之機構，期以促使犯人改悔向上，達到刑罰目的，導正受刑人偏差觀念，培養謀生能力，而達成復歸社會之目標，爰此，矯正機關之設置，在提供收容人一個具備安全及人性化的環境，透過監禁、沈澱、蛻變與復歸的歷程後，重新復歸社會（108年3月4日臺北看守所）。

（3）相關監所應通知更生保護會協助或轉介社政單位（108年3月11日桃園女子監獄）。

圖35　調查委員履勘桃園女子監獄座談討論情形

資料來源：本院108年3月11日履勘桃園女子監獄攝。

（4）針對外縣市收容人，發文所轄更生保護會進行後續追蹤輔導；精神障礙收容人收容期間之教育與協助—更生保護志工個別輔導；持續增加諮商輔導與特殊教育之師資：提高團體及個別輔導之頻率與品質（108年4月12日雲林第二監獄）。

圖36　調查委員履勘雲林第二監獄座談討論情形

資料來源：本院108年4月12日履勘雲林第二監獄攝。

6、 經核：

（1）雲林監獄雖對胡員辦理相關教誨共計38次，惟內容雷同，以該員甫出獄旋即犯案觀之，前開教誨功能洵屬不彰，容有流於形式，未盡落實情事。

（2）另因《監獄行刑法》第87條第2項規定，僅限於通知其居住地或戶籍地之衛生主管機關及警察機關，未規定通知社政單位協處；故雲林監獄於胡〇〇出獄時，僅通知警察局及衛生局，致後續追蹤、輔導效果成效不足後再次犯罪，此個案法務部允應通案性研處，並將相關規定明確化，以降低精神病犯出獄後再犯可能性。

7、 據上，雲林監獄對收容人胡〇〇之教化輔導洵有未盡周延之處；另該監亦未尋求社政單位安置、協助，難期復歸社會，致強盜案收容人胡〇〇甫出監旋又再另涉嫌強盜案，容有怠失。法務部未來允應針對類案出監後，如何使認知障礙收容人達到及保持最大程度之自立，充分發揮及維持體能、智能、社會及職業能力，洵有必要與社政、衛福及更生單位及時聯繫並轉銜個案予以接續追蹤及協助，此個案法務部允應通案性研處，並將相關規定明確化，使身心障礙收容人之權益保障維護更臻完善，以達成《身心障礙者權利公約》第26條所揭示「適應訓練與復健」之目標，以降低精神病犯出獄後再犯可能性。

（六）小結

綜上，法務部矯正署及所屬各矯正機關允應持續關注精神障礙收容人之違背紀律處理、監護處分執行、保外就醫評估、教化輔導與就醫、出監前之預備與出監後協助安置等作為之妥適性，俾符合CPRD之意旨，以維身心障礙收容人健康人權並降低出獄後再犯可能性。

第二部

願公義之樹伸展到天際—綠島獨居監禁案調查報告

據訴，《監獄行刑法》對單獨監禁之規範層級不足，實務運作未考量單獨監禁時間過長及對精神障礙者等為單獨監禁，可能造成之身心傷害。其中尤以法務部矯正署綠島監獄之單獨監禁及施用戒具時間較長，並疑似有監所主管人員以毆打、電擊棒、言語羞辱等方式虐待受刑人情形，與聯合國《禁止酷刑公約》、《國際人權公約》等國際規範相悖。

前言─綠島式的曼德拉規則及其他

財團法人民間司法改革基金會陳訴（本院收文號： 107年11月12日第1070137438號）：為《監獄行刑法》對於單獨監禁之規範層級不足，且實務運作上，未考量單獨監禁時間過長及對精神障礙者等為單獨監禁，可能造成之身心傷害，與《國際人權公約》等國際規範不符，應儘速檢討修正等情。

財團法人民間司法改革基金會108年2月22日續訴（本院收文號：108年2月22日第1080701153號）：

綠島監獄受刑人人數約一百多名左右，但祇有1個工場，祇許20名受刑人參與作業，剩下的受刑人全部被強迫長期過著獨居1個人的生活，涉有對受刑人單獨監禁不當管理情事。

該監「沙漠寂寞」的管理方式，內容如下：綠島監獄規定本監的新收或是在本監服刑中的受刑人，每次違規就必須要接受6個月以上的獨居生活，分成3個階段。第1個階段：有3個月以上的時間，受刑人被獨居關在1間祇有1.5米寬、3米長的小牢房內，除了管理員外，不得再與任何人接觸……。第2個階段：有2個月以上的時間……。第3個階段：有1個0月以上的時間……；在綠島監獄的受刑人因長期的獨居，很多都有精神疾病，要靠服用精神病藥物來控制。但在接受精神病治療期間，還是繼續獨居，而且是關在壓力最大的第1階段。這些受刑人因此病情越來越嚴重，時常情緒失控而想不開自殺或與管理員發生衝突。

綠島監獄尚有對受刑人長時間施用戒具等不當管理情事。

綠島監獄打受刑人最兇的管理員名叫陳○○，會用電擊棒把受刑人電到暈厥，然後用皮鞋踏在受刑人臉上。陳〇〇已調離綠島監獄，但又來了一個許〇〇科員。許〇〇沒有打受刑人，但是想出其他花樣來虐待受刑人，例如：加長釘腳鐐的時間，從3、5天改成30、50天；加長關在鎮靜室的時間，1、2天改1、2已個月；不准受刑人下工場參加作業，也就是等於受刑人要獨居生活到期滿為止。許〇〇來綠島監獄工作還不到1年的時間，已有約40次受刑人自殺事件發生，他還沒來時，綠島監獄1年則約3至4次。

受害受刑人的家人有來綠島監獄抗議，例如106年出獄的受刑人中有高〇〇、李〇〇等。他們的母親哭著跟綠島監獄的長官們說：「一個好好的孩子，怎麼被你們關成這樣？」

107年11月，該監管理員許〇〇命令幾個主管、主任沒收某同學全部物品，其中包括棉被及枕頭等保暖物品。該同學當天晚上因為太過委屈，想不開而用衣服上吊自殺。

台灣人權促進會陳訴[41]：看守所將精神障礙者關入獨居房應有規範，避免使其病情惡化。

本案經調閱法務部、法務部矯正署（下稱矯正署）及矯正署綠島監獄（下稱綠島監獄）等機關卷證資料，並於民國（下同）108年5月6日赴綠島監獄及臺東監獄履勘，詢問該監獄相關主管、承辦人員及受刑人，復於同年7月1日約請法務部、矯正署、綠島監獄等機關主官（管）及相關戒護管理人員到院說明，已調查竣事，茲臚列調查意見如下。

41 108年1月21日本院人權保障委員會決議通知單（收文文號：1073530147號）。

第一章
「沙漠寂寞」悲歌—綠島獨居監禁現狀調查

法務部對「戒具之使用與管理」、「獨居監禁」、「違規懲罰」及「申訴救濟管道」等相關規定，僅以函發方式規範而未以法律或法規命令制定，於監所執行單獨監禁[42]之規範層級不足，並與《禁止酷刑及其他殘忍不人道或有辱人格之待遇或處罰公約》等規範之意旨不符，且實務運作上，未考量單獨監禁時間過長及對精神障礙者等為單獨監禁，可能造成之身心傷害，其中尤以綠島監獄獨居監禁人數較高，占全國12.6%，逾該監收容人數30%，更時有達57%之比率，與《國際人權公約》等國際規範意旨有悖，核有違失，應儘速檢討修正。

42「單獨監禁」為聯合國《曼德拉規則》之中文簡體譯文，與我國法「獨居」之定義不盡相同。

獨居舍停聽看

（一）國際趨勢與相關規定

1、《禁止酷刑及其他殘忍不人道或有辱人格之待遇或處罰公約》第1條規定：「1.為本公約目的，『酷刑』指為自特定人或第三人取得情資或供詞，為處罰特定人或第三人所做之行為或涉嫌之行為，或為恐嚇、威脅特定人或第三人，或基於任何方式為歧視之任何理由，故意對其肉體或精神施以劇烈疼痛或痛苦之任何行為。此種疼痛或痛苦是由公職人員或其他行使公權力人所施予，或基於其教唆，或取得其同意或默許。但純粹因法律制裁而引起或法律制裁所固有或附帶之疼痛或痛苦，不在此限。2.本條規定並不妨礙載有或可能載有適用範圍較廣規定之任何國際文書或國家法律。」同公約第2條規定：「1.締約國應採取有效之立法、行政、司法或其他措施，防止在其管轄之任何領域內出現酷刑之行為。2.任何特殊情況，不論為戰爭狀態、戰爭威脅、國內政局動盪或任何其他社會緊急狀態，均不得援引為施行酷刑之理由。3.上級長官或政府機關之命令不得援引為施行酷刑之理由。」

2、《聯合國囚犯待遇最低限度標準規則》（《納爾遜・曼德拉規則》）第43條第1項規定：「限制或紀律懲罰在任何情況下都不可發展成酷刑或其他殘忍、不人道或有辱人格的待遇或處罰。以下做法特別應當禁止：1.無限期的單獨監禁；2.長期單獨監禁；3.將囚犯關在黑暗或持續明亮的囚室中；……。」監所對收容人實施長期單獨監禁屬特別應予禁止之行為，違者有構成酷刑或其他殘忍、不人道或侮辱之處遇或懲罰之虞。

3、《公民與政治權利國際公約》第7條規定：「任何人不得施以酷刑，或予以殘忍、不人道或侮辱之處遇或懲罰。」

4、《身心障礙者權利公約（CRPD）》第5條規定，平等與不歧視：「1.締約國確認，在法律之前，人人平等，有權不受任何歧視地享有法律給予之平等保障與平等受益。2.締約國應禁止所有基於身心障礙之歧視，保障身心障礙者獲得平等與有效之法律保護，使其不受基於任何原因之歧視。3.為促進平等與消除歧視，締約國應採取所有適當步驟，以確保提供合理之對待。」同公約第14條規定，人身自由與安全：「1.締約國應確保身心障礙者在與其他人平等基礎上：（a）享有人身自由及安全之權利；（b）不被非法或任意剝奪自由，任何對自由之剝奪均須符合法律規定，且於任何情況下均不得以身心障礙作為剝奪自由之理由。」同公約第15條規定：「免於酷刑或殘忍、不人道或有辱人格之待遇或處罰：1.不得對任何人實施酷刑或殘忍、不人道或有辱人格之待遇或
處罰。特別是不得於未經本人自願同意下，對任何人進行醫學或科學試驗。2.締約國應採取所有有效之立法、行政、司法或其他措施，在與其他人平等基礎上，防止身心障礙者遭受酷刑或殘忍、不人道或有辱人格之待遇或處罰。」

（二）我國現行對於收容人予以單獨監禁之相關法令規定及作業程序：

1、 相關法令規定：

（1）《監獄行刑法》[43]。

（2）《監獄行刑法施行細則》[44]。

（3）《羈押法》[45]。

（4）《行刑累進處遇條例》[46]。

---

43 第14條：監禁分獨居、雜居2種。
獨居監禁者，在獨居房作業。但在教化、作業及處遇上有必要時，得按其職業、年齡、犯次、刑期等，與其他獨居監禁者在同一處所為之。
雜居監禁者之教化、作業等事項，在同一處所為之。但夜間應按其職業、年齡、犯次等分類監禁；必要時，得監禁於獨居房。
第15條：受刑人新入監者，應先獨居監禁，其期限為3個月；刑期較短者，依其刑期。但依受刑人之身心狀況或其他特別情形，經監務委員會決議，得縮短或延長之。
第16條：左列受刑人應儘先獨居監禁：
一、刑期不滿6個月者。
二、因犯他罪在審理中者。
三、惡性重大顯有影響他人之虞者。
四、曾受徒刑之執行者。
第22條：受刑人有脫逃、自殺、暴行或其他擾亂秩序行為之虞時，得施用戒具或收容於鎮靜室。
第50條：受刑人除有不得已事由外，每日運動半小時至1小時。

44 第19條：獨居監禁或停止戶外活動，不得有害於受刑人之身心健康。典獄長、戒護科長及醫務人員對其監禁處所應勤加巡視之。
監禁處所，應有充分之空氣與陽光，由受刑人輪流清掃、撲滅有害蟲類，保持環境整潔。

45 第14條：被告入所應使獨居。但得依其身分、職業、年齡、性格或身心狀況，分類雜居。
共同被告或案件相關者，不得雜居一處。
被告衰老或身心障礙，不宜與其他被告雜居者，得收容於病室。

46 第26條：第四級及第三級之受刑人，應獨居監禁。但處遇上有必要時，不在此限。
第27條：第二級以上之受刑人，晝間應雜居監禁，夜間得獨居監禁。
第53條：第二級以上受刑人之獨居房內，得許其置家屬照片，如教化上認為有必要時，得許其置家屬以外之照片。
第67條：累進處遇審查會認第二級以上之受刑人有獨居之必要時，應聲敘理由，報請典獄長核准，但獨居期間不得逾1月。

（5）《行刑累進處遇條例施行細則》[47]。

（6）《外役監條例》[48]。

（7）法務部矯正署106年8月2日法矯署安字第10604006580號函函釋[49]。

2、 作業程序：

矯正署以106年8月2日法矯署安字第10604006580號函提示所屬機關應注意辦理之事項，提示事項包含：獨居監禁之陳報程序、觀察之機制、舍房環境及生活設施、教化輔導及醫療照護等。程序略以：對於收容人實施獨居監禁前須填寫「收容人獨居監禁報告表」，但緊急、必要情形時，得先行辦理，並儘速陳核。每月底前將繼續獨居之收容人名冊陳送機關首長核閱，翌月初提交監（院、所、校）務會議審議。

47 第27條：監獄應選擇適當環境與設備較為完善之監房，以供一、二級受刑人獨居或雜居之用。

一級受刑人住室得不加鎖，不加監視，但管理人員對其言行應注意考核，並予記錄。

48 第9條：受刑人以分類群居為原則。但典獄長認為必要時，得令獨居。

典獄長視受刑人行狀，得許與眷屬在指定區域及期間內居住；其辦法由法務部定之。

49 實施獨居監禁原則如下：（1）收容人以群居監禁為原則，儘量避免獨居監禁，並不得以獨居作為懲罰收容人之方法。（2）實施獨居監禁前須將不適合群居事由等填載於報告表，經首長核定後始得實施。但緊急、必要情形時，得先行辦理，並儘速陳核。（3）典獄長、戒護科長及醫務人員對監禁處所應勤加巡視。（4）隨時注意獨居收容人之身心狀況，如無繼續獨居之必要時，即配轉為群居。（5）責成管教小組加強教化輔導，並得延聘教誨或社會志工協助，維繫獨居收容人與社會支持關係之互動。（6）依機關場地、設施及獨居收容人之身心狀況，規劃適宜之文康活動及安排運動時間，以維護身心健康。（7）認有必要時，可運用「簡式健康量表（BSRS-5）」進行心理健康篩檢，視情形提供情緒支持、輔導或醫療等適當處置，或轉介臨床心理師協助。（8）罹患疾病者，各機關應評估其病情，除依醫囑予以服藥控制外，並視個案病情安排看診、追蹤，若在機關內不能為適當之醫治時，應安排戒送外醫治療或陳報移送病監收治。（9）如醫事人員認為收容人不宜繼續獨居者，應即配轉為群居。

（三）陳訴要旨

1、財團法人民間司法改革基金會陳訴：為《監獄行刑法》對於單獨監禁之規範層級不足，且實務運作上，未考量單獨監禁時間過長及對精神障礙者等為單獨監禁，可能造成之身心傷害，與《國際人權公約》等國際規範不符，應儘速檢討修正[50]。

2、財團法人民間司法改革基金會續訴：綠島監獄涉單獨監禁，影響受刑人身心健康等情[51]。

---

50 財團法人民間司法改革基金會107年9月3日陳訴（本院收文號：1070707326）。

51 財團法人民間司法改革基金會108年2月22日續訴（本院收文號：1080701153）：「據訴，綠島監獄受刑人人數約一百多名左右，但祇有一個工場，祇許20名受刑人參與作業，剩下的受刑人全部被強迫長期過著獨居一個人的生活。」「據訴，『沙漠寂寞』的管理方式，內容如下：綠島監獄規定本監的新收或是在本監服刑中的受刑人，每次違規就必須要接受6個月以上的獨居生活，分成3個階段。第1個階段：有3個月以上的時間，受刑人被獨居關在一間祇有1.5米寬、3米長的小牢房內，除了管理員外，不得再與任何人接觸……。第2個階段：有2個月以上的時間……。第3個階段：有1個月以上的時間……。」「據訴，該名受刑人表示，據他的觀察，在綠島監獄的受刑人因長期的獨居，很多都有精神疾病，要靠服用精神病藥物來控制。但在接受精神病治療期間，還是繼續獨居，而且是關在壓力最大的第1階段。這些受刑人因此病情越來越嚴重，時常情緒失控而想不開自殺或與管理員發生衝突。」「據訴，綠島監獄打受刑人最兇的管理員名叫陳○○，會用電擊棒把受刑人電到暈厥，然後用皮鞋踏在受刑人臉上。陳○○已調離綠島監獄，但又來了一個許○○科員。許○○沒有打受刑人，但是想出其他花樣來虐待受刑人，例如：加長釘腳鐐的時間，從3、5天改成30、50天；加長關在鎮靜室的時間，1、2天改為1、2個月；不准受刑人下工場參加作業，也就是等於受刑人要獨居生活到期滿為止。許○○來綠島監獄工作還不到1年的時間，已有約40次受刑人自殺事件發生，他還沒來時，綠島監獄1年則約3至4次。」「據訴，他們的家人有來綠島監獄抗議，例如106年出獄的受刑人中有編號0094高○○、編號0105呂○○等。他們的母親哭著跟綠島監獄的長官們說：『一個好好的孩子，怎麼被你們關成這樣？』」「據訴，107年11月，該監管理員許○○命令幾個主管、主任沒收0064號同學全部物品，其中包括棉被及枕頭等保暖物品。0064號同學當天晚上因為太過委屈，想不開而用衣服上吊自殺。」

3、 台灣人權促進會陳訴[52]：看守所將精神障礙者關入獨居房應有規範，避免使其病情惡化。

（四）各矯正機關收容人獨居監禁情形

1、 有關各矯正機關對精神障礙者施以獨居監禁之情形詳如下表：

表1 105年至107年各矯正機關對身心障礙者施以獨居監禁之情形一覽表

單位：人

機關名稱	身心障礙收容人數	身心障礙收容人獨居人數	機關名稱	身心障礙收容人數	身心障礙收容人獨居人數
臺北監獄	181	6	新竹看守所	33	0
桃園監獄	50	1	苗栗看守所	43	2
桃園女子監獄	63	3	臺中看守所	32	1
新竹監獄	69	2	彰化看守所	10	0
臺中監獄	344	4	南投看守所	17	0
臺中女子監獄	37	2	嘉義看守所	44	1
彰化監獄	153	2	臺南看守所	57	1
雲林監獄	39	4	屏東看守所	25	0
雲林第二監獄	136	8	基隆看守所	5	0
嘉義監獄	97	1	花蓮看守所	211	0
臺南監獄	97	5	新店戒治所	14	2
明德外役監獄	4	0	臺中戒治所	10	0
高雄監獄	114	6	高雄戒治所	214	1
高雄第二監獄	168	4	臺東戒治所	77	1
高雄女子監獄	34	1	岩灣技能訓練所	31	4
屏東監獄	41	2	東成技能訓練所	31	2
基隆監獄	14	1	泰源技能訓練所	45	4
宜蘭監獄	84	0	誠正中學	11	3

52 108年1月21日本院人權保障委員會決議通知單（本院收文號：1073530147）。

機關名稱	身心障礙收容人數	身心障礙收容人獨居人數	機關名稱	身心障礙收容人數	身心障礙收容人獨居人數
花蓮監獄	102	0	明陽中學	9	1
自強外役監獄	0	0	桃園少年輔育院	5	1
臺東監獄	30	4	彰化少年輔育院	11	0
澎湖監獄	36	2	臺北少年觀護所	30	0
綠島監獄	1	1	臺南少年觀護所	0	0
金門監獄	6	3	八德外役監獄	3	0
臺北看守所	118	2	臺南第二監獄	29	0
臺北女子看守所	22	0	合計	3,037	88

註：105年至107年各矯正機關計有88名身心障礙者遭施以獨居監禁。

資料來源：監察院依據法務部108年3月20日法矯字第10802002390號函函復資料製表。

2、有關各矯正機關獨居監禁收容人數及原因詳如下表：

表2　各矯正機關獨居監禁收容人數及原因調查表

單位：人

機關	獨居原因								
	禁見	疾病	暫時隔離調查	對他人顯有不良影響	嚴重影響團體生活紀律	性傾向	暫時予以保護	其他（原因詳述）	
總計（人）	254								
小計（人）	18	91	10	50	53	0	3	29	
臺北監獄	0	3	0	0	8	0	0	0	
桃園監獄	0	2	0	0	0	0	0	1	僅1名民事管收
桃園女子監獄	0	2	0	0	0	0	0	0	
八德外役監獄	0	0	0	0	0	0	0	0	
新竹監獄	0	2	2	0	0	0	0	1	因違規舍現有小房均已2人同房雜居，故予該員暫時獨居，俟人員更動後儘速配房。
臺中監獄	0	1	0	6	1	0	0	0	
臺中女子監獄	0	2	0	1	0	0	0	0	
彰化監獄	0	5	0	0	0	0	0	0	

機關	獨居原因								
	禁見	疾病	暫時隔離調查	對他人顯有不良影響	嚴重影響團體生活紀律	性傾向	暫時予以保護	其他（原因詳述）	
雲林監獄	0	1	0	3	5	0	0	0	
雲林第二監獄	1	0	0	3	1	0	0	1	僅1名收容少女
嘉義監獄	0	0	0	4	2	0	0	0	
臺南監獄	0	4	1	8	0	0	0	0	
臺南第二監獄	0	0	0	0	0	0	0	0	
明德外役監獄	0	0	0	0	0	0	0	0	
高雄監獄	0	1	0	0	0	0	0	0	
高雄第二監獄	0	2	0	0	1	0	0	0	
高雄女子監獄	0	0	0	0	2	0	0	0	
屏東監獄	0	2	0	1	1	0	0	0	
基隆監獄	0	1	1	0	0	0	0	1	僅有1名違規考核
宜蘭監獄	0	4	0	2	0	0	0	1	該收容人人格違常且精神異常，打報告申請自願獨居監禁。
花蓮監獄	0	1	0	5	0	0	0	0	
自強外役監獄	0	10	2	0	2	0	0	0	
臺東監獄	1	5	0	2	0	0	0	1	綠島監獄寄押1名
澎湖監獄	7	0	0	0	0	0	0	5	5名均為共同被告，當日無收容其他被告
綠島監獄	0	1	0	3	26	0	0	2	報告申請獨居
金門監獄	1	0	0	0	0	0	0	1	僅有1名女性被告
臺北看守所	0	8	0	2	0	0	0	1	違抗管教人員並與本所訴訟進行中
臺北女子看守所	1	0	0	0	0	0	0	1	1名自主監外作業
新竹看守所	0	4	0	0	1	0	0	0	
苗栗看守所	3	0	0	0	0	0	0	1	僅有1名違規
臺中看守所	0	9	1	2	0	0	0	1	同性戀且為HIV患者，因禁見無同類別收容人。

機關	獨居原因								
	禁見	疾病	暫時隔離調查	對他人顯有不良影響	嚴重影響團體生活紀律	性傾向	暫時予以保護	其他（原因詳述）	
彰化看守所	0	1	0	1	0	0	0	1	1名自主監外作業
南投看守所	1	3	0	0	0	0	0	0	
嘉義看守所	0	2	0	0	0	0	0	1	僅1名民事管收
臺南看守所	0	3	0	0	0	0	0	3	1名收容人擔任學習服務員，因該舍房目前僅1位考核服務員。另2名收容人自述為同性戀，且為被告（該舍房僅有該2名收容人為被告，其餘皆為受刑人）。
屏東看守所	0	0	0	0	0	0	1	1	該收容人為已成年之少年犯，為成少分界，予以獨居監禁。
基隆看守所	1	1	0	0	0	0	0	0	
花蓮看守所	1	0	0	0	0	0	0	0	
新店戒治所	1	2	2	0	0	0	0	1	1名自主監外作業
臺中戒治所	0	0	0	0	0	0	0	1	該名為HIV收容人，原收容於專區舍房，後因違規轉配至違規考核房，惟舍房當日未有其他HIV收容人，爰予以暫時獨居。
高雄戒治所	0	0	0	0	1	0	2	1	準備移監至其他監所，先予獨居。
臺東戒治所	0	2	0	0	0	0	0	0	
岩灣技能訓練所	0	1	1	1	0	0	0	0	
東成技能訓練所	0	2	0	1	0	0	0	0	
泰源技能訓練所	0	3	0	4	2	0	0	2	1名違規考核中，1名待配業
誠正中學	0	0	0	0	0	0	0	0	

機關	獨居原因								
	禁見	疾病	暫時隔離調查	對他人顯有不良影響	嚴重影響團體生活紀律	性傾向	暫時予以保護	其他（原因詳述）	
明陽中學	0	0	0	1	0	0	0	0	
桃園少年輔育院	0	0	0	0	0	0	0	0	
彰化少年輔育院	0	1	0	0	0	0	0	0	
臺北少年觀護所	0	0	0	0	0	0	0	0	
臺南少年觀護所	0	0	0	0	0	0	0	0	

註：調查日期：107年9月18日，因疾病獨居之收容人占多數，計91人；因嚴重影響團體生活紀律獨居之收容人計53人；因對他人顯有不良影響獨居之收容人計50人。

資料來源：法務部108年7月15日法矯字第10802006570號函。

3、 詢據法務部對「各監所實際執行收容人單獨監禁之現況為何？是否妥當？」表示：

（1）收容人獨居監禁非以懲罰為目的，係就收容人有無罹患傳染疾病、衛生習慣差、個性或觀念特殊或偏差、無法與他人相處、傷害他人等惡性重大顯有影響他人之虞等情形，勢對其他受刑人在矯正機關生活產生影響甚或危害，致其有獨居監禁予以保護之例外情形。

（2）承上說明，獨居監禁數據係隨收容人行狀、有無罹患傳染疾病等隨時變動之，矯正署並無統計累計之數據，據矯正署107年9月18日之調查，各矯正機關獨居人數占整體收容人數之比例極低（扣除禁見及疾病因素獨居之人數僅約為0.2%），故可見矯正機關對於收容人獨居之決定審慎，而非恣意作為懲罰之手段。

（五）綠島監獄獨居監禁情形現況調查

1、查綠島監獄近5年對收容人執行單獨監禁情形，1月以上1年以下之收容計21人，1年以上2年以下之收容人計3人，2年以上6年以下之收容人計2人，更有劉姓收容人獨居監禁日數長達14年14日者，有關近5年綠島監獄對收容人執行單獨監禁情形詳如下表：

表3　近5年綠島監獄對收容人執行單獨監禁彙整一覽表

編號	姓名	獨居監禁天數
	1年以上	
1	劉○○	14年又14日
2	陳○○	5年6個月又25日
3	林○○	2年又19日
4	李○○	1年4個月又4日
5	高○○*	1年1個月又12日
6	李○○	1年2個月又28日
	1月以上1年以下	
7	許○○	10個月又13日
8	胡○○+	10個月又10日
9	許○○	8個月又16日
10	林○○*	6個月又2日
11	陳○○	6個月
12	吳○○	5個月又8日
13	黃○○*	5個月
14	武○○*+	4個月又25日
15	劉○○*	4個月又4日
16	張○○*	4個月又4日
17	嚴○○*	4個月又4日

編號	姓名	獨居監禁天數
18	陳〇〇*	4個月又4日
19	楊〇〇*	4個月又4日
20	阮〇〇*	3個月又28日
21	黃〇〇	3個月又8日
22	陳〇〇	3個月又8日
23	吳〇〇[53]（歿）*+	3個月又3日
24	林〇〇	1個月又15日
25	鄭〇*	1個月又14日
26	黃〇〇	1個月又11日
27	謝〇〇*	1個月又7日

註：姓名後方以*標註者為長時間單獨監禁同時施用戒具之收容人；以+標註者為有自殺紀錄之收容人，其中吳姓收容人自殺既遂。

資料來源：監察院依據法務部108年4月3日法授矯字第10801028510號函函復資料製表。[53]

53 據訴：「107年11月，綠島監獄管理員許〇〇命令幾個主管、主任沒收0064號同學（吳〇〇）全部物品，其中包括棉被及枕頭等保暖物品。0064號同學當天晚上因為太過委屈，想不開而用衣服上吊自殺。」查據法務部108年4月3日法授矯字第10801028510號函復稱：「該收容人於107年11月27日17時20分許，於愛舍72房內以內衣纏繞脖子自傷，經愛舍值勤人員即時發現後立即制止。」另據本院履勘綠島監獄查復補充說明稱（本院收文號：108年6月4日法授矯字第1080703664號「監察院指示事項調查報告」）：「該收容人後於108年3月6日上午於愛舍房內以被單撕製布條綁脖子自縊後死亡……。」

2、獨居舍照片、尺寸：

綠島監獄獨居舍二東舍80號房、二東舍72號房（收容人0064吳〇〇108年3月6日自殺及自殺前關押場所：1.5米長*3米寬之小牢房）

圖1　本案調查人員履勘綠島監獄獨居舍二東舍80號房

照片來源：監察院108年5月6日赴綠島監獄履勘攝。

圖2　本院監察委員履勘綠島監獄獨居舍二東舍80號房

照片來源：監察院108年5月6日赴綠島監獄履勘攝。

圖3　本院監察委員履勘綠島監獄獨居舍二東舍72號房

照片來源：監察院108年5月6日赴綠島監獄履勘攝。

圖4　綠島監獄獨居舍二東舍72號房廁所照片

照片來源：監察院108年5月6日赴綠島監獄履勘攝。

圖5　綠島監獄收容人吳○○獨居舍二東舍80號房照片

照片來源：法務部108年7月4日法檢字第10800599340號函；臺灣高等檢察署108年6月27日檢執甲字第10800658730號函；臺灣臺東地方檢察署108年6月19日東檢曉洪108相50字第1080008315號函函復本院108年度相字第50號案件（死者吳○○）檢察官相驗告書錄影畫面截圖。

3、　綠島監獄單獨監禁舍房數量一覽表：

有關綠島監獄現行單獨監禁舍房數量，獨居舍房計87間，雜居舍房計11間，合計獨居人數為37人，本院108年5月6日履勘該監，該監戒護科提供數據如下表：

表4　綠島監獄單獨監禁舍房數量一覽表

單位：間／人

舍房名稱	獨居房間數	雜居房間數	現有獨居人數	合計獨居人數
一西	6	2	3	3
愛舍	19	0	6	6
二東	18	1	12	12
二西	21	8	16	16
原愛舍（後山）	23	0	0	0
合計	87	11	37	37

資料來源：監察院依據108年5月6日履勘綠島監獄提供資料製表。

惟據本院調查人員108年5月6日上午8時48分蒐證資料顯示，除作業單位21人及第四階段雜居考核20人外，違規考核及前三階段獨居考核人數，計有55人，達該監收容人數57%，與表3數據差距18人，相關數據、獨居舍房、獨居收容人放封區域照片如下：

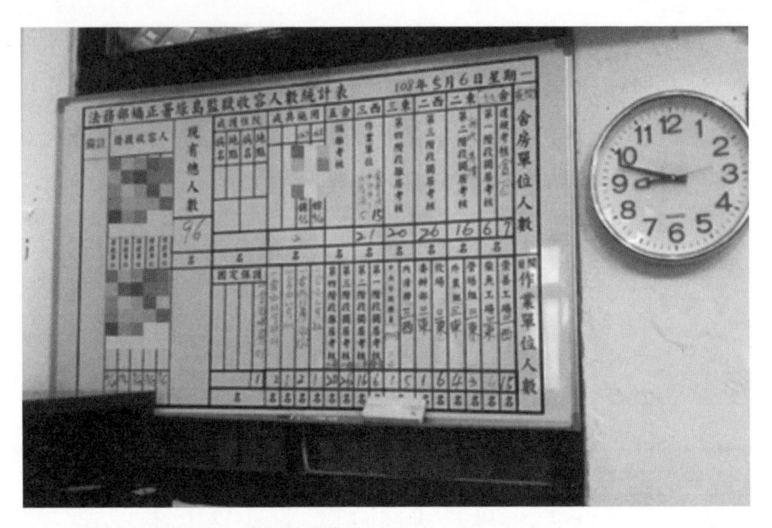

圖6　綠島監獄收容人數統計表

照片來源：監察院108年5月6日赴綠島監獄履勘攝。

圖7　綠島監獄獨居舍走道

照片來源：監察院108年5月6日赴綠島監獄履勘攝。

圖8　綠島監獄獨居舍戒護情形

照片來源：監察院108年5月6日赴綠島監獄履勘攝。

圖9　綠島監獄中央事務臺戒護情形

照片來源：監察院108年5月6日赴綠島監獄履勘攝。

圖10　綠島監獄獨居舍內部情形

照片來源：監察院108年5月6日赴綠島監獄履勘攝。

圖11　綠島監獄獨居舍內部廁所

照片來源：監察院108年5月6日赴綠島監獄履勘攝。

圖12　綠島監獄獨居舍內部情形

照片來源：監察院108年5月6日赴綠島監獄履勘攝。

圖13　綠島監獄單獨監禁收容人獨自放封運動區域

照片來源：監察院108年5月6日赴綠島監獄履勘攝。

(六)傾聽—讓光照進黑暗

4、 108年5月6日履勘訪談綠島監獄收容人摘要：

【1】訪談收容人劉○○：

（1）「（調查委員問：你來綠島監獄多久了？）答：我到綠島監獄13年多了，這邊有差別待遇，將我關在綁架室（獨居房）。……我一直待在獨居的地方都在房間吃飯，從早坐到晚，沒有放封，坐久了會生病、死亡。這裡的體制是不對的！我從來沒有出過牢房，哪有這種方式（氣憤）；臺南監獄也將我關整天，我充滿仇恨，強迫屈服，神經病，關久了怎麼出去，神經有問題。」

（2）「（調查委員問：臺南監獄也將你關違規房嗎？）答：對；哪有這種關法。」

（3）「（調查委員問：管理人員有修理你嗎？）答：人有情緒，有沒有情緒都是他們說了算。」

（4）「（調查委員問：他們管教是否有問題？）答：對。」

（5）「（調查委員問：因為你在綠島很久，我們想要請教你綠島的情形，你對這裡的管理有沒有什麼觀察？）答：沒有餐廳，都在房間吃飯，從早坐到晚，沒有放封，坐久了會生病、死亡。這裡的體制是不對的。」

（6）「（調查委員問：你知道裡面有很多人想自殺嗎？）答：知道。」

【2】訪談收容人謝○○：

（1）「（調查委員問：你有住過違規舍嗎？）答：有，借提來臺東監獄前就是住在二舍東。」

（2）「（調查委員問：你在這獨居嗎？）答：對，但我想與人住一起。」

（3）「（調查委員問：為何要自殺？）答：主要是違規房的處遇無法接受，所以惡性循環。」

（4）「（調查委員問：綠島監獄有1個獨居14年的？）答：劉○○，編號13號；另吳○○在我借提來時就在違規舍。」

5、108年7月1日於本院詢問矯正署與綠島監獄主管人員：

（1）「（調查委員問：請就單獨監禁等衍生自殺事件等問題

之適法性、妥適性及合理性做說明。）綠島監獄前任典獄長饒雅旗答：我到任時深刻發現，收容人有很多的身心障礙情形，無法與他人相處，無法群聚生活，互相排擠，綠島監獄設計隔離方式，是歷史管理經驗考量，對於無法管理的收容人，採取獨居措施。」

（2）「（調查委員問：請說明打通舍房的情形。）綠島監獄前任典獄長饒雅旗答：我前面的2個舍房及隔離舍房都在施工，使用空間都不夠，所以無法考量未來規劃。」

（3）「（調查委員問：請說明打通舍房的情形。）綠島監獄典獄長莊國勝答：有關舍房打通情形，我個人判斷，是常久累積的問題，在我任內我希望改變，我認為囚情有比以前更安定，惟仍有與室友不合自願獨居者，其他同學情緒上都是好的，本監願面對問題並解決問題。」

（4）「（調查委員問：綠島監獄有一位精神障礙者陳○○，應考慮其是否應繼續獨居；更有獨居14年之案例。獨居造成很大的問題，本院與綠島監獄收容人訪談，都講到獨居問題，讓他們情緒焦躁，與外界沒有溝通。）」

[1]綠島監獄典獄長莊國勝答：陳○○部分，本年6月初本監就將其移送到臺中培德醫院受刑。

[2]矯正署署長黃俊棠答：綠島監獄舍房打通問題，將循預算編製重新施作，改善結構安全性，本署強調不宜獨居，應儘量群居。

（5）「（調查委員問：法務部應切實檢討，以免違反兩公約及《反酷刑公約》，更遑論《身心障礙者權利公約》。）」

[1]矯正署長黃俊棠答：請勤務管制科科長說明。

[2]勤務管制科科長詹麗雯答：在綠島收治的對象，分

為2種：一種是長期關押後產生之精神疾病，一類是非屬精神衛生法規定之人格違常者。綠島監獄是定位於隔離犯監的概念，歷年評估醫療資源顯然不足，……。從個案上觀察，吳○○之個案，人際互動接觸較貧乏，如基於保護做隔離，原則上我們會安排有醫事人員在場做處置，避免收容人沒有與他人交談的機會，個案處理上，本署對約聘僱人員之教育訓練，容有改進餘地，本署將就安全裝備器材之輔助切實改進。

[3]法務部政務次長蔡碧仲答：獨居及未定讞之單獨監禁者，是制度與場域之欠缺，是否適合持續單獨監禁，也是一個問題。至於難以管教或桀驁不馴者，是否需要特殊規定，不能單靠人的管教，情緒上會出問題。委員所提都是本部的問題，我們知道問題出在哪裡，我們會帶回改善。

（6）「（調查委員問：請矯正署說明。）」矯正署署長黃俊棠答：有關戒具施用問題，獨居監禁，本署皆有行文規範使用時機及標準流程並切實登錄，已有統一規範；《監獄行刑法》、《羈押法》之修法草案，都規範得很清楚，包括獨居監禁、戒具施用、個人人權等，均依照聯合國標準。

6、 法務部約詢後補充說明：

（1）有關「本院108年5月6日赴綠島監獄等詢據5位自殺未遂收容人表示：『皆有被長期獨居，長期上戒具，沒下工場』等處遇！是否妥適？是否符合規定？」一節，法務部說明：一、有關綠島監獄實施獨居監禁、收容鎮靜室及施用戒具部分，矯正署經抽查相關紀錄文件，業於108

年6月11日函請該監檢討改善。二、按《監獄行刑法施行細則》第37條第2項規定，除法令別有規定或罹疾病，或基於戒護之安全，或因教化之理由者外，受刑人一律參加作業。觀諸前開法條立法意旨，作業係為受刑人之義務，屬公法上之強制作業，惟執行機關如確有前揭特殊因素，得不提供受刑人作業。另，受刑人若無前揭因素，應依其刑期、健康、教育程度、調查分類結果、原有職業技能、安全需要及將來謀生計畫等各項綜合評估後，分配受刑人作業。是以，綠島監獄應依前開規定辦理受刑人各項作業。

（2）另，「據訴：『綠島監獄有一個獨居14年的劉○○。』是否妥適？是否符合規定？」一節，矯正署說明：有關綠島監獄實施獨居監禁、收容鎮靜室及施用戒具部分，矯正署經抽查相關紀錄文件，業於108年6月11日函請該監檢討改善。

（3）就「綠島監獄收容人吳○○於獨居房中自戕事件，及綠島監獄及各監所近3年單獨監禁一覽表觀之，利用長期單獨監禁以便宜戒護管理情事，甚至以獨居作為懲罰收容人之方法，普遍存在各監所中，法務部及矯正署對此有何說明？」一節，法務部說明：按《監獄行刑法施行細則》第19條規定，獨居監禁不得有害於受刑人之身心健康，矯正署為避免獨居監禁影響收容人身心健康，業於106年8月2日法矯署安字第10604006580號函提示所屬機關應注意辦理之事項，提示事項包含：獨居監禁之陳報程序、觀察之機制、舍房環境及生活設施、教化輔導及醫療照護等。

（4）按同法施行細則第19條規定及矯正署106年8月2日法矯署安字第10604006580號函函釋，實施獨居監禁原則如下：

[1]收容人以群居監禁為原則，儘量避免獨居監禁，並不得以獨居作為懲罰收容人之方法。

[2]實施獨居監禁前須將不適合群居事由等填載於報告表，經首長核定後始得實施。但緊急、必要情形時，得先行辦理，並儘速陳核。

[3]典獄長、戒護科長及醫務人員對監禁處所應勤加巡視。

[4]隨時注意獨居收容人之身心狀況，如無繼續獨居之必要時，即配轉為群居。

[5]責成管教小組加強教化輔導，並得延聘教誨或社會志工協助，維繫獨居收容人與社會支持關係之互動。

[6]依機關場地、設施及獨居收容人之身心狀況，規劃適宜之文康活動及安排運動時間，以維護身心健康。

[7]認有必要時，可運用「簡式健康量表（BSRS-5）」進行心理健康篩檢，視情形提供情緒支持、輔導或醫療等適當處置，或轉介臨床心理師協助。

[8]罹患疾病者，各機關應評估其病情，除依醫囑予以服藥控制外，並視個案病情安排看診、追蹤，若在機關內不能為適當之醫治時，應安排戒送外醫治療或陳報移送病監收治。

[9]如醫事人員認為收容人不宜繼續獨居者，應即配轉為群居。

（七）獨居舍—保護、隔離及預防危害？[54]

1、 對精神障礙者等為單獨監禁其適法性、妥適性及合理性：

（1） 查現無對受刑人為單獨監禁之相關法令，現行僅有因保護、隔離及預防危害等目的所為配置單人房之獨居規定及辦理情形。

（2） 罹患精神疾病並非實施獨居監禁之理由或要件，仍以群居監禁為原則，然對於嚴重影響其他收容人或有傷害他人之情形而實施獨居照護，如已無獨居之必要時，即轉為群居。

2、 詢據法務部對「監所執行單獨監禁之相關法令規範、作業程序及督導考核機制是否健全？」表示：

（1） 按《聯合國囚犯待遇最低限度標準規則》（《曼德拉規則》）第44條所稱「單獨監禁」，係指1日之內對收容人實施欠缺有意義人際接觸之監禁達22小時以上。上述側重隔離人際接觸之監禁方式，與矯正機關考量受刑人有不適合群居或現實條件上不能群居之情形，而採行分配單人房之獨居監禁方式有別，先予敘明。

（2） 矯正機關受刑人採行獨居監禁之相關法令依據有：《監獄行刑法》第14條第1項：「監禁分獨居、雜居2種。」同法第15條：「受刑人新入監者，應先獨居監禁，……。」同法第16條：「左列受刑人應儘先獨居監禁：一、刑期不滿6個月者。二、因犯他罪在審理中者。三、惡性重大顯有影響他人之虞者。四、曾受徒刑之執行者。」同法施行細則第19條：「獨居監禁……，不得

54 法務部108年3月20日法矯字第10802002390號函及同年4月3日法矯字第10801028510號函。

有害於受刑人之身心健康。典獄長、戒護科長及醫務人員對其監禁處所應勤加巡視之。」《行刑累進處遇條例》第26條、第27條：「第四級及第三級之受刑人，應獨居監禁。但處遇上有必要時，不在此限。第二級以上之受刑人，晝間應雜居監禁，夜間得獨居監禁。」等規定。

（3）我國採行之獨居監禁制度係出於保護為目的，屬物理上、空間上之區隔，其等基本生活環境仍受保障，教化、給養、衛生醫療照護、接見通信等各項處遇措施，仍依《監獄行刑法》等相關法令辦理，受到與一般受刑人同等對待之照護。

（4）綜上觀之，矯正機關收容人獨居監禁非以懲罰為目的，現行實務運用具有保護、隔離及預防危害等性質，亦包含了收容人不適合群居或現實條件上不能群居之考量，如罹患傳染病、惡性重大顯有影響他人之虞、有傷害他人或自傷之虞之收容人，渠等獨居監禁乃考慮機關之感染管制及收容人安全，保護其他收容人免於受感染、攻擊傷害之威脅，故必要之獨居監禁，係同時保護罹病個案及其他收容人身心健康之措施，又為鼓勵受刑人改悔向上，保持善行，透過累進處遇制度，規劃由嚴至寬之獨居、群居等處遇方式，惟目前因超額收容之故，機關礙難澈底實施。綜上，受刑人獨居監禁非以懲罰為目的，而係具有保護、隔離及預防危害等性質及策勵累進處遇級數較低之受刑人若能保持善行，獲得既定額度之分數後，就能升級獲得較優渥處遇之累進處遇制度精神。

（八）枯樹也等待春天—法務部之檢討及策進

1、《聯合國囚犯待遇最低限度標準規則》（《曼德拉規則》）第43條至第45條有關單獨監禁定義雖與我國獨居監禁制度有間，惟考量獨居監禁實際執行上可能有伴隨單獨監禁之現象，爰於《監獄行刑法》及《羈押法》修正草案明定機關不得對收容人施以逾15日之單獨監禁、15日以內之單獨監禁仍應由醫事人員持續評估收容人身心健康狀況，醫事人員認為不適宜繼續單獨監禁者，應停止之，並規定相關備查程序，以保障收容人人權。

2、受刑人以「群居監禁」為原則，惟仍有受刑人無法與他人相處、傷害他人等惡性重大顯有影響他人、或罹患傳染病等實際上不能群居事由，致其有獨居監禁予以保護之例外情形。研提之《監獄行刑法修正草案》業陳送行政院審議，行政院已將該草案列為優先法案，有關獨居監禁之修法內容略述如下：依《聯合國囚犯待遇最低限度標準規則》（《曼德拉規則》）第43條規定，監所對收容人實施長期單獨監禁屬特別應予禁止之行為，違者有構成酷刑或其他殘忍、不人道或侮辱之處遇或懲罰之虞。爰以，草案第6條第5項明定監獄不得對受刑人施以逾15日之單獨監禁。

3、為使收容人人權之保障更臻周全，法務部於《監獄行刑法》及《羈押法》修正草案明定施用戒具、收容鎮靜室（草案訂為保護室）或施以固定保護不得作為懲罰之方法，並明定施用或收容時間上限並完備各項程序，以避免構成酷刑之可能。

4、為更確實保障身心障礙受刑人在監獄內之無障礙權益，法務部業已將《監獄行刑法修正草案》送行政院審查，並已將保障渠等無障礙權益之「合理調整」規定明定於草案中。

5、 除身心障礙收容人之無障礙權益及合理調整外，本次修正草案亦就收容人人身自由等權利之限制、禁止事項訂定更周延完善之程序，以下分述：

（1） 有關施用戒具部分，明定施用戒具不得作為懲罰之方法、戒具種類、施用時限及陳報程序、安排醫事人員評估身心狀況等規範。

（2） 有關獨居監禁部分，考量獨居監禁實際執行上可能有伴隨單獨監禁之現象，爰於修正草案明定監獄不得對受刑人施以逾15日之單獨監禁、15日以內之單獨監禁仍應由醫事人員持續評估受刑人身心健康狀況，醫事人員認為不適宜繼續單獨監禁者，應停止之，並規定相關備查程序。

（3） 有關違規懲罰部分，明定無法律規定不得施以懲罰、同一事件不得重複懲罰，並酌修懲罰之種類，刪除停止接見、停止戶外活動等懲罰項目。

（九）求助無門的獨居收容人

據本院108年5月6日履勘綠島監獄提供資料，該監現有獨居舍房61間，雜居房11間，有37人獨居，過去5年有27人獨居日數逾1個月、6人獨居日數逾1年，其中劉姓收容人獨居逾14年，另有精神障礙者獨居長達5年6個月，3位均有自殺紀錄，其中1位自殺既遂：

1、 綠島監獄吳姓收容人等於獨居房中自戕事件，難謂與單獨監禁無因果關係；另就綠島監獄目前仍有37人遭單獨監禁及各監所近3年單獨監禁一覽表觀之，利用長期單獨監禁以便宜戒護管理情事，甚至以獨居作為懲罰收容人之方法，普遍存在各監所中，凸顯監所執行單獨監禁之規範未盡周全，上開事實，綠島監獄、矯正署及法務部相關主管暨相關收容人，於接受本院約詢時均坦承屬實，有本院詢問紀錄在卷。

2、矯正機關不僅職司刑罰之執行，亦肩負有積極教化改善收容人之功能，對於人權觀念之建立及保障應予重視；我國因矯正業務之需要，對收容人權利有加以禁止或限制之必要時，亦應有具體之法律依據，且須在必要之最少限度內實施之；各矯正機關實務運作之程序是否透明具體，相關監督機制是否完善，收容人有無充分管道獲得權益相關資訊，似仍有再行詳加規範檢討之需要。

3、戒具之使用與管理：囿於過去相關法令未臻完備，致使矯正署所屬各矯正機關依其管理需要及經驗，自行運用易衍生爭議之戒護器材，造成對收容人權益保障之風險因素，洵有違我國人權兩公約施行之意旨，法務部允應責成矯正署積極推動《監獄行刑法》及《羈押法》等修正草案之法制作業，期能將矯正機關施用戒具之程序規範及督導防弊機制，明確規範於法律條文中，俾符人權保障之理念，未來亦應廣納社會各界意見，結合矯正機關實務需求，匯集共識後研訂矯正機關收容人施用戒具之特別法，避免各單行法規彼此扞格及適用對象條件不一之情形，方能符合矯正機關目前收容類型多元複雜之現況，落實收容人權益之保障。

4、申訴救濟管道：

（1）收容人之權利，因受矯正機構之執行或矯正官員之處分而遭受侵害時，必須有依法救濟措施，以確保收容人之權利。

（2）惟查近年來仍有收容人對於矯正機關之管理處遇提出訴訟或陳情，顯見對於受刑人不服矯正機關處分之救濟尚有改善餘地。

（3）法務部允應制（訂）定各項戒護管理措施的標準作業程序與機關內控作業準則，另考量納入外部監督機制，以維人權保障理念。

（十）需要有法律規範—監禁、戒護及教化

綜上論述，受刑人監禁、戒護及教化等，係具體限制人民權益（人身自由），應屬高密度法律保留範圍，《禁止酷刑及其他殘忍不人道或有辱人格之待遇或處罰公約》第1條、第2條規定，亦揭示防止酷刑之目的及範圍，現行法令對此部分規範甚少，率採低密度法律保留。惟據《公民與政治權利國際公約》第2條規定：「一、本公約締約國承允尊重並確保所有境內受其管轄之人，無分種族、膚色、性別、語言、宗教、政見或其他主張民族本源或社會階級、財產、出生或其他身分等等，一律享受本公約所確認之權利。……三、本公約締約國承允：（一）確保任何人所享本公約確認之權利或自由如遭受侵害，均獲有效之救濟，公務員執行職務所犯之侵權行為，亦不例外；（二）確保上項救濟聲請人之救濟權利，由主管司法、行政或立法當局裁定，或由該國法律制度規定之其他主管當局裁定，並推廣司法救濟之機會；（三）確保上項救濟一經核准，主管當局概予執行。」

有關受刑人之救濟或權益等事項，不宜再僅由法務部以解釋函方式規定辦理。查本案法務部之函報，無論係上述有關「戒具之使用與管理」、「獨居監禁」、「違規懲罰」或「申訴救濟管道」等規定，皆僅以函發方式規範而未以法律或法規命令制（訂）定，與上開公約規範之意旨不符，允應檢討改善。

據上，法務部對「戒具之使用與管理」、「獨居監禁」、「違規懲罰」及「申訴救濟管道」等相關規定，僅以函發方式規範而未以法律或法規命令制（訂）定，於監所執行單獨監禁之規範層級不足，與《禁止酷刑及其他殘忍不人道或有辱人格之待遇或處罰公約》等規範之意旨不符，且實務運作上，未考量單獨監禁時間過長及對精神障礙者等為單獨監禁，可能造成之身心傷害，其中尤以綠島監獄獨居監禁人數較高，占全國12.6%，逾該監收容人數30%，更時有達57%之比率，與《國際人權公約》等國際規範意旨有悖，核有違失，應儘速檢討修正。

第二章
先把問題抓出來—不當使用戒具之調查

綠島監獄有長時間施用戒具之事實，雖謂以保護收容人為名，但仍有不當施用戒具之慮，且固定保護觀察紀錄登載未盡確實，亦未見實施原因或理由等欄位，顯與《聯合國囚犯待遇最低限度標準規則》及《公民與政治權利國際公約》等相關規定有悖，核有違失；法務部允應本於權責加強督導所屬各監所檢討改進。

（一）國際公約及相關法令

按《禁止酷刑及其他殘忍不人道或有辱人格之待遇或處罰公約》第11條規定：「締約國應經常有系統的審查在其管轄領域內對遭受任何形式之逮捕、拘禁或監禁之人進行審訊之規則、指示、方法及慣例以及對他們拘束及待遇之安排，以避免發生任何酷刑事件。」次按《聯合國囚犯待遇最低限度標準規則》（《納爾遜・曼德拉規則》）第43條第2項規定：「戒具絕不應用作對違反紀律行為的懲罰。」另，《公民與政治權利國際公約》第7條規定：「任何人不得施以酷刑，或予以殘忍、不人道或侮辱之處遇或懲罰。」末按《監獄行刑法》[55]、《監獄行刑法施行細則》[56]及《法務部矯正署所屬矯正機關施用戒具要點》[57]，對收容人施用戒具之時機、方式及程序等均有明文規定。

55《監獄行刑法》第22條規定：「受刑人有脫逃、自殺、暴行或其他擾亂秩序行為之虞時，得施用戒具或收容於鎮靜室。戒具以腳鐐、手梏、聯鎖、捕繩四種為限。」
《監獄行刑法》第22條規定：「施用戒具非有監獄長官命令不得為之。但緊急時，得先行使用，立即報告監獄長官。」

56《監獄行刑法施行細則》第29條規定：「監獄不得以施用戒具為懲罰受刑人之方法，其有法定原因須施用戒具時，應注意左列各款之規定：
一、施用戒具應隨時檢查受刑人之表現，無施用必要者，應即解除。
二、施用戒具屆滿1星期，如認為仍有繼續施用之必要者，應列舉事實報請監獄長官核准繼續使用。繼續施用滿1星期者，亦同。
三、施用戒具，由科（課）員以上人員監督執行。醫師認為不宜施用者，應停止執行。
四、對同一受刑人非經監獄長官之特准，不得同時施用二種以上之戒具。
五、施用戒具，應注意受刑人身體之健康，不得反梏或手腳連梏。
六、腳鐐及聯鎖之重量以2公斤為限，如有必要，得加至3公斤，但少年各以1公斤為限，如有必要，得加至2公斤；手梏不得超過半公斤。」

57《法務部矯正署所屬矯正機關施用戒具要點》第4點及第6點規定。

（二）綠島監獄收容人施用戒具情形：

查107年連續施用戒具超過7日以上之收容人計19人，其中有長達76日者。武姓收容人當年度累計達97日、謝姓收容人累計達86日、黃姓收容人累計達66日，另長時間獨居監禁同時施用戒具之收容人計12位，似已構成酷刑，《禁止酷刑及其他殘忍不人道或有辱人格之待遇或處罰公約》第1條規定：「……『酷刑』指為自特定人或第三人取得情資或供詞，為處罰特定人或第三人所作之行為或涉嫌之行為，或為恐嚇、威脅特定人或第三人，或基於任何方式為歧視之任何理由，故意對其肉體或精神施以劇烈疼痛或痛苦之任何行為。此種疼痛或痛苦是由公職人員或其他行使公權力人所施予，或基於其教唆，或取得其同意或默許。……」有關綠島監獄收容人施用戒具情形詳如下表。

表5　綠島監獄收容人施用戒具情形彙整一覽表

<table>
<tr><th>呼號</th><th>姓名</th><th>施用戒具日期</th><th>施用日數</th><th>施用理由</th><th>施用2種以上理由</th></tr>
<tr><td rowspan="9">0054</td><td rowspan="9">武○○</td><td>1070716-1070716</td><td>1日</td><td>有擾亂秩序行為之虞</td><td rowspan="9">擾亂舍房秩序、情緒不穩有暴行之虞、有暴行、擾亂秩序之虞、情緒不穩有有擾亂秩序行為之虞……等</td></tr>
<tr><td>1070730-1070904</td><td>37日</td><td>有暴行之虞</td></tr>
<tr><td>1070803-1070803</td><td>1日</td><td>有自殺之虞</td></tr>
<tr><td>1070804-1070804</td><td>1日</td><td>有擾亂秩序行為之虞</td></tr>
<tr><td>1070912-1071110</td><td>60日</td><td>有擾亂秩序行為之虞</td></tr>
<tr><td>1071025-1071110</td><td>16日</td><td>有暴行之虞</td></tr>
<tr><td>1071110-1071119</td><td>10日</td><td>有擾亂秩序行為之虞</td></tr>
<tr><td>1071224-1071225</td><td>2日</td><td>有擾亂秩序行為之虞</td></tr>
<tr><td>1080216-1080217</td><td>2日</td><td>有擾亂秩序行為之虞</td></tr>
<tr><td>0069</td><td>謝○○</td><td>1070409-1070613</td><td>65日</td><td>有暴行之虞</td><td>有暴行之虞</td></tr>
</table>

<table>
<tr><th>呼號</th><th>姓名</th><th>施用戒具日期</th><th>施用日數</th><th>施用理由</th><th>施用2種以上理由</th></tr>
<tr><td>0096</td><td>黃○○</td><td>1061229-1070102</td><td>5日</td><td>有暴行之虞</td><td>有暴行之虞</td></tr>
<tr><td rowspan="9">0039</td><td rowspan="9">謝○○</td><td>1040318-1040327</td><td>10日</td><td>有擾亂秩序行為之虞</td><td rowspan="9">外醫防脫逃、情緒不穩有擾亂秩序之虞、有暴行之虞、情緒激動有擾亂秩序之虞、情緒不穩有擾亂秩序之虞……等</td></tr>
<tr><td>1040706-1040706</td><td>1日</td><td>有逃脫之虞</td></tr>
<tr><td>1070725-1071009</td><td>76日</td><td>有擾亂秩序行為之虞</td></tr>
<tr><td>1040820-1040820</td><td>1日</td><td>有逃脫之虞</td></tr>
<tr><td>1041102-1041102</td><td>1日</td><td>有擾亂秩序行為之虞</td></tr>
<tr><td>1050130-1050130</td><td>1日</td><td>有逃脫之虞</td></tr>
<tr><td>1070602-1070612</td><td>11日</td><td>有擾亂秩序行為之虞</td></tr>
<tr><td>1070803-1070803</td><td>1日</td><td>有自殺之虞</td></tr>
<tr><td>0096</td><td>黃○○</td><td>1061229-1070102</td><td>5日</td><td>有暴行之虞</td><td>有暴行之虞</td></tr>
<tr><td rowspan="3">0124</td><td rowspan="3">謝○○</td><td>1070609-1070614</td><td>6日</td><td>有擾亂秩序行為之虞</td><td rowspan="3">擾亂舍房秩序、暴行之虞……等</td></tr>
<tr><td>1070808-1070808</td><td>1日</td><td>有逃脫之虞</td></tr>
<tr><td>1080124-1080131</td><td>8日</td><td>有暴行之虞</td></tr>
<tr><td rowspan="4">0128</td><td rowspan="4">林○○</td><td>1070625-1070629</td><td>5日</td><td>有擾亂秩序行為之虞</td><td rowspan="4">擾亂舍房秩序、暴行之虞、情緒不穩有擾亂秩序之虞、情緒不穩，擾亂暴行之虞……等</td></tr>
<tr><td>1071019-1071106</td><td>18日</td><td>有暴行之虞</td></tr>
<tr><td>1080107-1080107</td><td>1日</td><td>擾亂秩序行為之虞</td></tr>
<tr><td>1080118-1080130</td><td>13日</td><td>有暴行之虞</td></tr>
<tr><td rowspan="2">0109</td><td rowspan="2">鄭○</td><td>1060723-1060723</td><td>1日</td><td>有擾亂秩序行為之虞</td><td rowspan="2">暴行他人</td></tr>
<tr><td>1071114-1071130</td><td>16日</td><td>有暴行之虞</td></tr>
<tr><td rowspan="2">0135</td><td rowspan="2">嚴○○</td><td>1060601-1060601</td><td>1日</td><td>有擾亂秩序行為之虞</td><td rowspan="2">有暴行、擾亂秩序之虞……等</td></tr>
<tr><td>1070824-1070919</td><td>26日</td><td>有暴行之虞</td></tr>
<tr><td rowspan="2">0137</td><td rowspan="2">黃○○</td><td>1071019-1071106</td><td>18日</td><td>有擾亂秩序行為之虞</td><td rowspan="2"></td></tr>
<tr><td>1070926-1071113</td><td>48日</td><td>有擾亂秩序行為之虞</td></tr>
<tr><td rowspan="3">0146</td><td rowspan="3">楊○○</td><td>1061229-1070102</td><td>5日</td><td>有暴行之虞</td><td rowspan="3">有暴行之虞、有暴行、擾亂秩序之虞……等</td></tr>
<tr><td>1070607-1070607</td><td>1日</td><td>有擾亂秩序行為之虞</td></tr>
<tr><td>1070824-1070919</td><td>26日</td><td>有暴行之虞</td></tr>
</table>

呼號	姓名	施用戒具日期	施用日數	施用理由	施用2種以上理由
0156	高○○	1070620-1070729	39日	有擾亂秩序行為之虞	未記載
		1070624-1070624	1日	有暴行之虞	
0064	吳○○（歿）	1070926-1071113	48日	有暴行之虞	有暴行、擾亂秩序行為之虞、暴行管教人員……等
		1071127-1071130	4日	有暴行之虞	
0205	黃○○	1070920-1071019	29日	有擾亂秩序行為之虞	有暴行、擾亂秩序行為之虞……等
0133	林○○	1050815-1050822	8日	有暴行之虞	有暴行之虞
		1060309-1060314	6日	有暴行之虞	
		1070914-1071026	42日	有暴行之虞	
0088	阮○○	1070926-1071026 1070831-1070919	30日 20日	有暴行之虞 有暴行之虞	暴行管教人員有暴行之虞
0060	阮○○	1070919-1071025	36日	有暴行之虞	
0142	許○○	1070828-1070902	6日	有擾亂秩序行為之虞	擾亂舍房秩序、有暴行、擾亂秩序行為之虞
		1070628-1070713	15日	有擾亂秩序行為之虞	
0141	陳○○	1070824-1070919	26日	有暴行之虞	有暴行、擾亂秩序之虞
0108	張○○	1070824-1070919	26日	有暴行之虞	有暴行、擾亂秩序之虞
0100	劉○○	1051208-1051214	7日	有暴行之虞	（使用金屬鉚釘式腳鐐1種）
		1060206-1060213	8日	有暴行之虞	（使用金屬鉚釘式腳鐐1種）
		1070824-1070919	26日	有暴行之虞	有暴行、擾亂秩序之虞
備註	其中0054武○○、0100劉○○、0124謝○○、0128林○○評、0156高○○，獨居且常被施用戒具。				

註：近5年施用戒具逾7日之收容人計29人，遭施用戒具日數最長者達76日。

資料來源：監察院依據法務部108年4月3日法授矯字第10801028510號函函復資料製表。

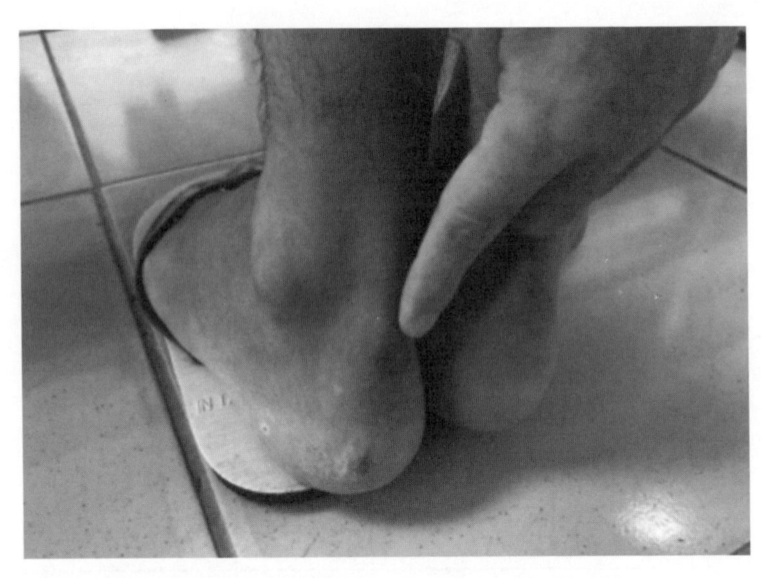

圖14　綠島監獄收容人遭上戒具後後腳跟皮膚磨傷情形

照片來源：監察院108年5月6日赴綠島監獄履勘攝

圖15　本院監察委員訪談綠島監獄遭長時間上戒具及單獨監禁收容人

照片來源：監察院108年5月6日赴綠島監獄履勘攝

(三)大樹悲鳴—我一直在獨居，祇能反抗

108年5月6日履勘訪談綠島監獄收容人摘要：

1、 訪談收容人劉○○：

（1）「（調查委員問：你來綠島監獄多久了？）答：我到綠島監獄13年多了，這邊有差別待遇，將我關在綁架室（獨居房），在上面全部戴腳鐐，戴了十幾年，到現在才解除。這裡的體制是不對的！」

（2）「（調查委員問：管理人員會不會很兇，聽說會打收容人？）答：我曾聽到22號說：「要打我就將我打死。」我反抗是因為我。他們還以手銬、腳鐐、繩索綑綁我。」

（3）「（調查委員問：他們如何綑綁你？）答：好幾天，在旁邊床上（手指右前方）。」

（4）「（調查委員問：上廁所都在那邊？）答：對。……我住在二東舍75號房，我祇知道有一個人冤枉，被綁死。」

（5）「（調查委員問：一樣像你這樣綁起來？）答：對；我一直在獨居，祇能反抗。」

2、 訪談收容人謝○○：

（1）「（調查委員問：為何要自殺？）答：我遭綠島監獄長時間銬在床上2個月，吃飯時解開1隻手，大、小便拿尿壺及便盆，手銬加腳鐐中間再加1條鍊子，它叫固定保護床，除了吃飯都銬在那。」

（2）「（調查委員問：你當天為何被銬在禮堂？）答：我有翻法條，有規定施用戒具、固定保護、收容鎮靜室等方式，我在鎮靜室被關2個月。」

(3)「(調查委員問:你遭上戒具(手銬、腳鐐)最久是何時?)答:去年8月17日左右,甚至更早,銬了2個月。」

(4)「(調查委員問:上戒具多久你可以接受?)答:綠島監獄施用戒具方式與法令不符。」

(四)關鍵線索

1、108年7月1日於本院詢問矯正署與綠島監獄主管人員:

(1)「(調查委員問:管理員施用戒具之適當性及必要性?另長期施用戒具及關在保護房,有無相關檢討或看法?)綠島監獄前任典獄長饒雅旗答:施用戒具皆有考量,如果不適合使用,應馬上解除。」

(2)「(調查委員問:1.以許○○說明謝○○案例,這中間一定有一個環節需要處理,應有相關法令可以處理這樣的收容人。2.107年7月25日至107年10月9日將謝○○長期銬在中央臺旁邊病床,特別頑劣者應有特別處理方式,而不是在法律未授權情況下長期施用戒具。但還是很難想像銬在中央臺旁邊保護床長達2個月,如果有必要,法律就應該修正。)」綠島監獄前任典獄長饒雅旗答:那不在我任內發生,管教措施應符合個案裁量判斷。

(3)「(調查委員問:謝○○的事情,本院重視收容人人權,很多錄影帶顯示監獄內情形,惟法務部並未提供謝○○遭長期施用戒具之監視錄影,所有收容人相關戒護管理都應有紀錄。請矯正署說明。)」矯正署署長黃俊棠答:有關戒具施用問題,本署皆有行文規範使用時機及標準流程並切實登錄，已有統一規範；《監獄行刑法》、《羈押法》修法草案中，都規範得很清楚，包括戒具施用等，均依照聯合國標準。

（五）改變仍需從修訂法律開始

1、詢據法務部對「對現行部分監所將收容人以『固定保護』、『戒具使用』、『獨居』等保護之名，行懲罰之實的看法？檢討及策進作為？」表示：

（1）有關施用戒具及收容鎮靜室部分，矯正機關不得以施用戒具為懲罰之方法，《法務部矯正署所屬矯正機關施用戒具要點》第6點定有明文。另矯正署業以102年7月30日法矯署安字第10204003600號函再次提示各矯正機關，為符合國際人權規範，杜絕不當懲罰，各機關對於違背紀律之收容人，非依法令不得施以懲罰，且不得以施用戒具或收容鎮靜室等作為懲罰收容人之方法。

（2）有關施以固定保護部分，法務部業以91年1月28日法矯字第0910900248號函提示各矯正機關，固定保護是一種保護措施，非懲罰收容人之方式，應注意施用之程序，每次施用時間不得超過4小時且應有輔導人員輔導，作成紀錄。

2、詢據法務部針對「本案之檢討及策進作為」復稱：

（1）為維護矯正機關之安全及秩序，並達成監獄行刑矯治處遇之目的，法務部研修《監獄行刑法》及《羈押法》修正草案。本次修正草案就收容人人身自由等權利之限制、禁止事項訂定更周延完善之程序，分述如下：

[1]有關施用戒具部分，明訂施用戒具不得作為懲罰之方

法、戒具種類、施用時限及陳報程序、安排醫事人員評估身心狀況等規範。

[2]有關違規懲罰部分，明訂無法律規定不得施以懲罰、同一事件不得重複懲罰，並酌修懲罰之種類，刪除停止接見、停止戶外活動等懲罰項目。

3、詢據法務部針對「辦理『酷刑防制』之規劃、執行及督導機制及實際成效」復稱：

有關「酷刑防制」部分，現行《刑法》第126條本即為禁止對人犯為酷刑之規範，目前法務部並無就「酷刑防制」另為規劃。

（六）審慎使用戒具

按《禁止酷刑及其他殘忍不人道或有辱人格之待遇或處罰公約》第11條規定，法務部允應針對相關人權議題及酷刑防制進行規劃、執行及督導，俾以具體行動落實兩公約之規定，此不僅有助於提升我國內、外形象，更有助於人民之權利保障。惟經審閱「綠島監獄收容人施用戒具情形彙整一覽表」發現多名收容人長時間遭獨居情事，其中劉○○遭獨居14年又14日、陳○○遭獨居5年6個月又25日、林○○遭獨居2年又19日、高○○遭獨居1年1個月又12日、李○○遭獨居1年2個月又28日，其餘都有長達月餘以上。

另查綠島監獄107年連續施用戒具超過7日以上之收容人計19人，其中有長達76日者。武姓收容人當年度累計達97日、謝姓收容人累計達86日、黃姓收容人累計達66日，另長時間獨居監禁同時施用戒具之收容人計12位，似已構成酷刑，《禁止酷刑及其他殘忍不人道或有辱人格之待遇或處罰公約》第1條規定：「……『酷刑』指為自特定人或第三人取得情資或供詞，為處罰特定人或第三人所作之行為或涉嫌之行為，或為恐嚇、威脅特定人或第三人，或基於任何方式為歧視之任何理由，故意對其肉體或精神施以劇烈疼痛或痛苦之任何行為。此種疼痛或痛苦是由公職人員或其他行使公權力人所施予，或基於其教唆，或取得其同意或默許。……」多名收容人長時間被施用戒具、固定保護情事，近年施用戒具有愈趨拉長趨勢，甚至長達2個月以上，其中武〇〇、劉〇〇、謝〇〇、林〇〇、高〇〇，長期獨居且常被施用戒具。上開事實，詢據相關收容人亦做相同之表示，有本院詢問筆錄附卷可稽

另綠島監獄對謝〇〇長時間實施固定於病床，惟無法提出監視錄影紀錄足資證實：該監有依法執行相關周延完善配套程序。殊有未當，前開事實，法務部相關主管接受本院詢問時表示，將加強訂定更周延完善之程序規範。據上，綠島監獄洵有長時間施用戒具之實，雖謂以保護收容人為名，但仍有不當施用戒具之慮，且固定保護觀察紀錄登載未盡確實，亦未見實施原因或理由等欄位[58]，顯與首揭《禁止酷刑及其他殘忍不人道或有辱人格之待遇或處罰公約》、《聯合國囚犯待遇最低限度標準規則》、《公民與政治權利國際公約》、《監獄行刑法》及《監獄行刑法施行細則》等相關規定有悖，核有違失。法務部允應本於權責加強督導所屬各監所檢討改進。

58 法務部108年7月9日法矯字第10802006190號函。

第三章
春風疑不到天涯—獨居舍的自殺問題

綠島監獄相關主管處理監獄事務未盡周延，近10年至少發生12次收容人自殺事件，部分戒護管理人員遭陳訴涉及不當管教（涉嫌非法使用警械、施用戒具、獨居監禁、實施懲罰、毆打、電擊收容人……等構成凌虐或酷刑情事）；法務部長期未解決此嚴重問題，對綠島監獄監督不周，應本於權責深入清查妥處，並加強宣教，有效防制，以維人權保障，同時應加強矯正人員人權觀念之建立，整飭監獄紀律。

（一）相關法令

《監獄行刑法》第5條規定：「法務部應派員巡察監獄，每年至少1次。檢察官就執行刑罰有關事項，隨時考核監獄。」法務部為規劃矯正政策，並指揮、監督全國矯正機關（構）執行矯正事務，特設矯正署。典獄長處理監獄事務，並指揮、監督所屬人員；副典獄長襄助典獄長處理監獄事務。《法務部矯正署組織法》第1條及《法務部矯正署監獄辦事細則》第2條分別定有明文。

（二）收容人的自殺情形[59]：

表6　綠島監獄近10年內收容人自殺情形一覽表

項次	姓名	發生日期	自殺方式	既／未遂
1	廖○○	100/06/23	吞衣褲鈕釦10顆，拉鍊頭2個	未遂
		101/08/03	吞食鐵釘4支	未遂
2	柯○○	103/01/08	吞食電池	未遂
		103/01/24	吞食異物	未遂
		103/09/07	吞食電池	未遂
		103/09/29	吞食牆壁填縫用矽利康一小截	未遂
		104/01/17	吞食外套拉鍊	未遂
3	江○○	98/12/09	以眼鏡片刮傷手臂及吞食鏡片	未遂
		98/12/14	吞食鏡片	未遂
		99/08/09	吞食迴紋針	未遂
		99/10/09	以內衣纏脖子及破壞送入口鐵門	未遂
4	蔡○○	103/09/16	吞食螺絲釘	未遂
5	黃○○	97/10/16	吞食肥皂水	未遂
		98/02/27	吞食肥皂水	未遂
		102/07/22	吞食藥膏蓋	未遂
		102/10/23	吞食釦子、原子筆蓋、刮鬍刀刷	未遂
6	游○○	103/05/15	吞食電池	未遂

59 本院108年5月6日履勘綠島監獄查復補充說明（本院收文號：108年6月4日監察業務處1080703664號：綠島監獄「監察院指示事項調查報告」）。

項次	姓名	發生日期	自殺方式	既／未遂
7	鄭○○	106/03/05 106/04/15 106/04/18 106/05/12 106/06/05	索菸不成，吞食美耐皿湯匙 吞食美耐皿湯匙 壓碎眼鏡片吞食 以頭撞牆自傷 奪血壓計，取電池4顆吞食	未遂 未遂 未遂 未遂 未遂
8	吳○○	107/07/01	吞食電池2顆及牙刷柄頭半截	未遂
9	武○○	107/08/03	搥牆及咬舌自傷	未遂
10	謝○○	107/08/03 107/08/20	吞食鐵釘、藥瓶蓋 破壞保護觀察區燈罩取出燈管抵脖子意圖自傷	未遂 未遂
11	胡○○	107/02/15 107/08/13	吞食不明藥物致昏睡不醒 吞食電池2顆	未遂 未遂
12	吳○○	107/11/27 108/03/06	以內衣纏脖子意圖自傷 以內衣纏脖子自縊	未遂 既遂

註：106年至108年計有6名收容人發生自殺事件。

資料來源：本院108年5月6日履勘綠島監獄查復補充說明之「綠島監獄依監察院指示事項調查報告」（本院收文號：監察業務處108年6月4日第1080703664號）。

（三）法務部的回應與調查記錄

1、詢據法務部對「據訴，『該監戒護人員曾對收容人使用電擊棒！』並經本院108年5月6日詢據該監收容人指述綦詳在卷，對此有何說明」之議題表示：

經查綠島監獄未曾陳報使用電擊棒之紀錄，據綠島監獄查復亦無相關紀錄，爰無法提供資料及說明。

2、詢據法務部對「本案之檢討及策進作為」表示：

按《曼德拉規則》第1條、第36條規定：「任何時候都應確保囚犯、工作人員、服務提供者及探訪者之安全」、「維持紀律和秩序時不應實施超過確保安全看守、監獄安全運轉和有秩序之集體生活所需的限制」，矯正機關有實施戒護管理、維護內部安全秩序及保障相關人員安全之權責，惟應遵循比例原則之規定。矯正機關實施戒護管理等行政措施，例如使用警械、施用戒具、獨居監禁、實施懲罰等，均屬依法行政，倘符合比例原則，應不致構成凌虐或酷刑。

3、詢據法務部對「綠島監獄自殺收容人鄭〇〇、吳〇〇、胡〇〇、謝〇〇、吳〇〇……等人之身心障礙情形？醫療用藥情形？」表示：鄭〇〇、吳〇〇、胡〇〇、謝〇〇、吳〇〇等5名收容人曾診斷出之病名如下表：

表7　綠島5名收容人曾診斷出之身心科病名

姓名	曾診斷出之病名
鄭〇〇	伴有混合困擾情緒及干擾行為之適應疾患
吳〇〇	輕鬱症、失眠
胡〇〇	情感性疾患，焦慮症
謝〇〇	情感性疾患
吳〇〇	情感性疾患

4、詢據法務部對「承上，綠島監獄對收容人鄭〇〇、吳〇〇、胡〇〇、謝〇〇、吳〇〇、高〇〇、呂〇〇等人之戒護管理、醫療處遇、教化輔導……等之相關處置過程有無應檢討之處？策進作為？」表示：綠監業研擬相關檢討改進措施如下：

（1）關懷單措施：每月初對全監收容人發給關懷單，主動關懷收容人是否有家境清寒、子女未滿12歲乏人照料、父母年邁（超過65歲）或有其他須關懷協者，教化科將依收容人所申請關懷事項，主動聯繫其親屬關懷或透過縣市政府社會處或尋求社會慈善團體協助，使收容人能安心服刑。

（2）對新收、刑期10年以上個案、高風險收容人實施簡式健康量表（BSRS-5）施測，戒護科對於其中之高風險收容人如經認定有罹精神疾病、長期罹病、違規考核、家逢變故、情緒低落或有行為異常者，於48小時內通知衛生科再為施測，再依自我量測總分會教化科、衛生科尋求心理諮商，接受專業輔導、諮詢或精神治療。

（3）確實依法務部矯正署106年8月2日法矯署安字第10604006580號函提示，對於獨居收容人情緒不穩時，除日夜間相關人員應交接加強戒護外，另填寫「特殊收容人行狀紀錄簿」及對收容人因違規或家逢變故、罹病時，重申應確實列入24小時觀察紀錄至少3日，並責成同仁對於日夜間收容人行為確實列入交接，以加強觀察及考核，亦要求各級幹部負起督導之責任。

（4）加強獨居、高風險收容人輔導訪談、關懷，責成各單位值勤人員、教區科員、教誨師每月至少1次訪談輔導及記錄。

（5）專案處遇措施：擬訂精神疾病與自殺防治處遇工作計畫。

（6）因應綠監硬體設施，在不破壞建築結構樑柱及安全係數下，打通2間獨居房之間牆壁置通道，使收容人群居，又保有個人空間，以減少收容人獨居監禁之情形。

（四）探詢真相

108年7月1日於本院詢問矯正署與綠島監獄主管人員：

1、「（調查委員問：綠島監獄自107年1月至108年1月發生5件自殺事件，為近10年的一半；另長期施用戒具及關在保護房，有無相關檢討或看法？請前、後任典獄長說明。）」綠島監獄前任典獄長饒雅旗答：綠島監獄設計隔離方式，是歷史管理經驗考量，對於無法管理的收容人，採取獨居措施；歷次累犯者，會延長處罰時間；施用戒具皆有考量，如果不適合使用，應馬上解除。

2、「（調查委員問：以許〇〇說明謝〇〇案例，這中間一定有一個環節需要處理，應有相關法令可以處理這樣的收容人。107年7月25日至107年10月9日將謝〇〇長期銬在中央臺旁邊病床，特別頑劣者應有特別處理方式，而不是在法律未授權情況下長期施用戒具。但還是很難想像銬在中央臺旁邊保護床長達2個月，如果有必要，法律就應該修。）」

（1）綠島監獄前任典獄長饒雅旗答：那不在我任內發生，管教措施應符合個案裁量判斷。

（2）綠島監獄典獄長莊國勝答：有關舍房打通情形，我個人判斷，是常久累積的問題；本監願面對問題並解決問題。

據上，有關綠島監獄部分戒護管理人員[60]遭陳訴涉及不當管教情事（涉嫌非法使用警械、施用戒具、獨居監禁、實施懲罰、毆打、電擊收容人……等構成凌虐或酷刑情事），法務部允應本於權責深入清查妥處，並加強宣教，有效防制，以維人權保障，並符合《禁止酷刑及其他殘忍不人道或有辱人格之待遇或處罰公約》第10條、第11條之規定。

60 綠島監獄戒護管理人員陳〇〇、許〇〇、黃〇〇、陳〇〇、吳〇〇、李〇〇及周〇〇等人。

（五）不要再有下一個自殺者

經核，綠島監獄洵有長期單獨監禁以便宜戒護管理情事，甚至疑以獨居作為懲罰收容人之方式；另該監亦存有長時間施用戒具之實，雖謂以保護收容人為名，但仍有不當施用戒具之慮，已如前述。矯正署身為綠島監獄指揮、監督機關，允應本於權責督飭所屬深入查察，卻以「經查綠監未曾陳報使用電擊棒之紀錄，據綠監查復亦無相關紀錄，爰無法提供資料及說明」、「矯正機關實施戒護管理等行政措施，例如使用警械、施用戒具、獨居監禁、實施懲罰等，均屬依法行政，倘符合比例原則，應不致構成凌虐或酷刑」查復本院，未善盡主管機關監督權責灼然。

據上，有關綠島監獄部分戒護管理人員[61]遭陳訴涉及不當管教情事（涉嫌非法使用警械、施用戒具、獨居監禁、實施懲罰、毆打、電擊收容人……等構成凌虐或酷刑情事），綠島監獄相關主管處理監獄事務未盡周延，對所屬督導不周，有虧職守，法務部對綠島監獄監督不周，咎責難辭，均核有違失。法務部允應本於權責深入清查妥處，並加強宣教，有效防制，以維人權保障，同時應加強矯正人員誠信觀念之建立，以為收容人榜樣並整飭監獄紀律。

61 同前註。

第四章
不得良吏，猶亡功也—綠島戒護人力有待改善

法務部允應正視綠島監獄戒護管理人力現況，維持機關人力穩定性及基礎人力調動平穩性，加強對約聘僱人員之教育訓練，提升戒護管理知能，對於特殊狀況較多之收容人，亦能以嚴正之態度，正確行使公權力，進而達到穩定囚情，落實法治之目標。

（一）相關法令

法務部為規劃矯正政策，並指揮、監督全國矯正機關（構）執行矯正事務，特設矯正署。本署掌理矯正機關人力調配、矯正人員教育、訓練、之規劃、指導及監督事項。《法務部矯正署組織法》第1條及第2條分別定有明文。

（二）綠島戒護的人力狀況

1、 有關「綠島監獄戒護管理人力現況（含編制數、現有數、約聘僱人力數、流動率、平均年資……等）及職員薪資待遇、加給情形」：

（1）綠島監獄人力現況：

表8　綠島監獄人力現況一覽表

戒護人力編制員額	45名
戒護人力現有員額	25名
約僱人員現有員額	19名
流動率	11%
平均年資	13年

註：1.戒護管理人員定義為主任管理員、管理員。
　　2.員額統計至108年4月30日。

資料來源：法務部108年6月12日法授矯字第10801049760號函。

（2）薪資待遇：

編制內戒護管理人員本俸依所銓敘審定之俸級支給，專業加給部分依銓敘審定職等支給表（十一）所列月之數額。另有關約僱人員薪資部分，查《行政院暨所屬機關約僱人員僱用辦法》第8條規定，約僱人員之報酬應視工作之繁簡難易、責任輕重，及應具備之知能條件，參照職位分類標準認定支給報酬之薪點，折合通用貨幣後於僱用契約中訂定之。

2、 有關「強化綠島監獄戒護管理人力之策進作為」：

（1）行政院於106年同意核增矯正署所屬矯正機關預算員額400名（戒護人力380名、教化人力20名），其中172人於106年核給（科員16人、主任管理員8人、管理員135人、教化人員13人），其餘228人（戒護人員221人、教化人員7人）經法務部修訂編制表函報行政院自107年8月1日生效，所增戒護人力業經考選部列為107年司法人員考試需用名額在案（四等監所管理員考試需用名額總計847名，其中男性759名、女性88名），107年管理員類科考試及格者計有男性584名、女性59名。

（2）至108年四等監所管理員班結訓分發職缺部分，矯正署除按各機關通案調動後遺缺比例核算得分配之基本職缺外，倘有多餘之職缺，將視機關勤務繁重程度及業務需要，再行核增分配。

（三）有關綠島戒護人力的訓練及穩定性

1、 108年5月6日履勘及7月1日詢問綠島監獄主管人員：

（1）「（調查委員問：96個收容人，對於離島監獄管理上有困難，法務部應設法解決。）」

綠島監獄祕書呂維鈞答：我們有不能將問題都丟給署裡面，硬體部分還在整建中，管理部分有經驗的都走了。很多管理措施本監都持續修正，本監新進人員比較多，沒有受過任何訓練，連相關法規都不知道。

（2）「（調查委員問：人力不足問題法務部是否瞭解？）」綠島監獄典獄長莊國勝答：瞭解。職務代理人，戒護科目前有24個缺。

（3）矯正署署長黃俊棠答：矯正機關缺額八百多位同仁，要有職務代理人及約聘人員，職務代理人在各矯正機關經過口試、筆試等階段進用，我們會做1個星期左右之見習，沒有直接上崗，請正職人員給予法律常識，有些是一直考試考不上的，對法令都瞭解，一般來講都是一年一聘。

（4）矯正署安全督導組科長詹麗雯答：我們屬於嚴密戒護管理方式；有關綠島的定位（人力），因交通不便，同仁較不願意到綠島，本署會維持機關人力穩定性，署長所提，基礎人力調動平穩性，綠島前幾年異動高達百分之五十至六十，造成同仁執勤上的困難；個案處理上，本署對約聘僱人員之教育訓練，容有改進餘地。

（5）約僱管理員周○○答：當地同仁對收容人比較瞭解而互動較好，從大部分被暴行之管教人員案例來看，外地同仁反而比較多，因為外地同仁剛來到本監服務，對本監收容人習性尚無法完全掌握，而易成為收容人攻擊之對象。我到綠島監獄擔任約僱人員，相關的戒護勤務規定，皆來自資深管理員所傳授、帶領及幹部、科長耳提面命並依循戒護科新進人員勤務手冊作為執勤依據，跟正式人員工作內容大致相同。

（6）綠島監獄典獄長莊國勝答：對於職員流動率很高，是因為交通不方便，所以外地管理員到職滿1年後申請平調本島，流動率才會高。依本監相關案例來看，當地同仁對收容人較為瞭解而互動較好，所以遭受刑人暴行或攻擊

國家圖書館出版品預行編目(CIP)資料

雙重的牢獄：身心障礙收容人與綠島獨居監禁案調查報告
/ 王幼玲等著. -- 初版. -- 臺北市：監察院, 民109.07
面；　公分

ISBN 978-986-5454-30-2(平裝)

1.監獄　2.受刑人　3.人權　4.臺東縣綠島鄉

589.81　　　　　　　　　　　　　　　109010169

雙重的牢獄—身心障礙收容人與綠島獨居監禁案調查報告

發 行 人：張博雅
編 輯 者：王幼玲、高涌誠、楊芳婉、許國琳、呂紹弘
出 版 者：監察院
地　　址：台北市忠孝東路1段2號
電　　話：（02）2341-3183
網　　址：www.cy.gov.tw
監察院檢舉專用信箱：台北郵政8-168號信箱
傳　　真：（02）2341-0324
監察院政風室檢舉：
專線電話：（02）2341-3183轉539　（02）2356-6598
傳　　真：（02）2357-9670
展 售 處：國家書店松江門市　台北市松江路209號1樓（02）2518-0207
　　　　　國家網路書店　　　http://www.govbooks.com.tw
　　　　　五南文化廣場　　　台中市中區中山路6號（04）2226-0330
印 刷 者：秀威資訊科技股份有限公司
地　　址：114 台北市內湖區瑞光路76巷69號2樓
電　　話：（02）2796-3638
傳　　真：（02）2796-1377
中華民國109年7月初版
定　　價：新臺幣420元整

ISBN：978-986-5454-30-2
GPN：1010900990